JULIA SIMON

Traumtörtchen

JULIA SIMON

Traum törtchen

Roman

LYX

LYX in der Bastei Lübbe AG
Dieser Titel ist auch als E-Book erschienen.

MIX
Papier aus verantwortungsvollen Quellen
FSC® C083411

Originalausgabe:

Lektorat: Angela Koonen
Umschlaggestaltung: © www.buerosued.de
Satz: Greiner & Reichel, Köln
Gesetzt aus der New Caledonia
Druck und Verarbeitung: CPI Books GmbH, Leck – Germany
Printed in Germany
ISBN 978-3-7363-0340-9

1 3 5 7 6 4 2

Sie finden uns im Internet unter www.lyx-verlag.de
Bitte beachten Sie auch: www.luebbe.de und www.lesejury.de

Das Schöne an Träumen ist, dass sie manchmal wirklich in Erfüllung gehen.

Prolog

Das erste freie Wochenende seit Langem. Nina ging mit federnden Schritten die Hauptstraße ihrer Heimatstadt Bad Treibach entlang. Dort reihten sich frisch herausgeputzte Fachwerkhäuser wie Perlen an einer Schnur. In den unteren Etagen luden kleine Läden zum Shoppen ein, und neben den Eingangsstufen blühten Osterglocken und Narzissen in hübschen Terracottatöpfen. Nina war so lange nicht hier gewesen. Die Fleischerei war noch an der gleichen Stelle, nur dass sie heute eine breitere, automatisch öffnende Tür hatte und drinnen Stehtische aufgestellt waren. Nina erinnerte sich noch daran, wie sie hier früher eine Scheibe Fleischwurst oder ein Puppenwürstchen über die Theke gereicht bekam. Die italienische Eisdiele wurde inzwischen in der zweiten Generation von einer türkischen Familie geführt. Wie es aussah, war sie noch immer ein beliebter Treffpunkt. An diesem lauen Frühlingsabend hatten sich einige Jugendliche mit Mofas und Fahrrädern vor dem Eingang versammelt. Das kleine Café mit der efeubewachsenen Pergola war neu, ebenso der Wollladen und das Teegeschäft. Vielleicht schaffte sie es morgen, mit ihren Eltern hier noch einmal entlangzubummeln. Jetzt hatte sie dafür keine Ruhe, denn sie war auf dem Weg zum Klassentreffen. Sie feierten das fünfzehnjährige Jubiläum ihrer Konditorausbildung.

Nina war ein wenig aufgeregt. Sie war lange nicht mehr bei diesen Treffen gewesen, und heute würde sie ihre ehemaligen Klassenkameradinnen endlich wiedersehen. Mit einigen war sie über Facebook lose in Kontakt geblieben, mit ihrer besten Freundin Beatrix hatte sie wenigstens noch ab und zu telefoniert. Bei Beas Hochzeit war sie Trauzeugin gewesen, aber zu ihren Geburtstagspartys hatte sie es nie geschafft. Immerhin wusste sie, dass Bea inzwischen zwei Kinder, ein Haus und ein kleines Café auf dem Land hatte. Auf das Wiedersehen mit ihr freute sie sich am meisten.

Die Ausbildung hatte Spaß gemacht, auch weil sie so eine tolle Truppe waren. Natürlich war ihr nicht jede ans Herz gewachsen, und auf eine konnte sie sogar gut verzichten: auf Annabelle, denn die betrachtete sie alle nur als Rivalinnen. Als Nina knapp vor ihr als Jahrgangsbeste abschloss, hatte Annabelle kein Wort mehr mit ihr gesprochen, ihr nicht mal gratuliert. *Was aus der wohl geworden ist?* Nina war gespannt. Sie konnte Annabelle jedenfalls selbstbewusst gegenübertreten.

Ihre Pfennigabsätze klackten über das Kopfsteinpflaster der stillen Straße. Bis auf das Knattern der Mofas vor der Eisdiele gab es hier keinen Verkehrslärm.

Nina hatte sich mit ihrem Outfit besondere Mühe gegeben und eines ihrer Lieblingskleider angezogen: ihr rotes Boss-Kleid mit plissiertem Rock. Damit sie nicht nach Business aussah, trug sie dazu eine weiße wollene Strickjacke und rote Pumps im Ton des Kleides.

Sie sah das Gasthaus von Weitem. Vor der Tür hatte sich ein Pulk schicker junger Frauen versammelt, die noch eine Zigarette rauchten und auf Nachzügler warteten. Am liebsten wäre Nina die letzten hundert Meter gerannt, zumal sie Beatrix schon ausmachen konnte. In freudiger Erwartung ging sie auf die Gruppe zu.

»Ninaaa!« Beatrix rannte ihr entgegen und umarmte sie stürmisch.

»Wenn du diesmal nicht gekommen wärst, hätten wir dich von der Polizei abholen lassen.«

Nina begrüßte auch die anderen, und es gab ein großes Hallo.

»He, gut siehst du aus!«

»Und du erst!«

»Tolles Kleid!«

»Schicke Frisur!«

»Endlich sieht man dich wieder!«

Alle waren elegant bis partytauglich gekleidet, nur Annabelle trug ein dunkelblaues Kostüm, als käme sie aus einer Vorstandssitzung, und Birgit war in Jeans und Pullover. Anders hatte Nina sie auch noch nie gesehen. Irgendjemand drückte ihr ein Glas Prosecco in die Hand, und sie stießen miteinander an, bevor sie endgültig hineingingen.

Drei Stunden später waren sie leicht beschwipst. Im Raum lag ein feiner Bratenduft. Das warme Buffet wurde abgeräumt, die Desserts blieben noch stehen.

Plötzlich kamen wie auf Kommando die Fotoalben auf den Tisch. Zu dritt und zu viert steckten sie die Köpfe zusammen, und bald hatte Nina gefühlte fünfhundert Kinderfotos bestaunt.

»Das ist in unserem letzten Urlaub am Bodensee, da hat Ben sein Seepferdchen gemacht.«

»Mit fünf, toll, herzlichen Glückwunsch!«

Das Lob galt einem knuffigen blonden Jungen in grüner Badehose, der stolz vor dem Schwimmbecken posierte und ein aufblasbares Krokodil hochhob. Stolz und glücklich schaute er zu seiner Mama, die auf den Auslöser drückte. Nina spürte ein Ziehen in der Brust: Würde ein Kind sie jemals so anschauen?

»Die nächste Runde Prosecco, Mädels!«

Katrin stellte ein Tablett auf den Tisch und verteilte die Gläser.

»Für mich kam bei beiden Kindern nur eine natürliche Geburt infrage.« Sigrid streichelte über ihren gewölbten Bauch und schob ihr Prosecco-Glas zu Nina. »Beim dritten machen wir jetzt eine Hausgeburt. Das ist ein einmaliges Erlebnis. Es soll ganz entspannt und ohne technische Hilfe auf die Welt kommen.«

»Meine Große hat zwanzig Stunden gebraucht, bis sie draußen war«, warf Katrin ein. »Und zum Schluss ist bei mir alles aufgerissen. Ich lag danach noch eine Stunde im OP und wurde wieder zugenäht.« Erschrocken schaute sie Sigrid an: »Entschuldige, ich will dir natürlich keine Angst machen, das vergisst man ja alles auch schnell wieder.«

Nina wurde flau im Magen. Sie war eine der Wenigen unter ihnen, die noch keine Kinder hatten, und mit Mitte dreißig die Älteste, weil sie vor der Ausbildung Abitur gemacht hatte.

»Genießt es, solange eure noch klein und kuschelig sind. Wenn sie erst mal in der Pubertät sind, reden sie kaum noch mit einem. Ich sag's euch.« Birgit kippte ihr Glas Prosecco in einem Zug hinunter. Sie hatte gleich nach der Gesellenprüfung das erste Kind bekommen und arbeitete seitdem stundenweise in der Bäckerei ihrer Eltern. »Nina, du hast es richtig gemacht. Du hast wenigstens was von der Welt gesehen und eine steile Karriere hingelegt.« Birgit seufzte. »Das werde ich in diesem Leben nicht mehr schaffen.«

»Du bist Anfang dreißig.« Nina verdrehte die Augen.

»Ach trotzdem, der Zug ist abgefahren.« Birgit stupste sie an. »Erzähl mal. In welchen Metropolen hast du denn gearbeitet, seit wir uns das letzte Mal gesehen haben? New York, Rio, Tokio?«

Nina schüttelte den Kopf.

»Ach komm, lass dir doch nicht alles aus der Nase ziehen. Lass mich mal ein bisschen Flair der großen weiten Welt schnuppern. Ich sehe dich vor mir, wie du nach einem harten Arbeitstag in einer Großstadt mit deinen High Heels in eine

Hotelbar stöckelst, dich auf einen Barhocker setzt, dein Haar zurückwirfst und dir von schicken Anzugträgern einen Martini nach dem anderen spendieren lässt.«

»Sag mal, wie viele Gläser hast du denn heute schon getrunken?«

»Och, ich habe nicht mitgezählt. Ich komme ja kaum mal abends raus. Also muss ich die paar Gelegenheiten ordentlich nutzen.« Birgit schaute auf ihre Uhr. »Da fällt mir ein, ich muss kurz zu Hause anrufen. Ich höre lieber mal nach, was die Jungs so treiben, wenn sie heute sturmfrei haben.«

Nina nahm ihr Glas, schob sich an Sigrid, Katrin und Birgit vorbei und schlenderte zum anderen Ende der langen Tafel. Denn da war bei Beatrix ein Platz frei geworden, weil Mia sich zu Carolin gesellt hatte. »Von euch habe ich heute noch nicht so viel mitbekommen«, sagte Nina lächelnd.

»Du kommst gerade richtig. Ich zeige die Fotos von unserem Anbau.« Wiebke gab eines zu Nina. »Beas Haus hast du jetzt verpasst.«

»Das bekommst du nachher noch zu sehen.« Beatrix klopfte auf den Platz neben sich.

»Ähm, prima.« Nina schob sich auf den leeren Stuhl.

»Und das hier ist das Foto von unserer Rosenhochzeit.«

Wann feiert man denn Rosenhochzeit? Nina überlegte fieberhaft und schaute auf das Bild, das ihr Wiebke stolz hinhielt. Darauf sah sie ein glückliches Paar mit zwei Kindern im Grundschulalter, umringt von Großeltern, Onkel, Tanten, Nichten und Neffen. »Herzlichen Glückwunsch noch! Toll, wenn man eine so große Familie hat.«

»Ach manchmal nerven sie auch, aber dann mache ich einfach die Tür zu.«

Wiebke legte den Arm um Nina. »Jetzt erzähl du mal von deiner tollen Karriere. Wir sind alle so stolz auf dich.«

Beatrix legte die Fotos zur Seite, die sie gerade in der Hand hatte. »Ja genau. Wir wollen alles wissen.«

Birgit krähte vom anderen Ende des Tisches: »Genau, erzähl doch endlich, was in New York, Rio, Tokio abgeht.« Nina spürte alle Blicke auf sich.

Im Raum war es plötzlich mucksmäuschenstill, und ihre Klassenkameradinnen sahen sie erwartungsvoll an. Sie holte tief Luft. »Da gibt es nicht viel zu erzählen. Nach dem BWL-Studium habe ich in einer Beratungsfirma angefangen, aber das wisst ihr ja noch. Die Arbeit ist unheimlich anstrengend, macht aber Spaß. Ich bin andauern unterwegs. Allerdings nicht in New York, Rio, Tokio, sondern eher im Schwarzwald, in Stuttgart oder in Niedersachsen.

Das Aufregendste war ein zweimonatiger Einsatz in London, doch da habe ich von der Stadt praktisch nichts gesehen, nur das Büro und das Hotelzimmer.«

»Bist du schon im Management? Schließlich muss sich dein Studium ja bezahlt machen.« Annabelle saß schräg gegenüber von Nina und schaute sie nun fragend an. »Du hast es ja jetzt noch nicht gehört, aber ich werde nächstes Jahr in die Geschäftsleitung berufen. Und das hat nichts damit zu tun, dass die Großbäckerei meiner Familie gehört. Das musste ich mir alles hart erarbeiten.«

Nina hätte am liebsten die Augen verdreht, stattdessen lächelte sie und beglückwünschte Annabelle. »Mal schauen. Ich soll dieses Jahr auch befördert werden, aber ob es dazu kommt, hängt von mehreren Faktoren ab.«

Beatrix stupste Nina an. »Jetzt erzähl uns doch mal die wirklich wichtigen Dinge: Was machen denn die Männer?«

Nina dachte an Sören, und ihre Mundwinkel gingen automatisch nach oben. Schade, dass er dieses Wochenende nicht gemeinsam mit ihr in Bad Treibach verbringen konnte. Er war gestern zu einem Mammut-Projekt nach München gefahren. Sie öffnete auf ihrem Smartphone die Fotodatei und suchte ihr Lieblingsfoto heraus, das Selfie von Sylt. Am Anfang ihrer Beziehung waren sie für drei Tage spontan nach Westerland geflogen. Auf dem Bild saßen sie im Strandkorb und stießen gerade mit Champagner auf das perfekte Wochenende an. Sören sah trotz der vom Wind zerzausten Haare smart aus, smart und erfolgreich. Er war ein bis zwei Zentimeter größer als sie und hatte blondes, volles Haar und braune Augen. Sie vermisste ihn.

»Ich bin seit drei Jahren mit meinem Freund Sören zusammen, wir haben uns bei der Arbeit kennengelernt.« Genau genommen war Sören ihr Chef, weshalb sie ihre Beziehung bei der Arbeit nicht an die große Glocke hängten. Die Heimlichtuerei störte sie oft, aber das Wichtigste war, dass sie blendend zueinander passten und das beide wussten.

Wiebke zeigte auf den Strandkorb. »In der Mitte habt ihr noch ein bisschen Platz. Da zwischen euch würde so ein kleines Dötzchen gut hinpassen.«

»Genau! Wann sehen wir Familienfotos von euch? Oder willst du warten, bis du vierzig bist?«

Nina schossen die Tränen in die Augen. Wiebke und Birgit meinten es nicht böse, das war ihr klar. Der Umgangston war schon in der Lehrzeit hart aber herzlich gewesen.

»Wir haben uns noch nicht festgelegt. Im Moment sind wir zu zweit ganz glücklich.« *Ganz glücklich?* Sie drehte den Kopf und sah, was sie erwartet hatte: Beas prüfenden Blick. Aber ehe die etwas sagen konnte, hob Annabelle ihr Glas in Richtung Nina. »Auf uns Karrierefrauen! An deiner Stelle würde ich mit der Familiengründung warten, bis du Teilhaberin bist. Dann kannst du dich mal ein Jahr zurücklehnen. Ich werde auf jeden Fall nicht schwanger, bevor ich in der Geschäftsleitung sitze.«

Nina hatte mehr Prosecco getrunken, als sie eigentlich vertrug. Annabelle und ihr Glas sah sie schon leicht verschwommen. Sie stieß mit ihr an, schüttelte aber energisch den Kopf. »Ich werde meine Familienplanung sicher nicht von der nächsten Beförderung abhängig machen.«

»Aber als Frau musst du schon planen, wann ein Kind am besten passt. Du willst ja schließlich weiterkommen.«

»Was bringt mir denn die nächste Beförderung oder die übernächste? Ein bisschen mehr Geld, das ich nicht ausgeben kann, weil ich Tag und Nacht arbeite. Und danach halten sie mir die nächste Möhre vor die Nase, und ich muss noch mehr arbeiten, um eine Leitersprosse aufzusteigen.«

Nina bekam einen Kloß im Hals. *Und irgendwann ist es dann zu spät fürs Kinderkriegen.* Aber das sprach sie nicht laut aus. Sie hatte schon viel zu viel gesagt: Eigentlich hatten ihre Freundinnen von den Zweifeln, die sie in letzter Zeit beschäftigten, gar nichts erfahren sollen.

Beatrix nahm sie in den Arm. »Hört sich ganz so an, als ob du nicht mehr total auf dem Karrieretrip bist.«

Nina überlegte. So ablehnend hatte sie sich noch nie über ihr Berufsleben geäußert. Aber so empfand sie tatsächlich. Am Anfang ihrer Karriere war alles sehr aufregend gewesen. Da fand sie es cool, in Vier-Sterne-Hotels zu übernachten und Business-Class zu fliegen. Die vielen Überstunden nahm sie damals gern in Kauf. Aber inzwischen brauchte sie das nicht mehr, im Gegenteil, sie fand es eher ermüdend. Sie hatte auch keine Lust mehr darauf, stundenlang mit ihren Kollegen zu spekulieren, wer wohl als Nächstes befördert wird – und wer nicht.

»Weißt du, am liebsten hätte ich einen ganz normalen Alltag, ein geregeltes Leben und eine eigene Konditorei. Ich würde so gern wieder in der Backstube stehen, statt im Büro zu sitzen.«

Beatrix sah sie forschend an. »Und was hindert dich daran?«

Direkt wie immer. Obwohl sie sich zehn Jahre nicht gesehen hatten, erfasste sie mit einem Blick, wie es Nina ging, und konnte mit einer Frage herauskitzeln, was sie beschäftigte. »Oh Mann, du hast mir gefehlt. Ich plane heimlich seit einem Jahr alles bis ins Einzelne, aber ich traue mich nicht, es durchzuziehen.«

Nina merkte jetzt, dass die anderen Gespräche verstummt waren und sie alle anschauten.

»Ehrlich?«

»Und deine Karriere?«

»Ach komm.«

»Wir helfen dir auch, wenn du uns brauchst.«

»War ja auch echt schade um dein Talent.«

»Du hast immer die leckersten Törtchen gebacken.«

Alle schnatterten durcheinander. Nur Annabelle verdrehte die Augen, holte ihr Smartphone heraus und checkte ihre Mails.

Nina freute sich über die muntere Anteilnahme und das freundschaftliche Wohlwollen. Jetzt merkte sie, wie sehr ihr solch eine Atmosphäre gefehlt hatte. In der Firma war vieles, was wie Freundschaft aussah, nur Taktik. »Kann ich dich bald in deinem Café besuchen?«, fragte sie Beatrix. »Vielleicht brauche ich ein paar Tipps.«

Ihre letzten Worte wurden vom DJ übertönt, der sein Publikum begrüßte und anbot, Musikwünsche zu erfüllen.

»Abba, Abba, Abba!« Birgit sprang auf, klatschte im Takt und wackelte mit den Hüften. Schon die ersten Töne von »Gimme! Gimme! Gimme!« versetzten alle in Tanzlaune.

Als um zwei Uhr die letzten Feiernden aufbrachen, war Nina wieder nüchtern. Beim Tanzen hatte sie den Alkohol komplett ausgeschwitzt. Fröstelnd knöpfte sie sich an der frischen Luft die weiße Strickjacke zu. Beatrix umarmte sie. »Wir sollten nicht wieder zehn Jahre vergehen lassen, bis wir uns wiedersehen.«

»Auf keinen Fall. Ich komme so bald wie möglich bei dir vorbei.«

»Oder ich bei dir.«

Beatrix und Nina quetschten sich mit vier anderen ins Großraumtaxi, alle plapperten durcheinander und konnten sich nicht darauf einigen, welche Strecke die beste wäre, um alle in möglichst kurzer Zeit nach Hause zu bringen.

Nachdem Nina vor dem Haus ihrer Eltern ausgestiegen war, winkte sie den anderen hinterher, bis die Rücklichter des Taxis in der Nacht verschwanden. Ihre Eltern hatten die Laterne im Garten für sie brennen lassen, so wie früher, wenn sie Samstagabend tanzen war. Sie ging ins Haus und lehnte sich von innen gegen die Tür. Es war so schön gewesen, alle wiederzusehen. Aber das Treffen hatte ihr schmerzlich vor Augen geführt, was sie in ihrem Leben vermisste: eine eigene Familie. Und eine wirklich erfüllende Arbeit.

Sie wollte sich nicht mehr mit der Karotte vor der Nase durch die deutschen Provinzen treiben lassen. Aber durfte sie es wirklich wagen, sich selbstständig zu machen? Konnte sie mit dem finanziellen Risiko leben? Sollte sie ihre hart erarbeitete Karriere bei McCarter wirklich hinwerfen?

1

»Bling!« Die Backuhr klingelte. Die kleinen Bananen-Walnuss-Gugelhupfs waren fertig. Nina öffnete die Ofentür. In dem Moment schellte es an der Wohnungstür. *Das kann doch noch nicht Bea sein?* Hastig zog sie das Blech heraus und stellte es mit einem Ruck zum Abkühlen auf die Edelstahlfläche vor dem Fenster, dann rannte sie zur Tür. Arturo, ihr Postbote, wartete mit einem Lächeln und einem Brief in der Hand. Und hinter ihm stand tatsächlich Bea und bedeutete ihr, erst mal die Post anzunehmen.

Arturo hielt Nina ein Einschreiben sowie das Lesegerät hin. »Ich habe gerochen, dass Sie da sind.« Er sog mit geschlossenen Augen den Duft ein, der aus der Wohnung in den Flur wehte. »Ich hätte auch noch eine Stunde länger vor dieser Tür gestanden. Hmmm … Vanille, Nuss und … Karamell?«

Nina lachte. »Stimmt. Sie können auch gern was davon probieren.« Sie eilte in die Küche und hielt ihm kurz darauf eine Schachtel hin. »Erzählen Sie mir einfach beim nächsten Mal, wie es Ihnen geschmeckt hat.«

Arturo schaute ehrfürchtig auf die kleinen, noch unverzierten Gugelhupfs, schloss den Deckel und legte die Hand aufs Herz. »Bella, wollen Sie mich heiraten?«

Nina neigte den Kopf zur Seite und musterte den sechzigjährigen Italiener scheinbar abwägend.

»Tja, ich würde ja gern. Aber abgesehen von Ihrer Frau, den vier Kindern und acht Enkeln, ist es einfach so, dass ich seit drei Jahren mit meinem Freund Sören zusammen bin.«

Arturo legte die Stirn in Falten. »Pah, Freund. Seit drei Jahren! Hat er Sie denn endlich gefragt, ob Sie ihn heiraten?«

Sie zog ihm den Stift aus der Hand und unterschrieb. »Nein, aber das macht er bestimmt bald.«

Arturo schüttelte den Kopf. »Was ist nur mit den deutschen Männern los? Eine Frau wie Sie: jung, schön, erfolgreich, die soooo gut backen kann, darf man nicht warten lassen. Oder was meinen Sie?« Er drehte sich kurz zu Beatrix um. »Wenn nichts daraus wird, Bella, mein Giuseppe ist noch ledig. Und er ist ein Traummann!«

Beatrix trat interessiert näher und lehnte sich neben Nina an die Wand. »Wie kommt es, dass er noch zu haben ist?«

In dem Moment ging die Tür gegenüber auf, und die Gräfin, der früher das ganze Haus gehört hatte, bevor sie es in mehrere Wohnungen aufteilen ließ, schritt in ihrem beigen Gucci-Kleid in den Flur. »Ich versuche gerade, mit meiner Enkelin Mittagsruhe zu halten, und hoffe, Sie haben Ihre Versammlung bald beendet.«

Sie musterte zuerst Arturo und seine Kuchenschachtel, dann Ninas gerötete Wangen und mehlbestäubte Backschürze und schließlich die ihr fremde junge Frau, angefangen bei den Clogs über den Cordrock und den kurzen, kastigen Pullover bis zu den großen Silberkreolen. Ein Outfit, das sie zu befremden schien.

»Und im Übrigen kann ich Herrn Arturo nur zustimmen: Es gehört sich nicht, eine Dame so lange hinzuhalten. Zu meiner Zeit wusste sich ein Mann nach drei Monaten zu erklären.«

»Na bitte, sag ich doch!« Arturo trat neben die Gräfin, und beide blickten Nina herausfordernd an. Die nahm ihm das Einschreiben aus der Hand, und ehe womöglich auch Bea noch der Front beitrat, zog Nina sie in die Wohnung und machte die Tür zu.

Allein im Wohnungsflur kicherten sie los. »Du hast ja witzige Nachbarn«, meinte Bea. Sie zog sich die Jacke aus und legte ihre große Stofftasche ab. »Ich hoffe, ich bringe deinen Zeitplan nicht durcheinander. Ich konnte einfach nicht bis zum Nachmittag warten.«

»Nein, alles gut. Schön, dass du da bist.« Nina führte sie in die Küche. »Ich habe für uns gebacken und gerade das Blech aus dem Ofen gezogen, als es klingelte. Setz dich. Ich mache uns gleich noch einen Milchkaffee.« Jetzt erst schaute sie auf das Einschreiben. Absender: Gewerbeamt. Sie holte ein Messer aus der Besteckschublade und schob sie mit einem seitlichen Hüftschwung zu. Mit zitternden Händen ritzte sie den Umschlag auf, nahm den Brief heraus und las die Nachricht, auf die sie so lange hingearbeitet hatte: »Sehr geehrte Frau Seiler, alle zur Anmeldung des Gewerbes erforderlichen Unterlagen sind bei uns eingegangen, sodass Sie Ihr Gewerbe nun zum gewünschten Zeitpunkt anmelden können.«

»Was ist das? Du wirkst auf einmal so nervös?«, fragte Beatrix.

Nina kribbelte es im Magen. Jetzt konnte sie Ernst machen. Jetzt konnte sie ihren Job in der Unternehmensberatung kündigen und sich endlich ihren lang gehegten Traum erfüllen. Als gelernte Konditorin und Betriebswirtin brachte sie die besten Voraussetzungen mit. Aber würde ihr Geschäft genügend Gewinn abwerfen? Würde sie davon leben können?

»Der Bescheid vom Gewerbeamt ist gekommen«, antwortete sie.

Beatrix strahlte sie an. »Du machst tatsächlich Nägel mit Köpfen.«

»Ach, ich schwanke noch.« Sie schaute auf den Brief und seufzte. »Jetzt, wo das Ding da ist, weiß ich nicht mehr, ob ich es wirklich durchziehen soll.«

»Ich kann mich noch sehr gut an deine tollen Kreationen erinnern. Vor allem an meine Hochzeitstorte, die war sensationell. Alle wollten deine Visitenkarte haben und waren enttäuscht, weil du keine Aufträge annehmen konntest.«

Ja, die Torte war ein echtes Meisterstück gewesen, auf der einen Seite in Weiß gehalten und mit wunderschönen Hochzeitsornamenten verziert, auf der anderen Seite in Rosa mit Motiven aus dem Alltag.

»An meinem Können zweifle ich nicht. Trotzdem kann es ein finanzieller Reinfall werden.«

Beatrix hakte sich bei Nina unter und zog sie durch die Küche ins Wohnzimmer. »Zeig mir doch erst mal alles. Ich bin total gespannt auf deine Wohnung.«

Sie schaute auf Ninas Hängelampe mit dem riesigen Glockenschirm. »Ist das die Lampe, die du aus London mitgebracht hast?«

»Mir kribbeln immer noch die Arme, wenn ich das Ding anschaue. Die habe ich eine Stunde lang im Flieger mit beiden Armen nach oben gestreckt transportiert.« Nina lächelte, als sie an diesen Flug dachte. Auch ihr Rücken hatte damals etwas gelitten, weil sie sich halb auf den Gang beugen musste, um nicht an die Gepäckablage zu stoßen.

Nina seufzte. »Weißt du, ich liebe meine Wohnung über alles.« Hier im idyllischen Burgstädtchen Kronstein, vor den Toren der Finanzmetropole Frankfurt, hatte sie in einer kleinen Villa aus dem 19. Jahrhundert eine große, lichtdurchflutete Zweizimmerwohnung gefunden. Das Wohnzimmer war ein Traum in Weiß und sanften Pastelltönen. Die Einrichtung hatte sie nach und nach zusammengetragen. Wann immer sie in den letzten Jahren auf ihren Geschäftsreisen an einem Flohmarkt oder Secondhandgeschäft vorbeigekommen war, hatte sie nach einzigartigen Stücken gesucht. Und sie hatte die besten Vermieter der Welt: Philipp und Antonia, mit denen sie Tür an Tür wohnte. Und die versnobte Gräfin, Philipps Mutter, die auf derselben Etage lebte, hatte einen gewissen Unterhaltungswert.

»Aber was ist, wenn meine Selbstständigkeit ein Flop wird? Kann ich mir dann noch eine Wohnung leisten?«

»Warum solltest du denn scheitern?« Beatrix neigte verständnisvoll lächelnd den Kopf zur Seite. »Kronstein ist bestimmt das richtige Pflaster für eine erstklassige Patisserie.«

»Ja, könnte man meinen. Aber vielleicht mag keiner meine Törtchen oder nebenan eröffnet die Filiale einer Bäckereikette und greift mit billigen Teilchen die Kundschaft ab. Du wärst überrascht, wie geizig gerade die Wohlhabenden oft sein können.« Nina merkte erst jetzt, dass sie noch das Gewerbeamtsschreiben in der Hand hielt. Sie hatte gerade gar nicht das Gefühl, als wäre der Bescheid ein Grund zur Freude, und legte ihn auf dem Esstisch ab.

Sie strich über das glatte, hellrosa Holz des Esstischs. »Den habe ich vom Flohmarkt geholt und ein Wochenende lang abgeschliffen. Und die Rattanstühle habe ich bei ebay ersteigert, danach abgeschliffen und weiß angestrichen. Ich hänge an diesen Dingen.«

»Ich hatte auch Schiss, bevor ich mein Café eröffnet habe. Eine Garantie hast du nie.«

»Siehst du, sag ich doch.«

»Mir haben damals zwei Fragen bei der Entscheidung geholfen. Erstens: Was ist das Schlimmste, was mir passieren kann? Und zweitens: Was ist das Beste, was passieren kann?«

Bei der ersten Frage musste Nina keine Minute überlegen. Die Antwort darauf geisterte als Schreckensversion durch ihre Albträume. »Also das Schlimmste für mich wäre es, unter der Brücke zu landen. Wenn ich finanziellen Schiffbruch erleide, am Ende hoch verschuldet den Laden schließen muss und auf Sozialhilfe angewiesen bin.« Und an ihre Rentenversicherung wollte sie gar nicht denken.

»Wie realistisch ist das denn für eine hoch qualifizierte Unternehmensberaterin?« Beatrix zwinkerte auffällig mit dem rechten Auge.

Nina lachte. »Eventuell könnte ich dann wieder bei McCarter anklopfen – oder mich als Unternehmensberaterin selbstständig machen.«

»Und das Beste, was dir passieren kann?«

Nina legte den Kopf schief und schaute Beatrix an. »Da würden schon einige Wünsche zusammenkommen.«

Beatrix nahm ihre Freundin an die Hand und zog sie Richtung Küche. »Und die will ich jetzt alle hören. Komm lass uns endlich diese Teilchen probieren, nach denen die ganze Wohnung duftet.«

In der Küche schaltete Nina die Espressomaschine ein. »Trinkst du deinen Kaffee immer noch mit einem halben Löffel Zucker?«

Beatrix nickte und stand ehrfürchtig vor Ninas nostalgisch anmutendem Profiherd, der zwei Backöfen, vier Gasbrenner und einen Edelstahlgrill hatte. Sie öffnete neugierig prüfend eine Backofentür. Dann schaute sie sich in Ninas Küche um. »Von so einer Küche habe ich immer geträumt. Hier kann man sich richtig austoben – und mit diesem Herd kannst du gleich anfangen zu backen und schon mal die haltbaren Waren produzieren.«

Nina füllte die aufgeschäumte Milch in zwei große Tassen und goss den Espresso darauf, trug sie zum Küchentisch und füllte eine Etagere mit den Bananen-Walnuss-Gugelhupfs, um sie dazuzustellen.

Die beiden setzten sich. Beatrix nahm sich sofort ein Teilchen und biss hinein. »Wahnsinn, ich brauche unbedingt das Rezept von dir.« Beide kauten in einvernehmlichem Schweigen. Nina nahm einen Schluck von ihrem Milchkaffee und dachte über Beas Frage nach. Was wäre der Idealfall? Oder aus der Beraterperspektive gefragt: Was ist das Best-Case-Szenario?

Sie seufzte leise. »Weißt du, ich würde so gern wieder jeden Tag backen, und natürlich möchte ich damit erfolgreich sein. Und außerdem hätte ich gern eine Familie. Am liebsten sofort, aber damit werde ich wohl warten müssen, bis das Geschäft angelaufen ist und ich mir Personal leisten kann.«

»Und du willst das als Alleinerziehende durchziehen?«

Wie kommt sie denn darauf? Nina schaute verwundert auf. »Den richtigen Mann dazu habe ich doch. Sören und ich planen praktisch schon von Anfang an eine Familie. Du musst ihn unbedingt bald kennenlernen.«

Bea schaute sie prüfend über den Rand ihrer Kaffeetasse an. »Es ist aber schon komisch, dass ihr noch nicht mal zusammen wohnt – nach drei Jahren. Da muss ich deiner Nachbarin leider recht geben.«

»Er ist einfach beruflich so eingebunden. Wir kommen nicht mal dazu, uns Wohnungen anzugucken.«

»Was sagt er denn zu deinen Plänen?«

»Sören steht voll und ganz hinter mir. Wir haben schon oft darüber gesprochen. Er weiß, dass das mein Traum ist.«

»Aber jetzt mal ganz praktisch gedacht: Wird er dich auch unterstützen, wenn du mal eine Durststrecke hast? Als ich mich selbstständig gemacht habe, hat Marcus das von Anfang an mitgetragen. Wenn es finanziell eng geworden wäre, hätten wir eine Weile allein von seinem Gehalt gelebt.«

Nina überlegte: So konkret hatten sie das noch nie durchgespielt. Aber klar, sie würden sich in Ruhe zusammensetzen und alles besprechen müssen, am besten gleich morgen. Montag wäre dann der letzte Termin, um fristgerecht zum Quartalsende zu kündigen. Sie mussten unbedingt morgen nach seiner Rückkehr von München miteinander reden.

Ihr kam ein Gedanke: Dies ist nicht nur die Chance für einen beruflichen Neuanfang. Es könnte auch der Startschuss für die nächste Phase ihrer Beziehung mit Sören sein. Wenn sie keine Rücksicht mehr auf berufliche Verwicklungen und den Bürotratsch zu nehmen brauchten, würde er vielleicht endlich mit ihr auf Wohnungssuche gehen. Und wenn Sören das nicht von sich aus vorschlug, würde sie die Sache in die Hand nehmen. Sie würde ihm einfach ein wenig auf die Sprünge helfen.

Nina nahm ihr Smartphone und tippte mit klopfendem Herzen: »Können wir uns Sonntagabend sehen? Muss dich unbedingt sprechen! Kuss.«

2

Das Klappern der Tastaturen hatte in einen Rhythmus gefunden, der sich wie eine leise Hintergrundmelodie über das Großraumbüro legte.

Es war fünf vor halb zehn. Gleich würde Sören ins Büro kommen. Nina fiel es schwer, sich auf ihren Bericht zu konzentrieren, an dem sie seit einer Stunde tippte. Sie war aufgeregt. Sie freute sich darauf, mit Sören ihre Pläne zu besprechen. Natürlich ließe sich für das neue Projekt so schnell kein Nachfolger finden, trotzdem würde ihr Liebster voll und ganz hinter ihr stehen. Und sobald sie offiziell gekündigt hatte, durften Sie sich endlich auch als Paar outen. Vielleicht könnten sie heute mal zusammen Feierabend machen und gleich anschließend essen gehen. Am besten ins Bellinis, wo man zwischen vielen Zimmerbäumen auf hochlehnigen Sofas saß. Sie merkte, wie ihr warm wurde. Ihre heißesten Nächte hatten im Bellinis angefangen. Nina seufzte und stellte sich vor, in Sörens Armen zu liegen.

Als sie aufschaute, stand er vor der Glastür, die Hand an der Klinke. Wow. Zu seinem anthrazitgrauen Anzug trug er eine Krawatte in strahlendem Magenta. Sie lächelte stolz. Auch nach drei Jahren konnte sie manchmal gar nicht glauben, dass er sich wirklich für sie entschieden hatte. Er hätte viele haben können – im Büro bemerkte sie oft, wie ihm die Kolleginnen heimlich bewundernd hinterhersahen. Manche himmelten ihn auch offen an, aber damit konnte sie umgehen. Sie war nicht der eifersüchtige Typ.

Außerdem konnte sie sich seiner sicher sein. Er hatte schon in ihrer ersten gemeinsamen Nacht gesagt, er könne sich vorstellen, mit ihr eine Familie zu gründen. Sie selbst träumte schon als kleines Mädchen von einem Haus auf dem Land mit vielen Kindern, einer großen Küche und einem Hund. Und Sören wollte das auch.

Gerade während der ersten Verliebtheit hatten sie sich oft Namen für ihre gemeinsamen Kinder ausgedacht. Beim Mädchennamen waren sie sich relativ schnell einig geworden. Es sollte eine Greta werden. Für einen Jungen hatten sie noch keinen Namen, der beiden gleich gut gefiel. Sören wollte ihn unbedingt Kasimir nennen, aber das kam für Nina auf keinen Fall infrage. Sie fände Gustav schön, oder einen kurzen Namen wie Tom oder Tim. Sie seufzte. In letzter Zeit hatten sie nicht mehr über Kinder gesprochen. Genau genommen sahen sie sich kaum noch, denn Sören arbeitete sehr hart für den nächsten Karriereschritt: Er wollte Partner in der Beratungsfirma werden, und diesen Schritt schafften nur ganz wenige.

Unruhig rutschte sie auf ihrem Stuhl hin und her, während er zu seinem Schreibtisch ging. Wie immer schaltete er zuerst den Rechner ein und hängte in den zwei Minuten, die der zum Hochfahren brauchte, seinen Mantel auf und holte sich einen Espresso. Dies alles geschah möglichst leise. Sie saßen mit vierzig Kollegen in einem Raum. Gespräche waren unerwünscht. Wer mit dem anderen reden wollte, chattete ihn an oder verabredete sich per Chat für ein längeres Gespräch in einem Meetingraum. Schon ein »Guten Morgen« störte die Konzentration, zumal es sich dann vierzigfach potenzierte.

Als im firmeninternen Chatroom hinter seinem Namen das grüne Lämpchen für »verfügbar« aufleuchtete, klickte sie ihn an.

»Schatz, ich müsste dringend mit dir reden. Ich hab dir deswegen schon am Samstag eine SMS geschickt.«

»Sorry, bin gestern erst mitten in der Nacht zurückgekommen. Ich muss zwar gleich in eine Besprechung und dann zum Kunden, aber ich habe eine Überraschung für dich. In einer halben Stunde im Meetingraum?«

Sie schaute über die Köpfe der Kollegen hinweg zu Sören hin, der kurz bedauernd die Hände hob und sofort weitertippte. Sie wusste natürlich, dass er jeden Morgen über fünfzig Mails im Posteingang hatte und dass die meisten davon schnell beantwortet werden mussten. Auf einmal schwitzte sie und fluchte innerlich, weil sie den Entschluss so lange aufgeschoben hatte – bis zum letzten Tag ihrer Kündigungsfrist.

Statt zu antworten, starrte sie versonnen zu ihm hinüber. Dann hob er kurz den Kopf und zeigte fragend auf den Meetingraum. Nina nickte.

Nachdem sie eine Weile unkonzentriert an dem Bericht herumkorrigiert hatte, sah sie Sören hinausgehen und folgte ihm. Als sie den Raum betrat, legte er sein Smartphone aus der Hand. Nina fühlte ein so starkes Bedürfnis nach Nähe, dass sie die Arme verschränken musste. Sie widerstand dem Drang, ihn mit Küsschen zu begrüßen, und wahrte den offiziellen Höflichkeitsabstand.

Sören setzte sich halb auf die Tischkante. »Sorry, heute ist bei mir die Hölle los«, sagte er. »Geht es um das neue Projekt? Ich habe die Teamaufstellung noch nicht abgeschlossen.«

»Nein, also nicht direkt, aber plan mich dort bitte gar nicht ein.«

»Weißt du, dass es um die Lieferkette des deutschen Supermarktgiganten geht? Ich dachte, die Lebensmittelbranche liegt dir besonders.«

»Ja, das stimmt, aber ich habe jetzt andere Pläne.« Nina hatte vor Aufregung Herzklopfen. Wenn Sören einfach nur ihr Teamleiter wäre, hätte sie kein Problem damit, zu kündigen. Aber er war nun mal auch ihr Freund.

»Hat dich Claus etwa für das Bankenprojekt abgeworben?« Er drehte sich von der Glaswand des Großraumbüros weg und setzte sich mit dem anderen Oberschenkel auf die Tischkante. Nina spürte seinen Blick auf ihrem Busen.

Der Abend ist gesichert, dachte sie. Offenbar hatte er sie in den zwei Wochen München *sehr* vermisst.

»Was hast du gerade gefragt?«

Er schmunzelte. »Hat dich Claus etwa für das Bankenprojekt abgeworben?«

»Äh nein. Ich will mich selbstständig machen.«

Sören wirkte verblüfft. Dann sagte er zögernd: »Schatz, es gibt so viele selbstständige Unternehmensberater. Das hat doch keinen Sinn.«

»Nein, natürlich nicht. Ich will mich als Konditorin selbstständig machen.« Sieh an, das war ihr viel leichter gefallen als gedacht. Sie wunderte sich bloß, weil Sören so begriffsstutzig war. Schließlich hatten sie ständig darüber gesprochen, dass dies ihr Traum wäre.

Stirnrunzelnd verschränkte er die Arme und sah plötzlich wie der Chef aus, der er war. »Du willst deine Stunden reduzieren und einen Nebenjob anmelden?«

Stand er denn heute total auf dem Schlauch?

»Nein, ich will ganz aus der Beratung aussteigen und zurück in meinen alten Lehrberuf.«

»Du willst doch wohl nicht jeden Morgen um drei Uhr aufstehen und für andere Leute backen?«

Doch, genau das will ich, dachte sie, und sein ungläubiger Ton brachte sie völlig aus dem Konzept. Sie setzte sich neben ihn auf den Tisch und verschränkte ebenfalls die Arme.

Sprachlos starrte sie auf das weiße Regal und registrierte, dass der Papierstapel dort verrutscht war. Die oberen Blätter bildeten eine Schräge nach unten. Und in den Ecken lag Staub. In dem Fach darüber hatte jemand seinen Kuli vergessen. Nina drehte den Kopf zur Glaswand. Einige Kollegen schauten neugierig zu ihnen. Langsam wandte sie sich wieder ab. »Ich habe dir schon so oft erzählt, dass ich davon träume, mich mit einer Konditorei selbstständig zu machen.«

Er sagte nichts. Nina fuhr fort: »Als wir letztens in Frankfurt in dem kleinen Schokoladen-Café waren, habe ich dir vorgeschwärmt, dass dieser Laden mein absoluter Traum wäre.«

Sören sagte immer noch nichts. Sie schauten zusammen auf den schiefen Papierstapel. Plötzlich sprang er vom Tisch. »Ja, mein Gott, was denkst du denn, wovon ich alles träume. Ich würde zum Beispiel auch lieber als Golfprofi arbeiten, aber ich weiß, dass das illusorisch ist.«

»Das kann man ja wohl überhaupt nicht vergleichen. Ich bin eine Konditormeisterin, die dazu noch einen BWL-Abschluss hat.«

»Das rechnet sich doch überhaupt nicht. Da schuftest du nur für die Steuer. Und hast du mal an die Rentenversicherung gedacht?«

»Natürlich! Seit einem Jahr rechne ich alles durch.« Sie würde den Teufel tun und zugeben, dass gerade diese Punkte ihr lange Angst gemacht hatten. Und wie sie das mit den geplanten Kindern vereinbaren sollte, war ihr auch noch nicht so ganz klar.

»Also wenn es dir um eine kreative Auszeit geht, dann nimm doch einen oder meinetwegen zwei Monate Sabbatical, um einen Dessert-Kurs in Frankreich zu belegen oder dergleichen.«

»Nein, ich will kein Hobby betreiben, sondern eine eigene Konditorei.« Wieso musste sie das überhaupt verteidigen?

Sören ging nun in dem kleinen Meetingraum auf und ab, wobei er immer drei Schritte weit kam und dann umdrehen musste. »Und was ist mit uns? Für mich sind das völlig neue Voraussetzungen für unsere Partnerschaft – und für eine gemeinsame Zukunft.«

»Ach, haben wir eine gemeinsame Zukunft? Schön, dass wir mal darüber sprechen. Bis jetzt konntest du dich ja noch nicht mal zu einer gemeinsamen Wohnung durchringen.«

Am Anfang ihrer Beziehung hatten sie einander Makleranzeigen von Häusern geschickt und überlegt, ob dieses oder jenes Haus zu ihrer künftigen Familie passte. *Meinst du, der Garten ist groß genug für Greta? Ha, Kasimir hat dort bestimmt Spaß.* Irgendwann hatten sie damit aufgehört. Und immer wenn Nina das Thema Zusammenziehen ansprach, hatte Sören den Stress mit seinem aktuellen Projekt vorgeschoben: *In den nächsten drei Monaten werde ich keine Zeit zum Umziehen haben.*

»Ja, und anscheinend war das auch gut so. Stell dir vor, wir würden zusammenwohnen und ich stünde jetzt mit der Miete und allen Kosten ganz allein da, weil du dein Geld in einen Laden steckst, der nichts abwirft.«

Nina stürmte zur Tür, drehte sich dort aber noch mal um. »Hast du mir eigentlich schon mal irgendwas zugetraut?«

»Jetzt sei nicht albern! Immerhin habe ich dich zur Mutter meiner Kinder erwählt.«

Zur Mutter *seiner* Kinder. Das schlug dem Fass den Boden aus. »Du bist so was von herablassend!« Sie riss die Tür auf und ging.

»Nina, ich … warte doch mal …«

Sie hörte nicht mehr hin.

An ihren Schreibtisch zurückgekehrt, tippte sie ihre formelle Kündigung. Nach ihrem Arbeitsvertrag hatte sie eine Kündigungsfrist von drei Monaten. Aber sie hatte seit zwei Jahren fast keinen Urlaub genommen – sie konnte praktisch sofort aufhören.

Sie wählte die Nummer des Büromateriallagers. »Hallo, haben Sie zufällig Umzugskisten vorrätig?«

»Ja, zum Quartalsende werden die bei uns immer gut nachgefragt.«

Nina holte sich eine kleine Kiste und fing an, ihren Schreibtischcontainer auszuräumen. Das einzige persönliche Stück darin war das Foto von der Bäckerei ihrer Großeltern, das sie wie ein Talisman durch ihre Laufbahn bei McCarter begleitet – und immer an ihren großen Traum erinnert hatte. Sie wickelte es sorgfältig in die Wirtschaftszeitung der letzten Woche ein und steckte es in die Handtasche. Die meisten Management-Ratgeber würde sie dalassen, die Büroutensilien, Stifte, Schreibblocks, Klebestreifen, Tacker etc., gingen zurück an das Materiallager.

Die Unterlagen zu den abgeschlossenen Projekten lagen alle digital auf einem gemeinsamen Laufwerk. Ihr letztes Projekt war so gut wie beendet. Eigentlich hatte sie mit Sören die Übergabe besprechen wollen, das würde sie jetzt mit der Personalabteilung regeln.

Alle, die heute nicht beim Kunden waren, saßen vor ihren Rechnern und tippten. Doch die Melodie der Tastaturen war aus dem Rhythmus geraten. Nina merkte, dass viele Kollegen innehielten und zu ihr schauten. Wahrscheinlich gaben sich Martin und Andrea gerade schulterzuckend zu verstehen, dass sie auch nicht wüssten, was los sei.

Nina blickte nicht über die halbhohen Trennwände hinweg, denn auf keinen Fall wollte sie jetzt Sörens Gesicht sehen. Lieber klaubte sie mit Feuereifer Büroklammern unter den drei Ablagekörben hervor. Aber bei dieser heiligen Aufgabe wurde sie erst einmal unterbrochen. In ihrem Chat-Fenster blinkte ein Bombardement von Nachrichten auf:

»Alles klar bei dir?«

»Nina, was ist los?«

»Gehst du?«

»Darf man gratulieren?«

»Bekommen wir das nächste Bürobaby?«

»Geht es dir gut?«

»Kann ich dir irgendwie helfen?«

Sie setzte sich an ihren Rechner und setzte eine E-Mail an ihre Kollegen auf. Auch wenn der Kontakt oberflächlich geblieben war, mit den meisten von ihnen hatte sie gern zusammengearbeitet. »Liebe Kolleginnen und Kollegen, heute ist mein letzter Tag …« Sie schüttelte den Kopf und löschte den Satzanfang wieder. Währenddessen gingen weiter besorgte bis neugierige Chat-Nachrichten bei ihr ein.

»Ach was soll's.« Sie schloss ihr E-Mail-Programm und kletterte auf den Schreibtisch. »Alle mal kurz herhören. Ich möchte mich von euch verabschieden, ich habe gerade gekündigt.«

Ein vielstimmiges »Ohhhh« verschiedenster Klangfärbung ging durch den Raum.

»Ich werde mich mit einer Patisserie selbstständig machen, und ihr seid alle herzlich eingeladen, auf einen Espresso und ein Törtchen vorbeizukommen. Die Adresse schicke ich herum, sobald der Eröffnungstermin feststeht.« Die Kollegen applaudierten und johlten zustimmend.

Nun sah sie doch zu Sören hinüber, der energisch tippend auf seinen Bildschirm starrte, als ginge ihn das alles nichts an. Sie holte tief Luft. »Und vielen Dank für die netten Nachfragen und Hilfsangebote. Macht euch keine Gedanken. Mir geht's gut.« Sören ließ das Geschehen offenbar weiter an sich abgleiten.

Nina hob das Kinn. »Es ging mir nie besser.«

3

Weinen kann ich zu Hause! Mit diesem Mantra im Kopf hatte Nina den Bürotag durchgestanden, ohne Tränen zu vergießen. Auch auf dem Heimweg hatte sie sich verbissen auf den Straßenverkehr konzentriert, und ihre Augen waren trocken geblieben. Aber in dem Moment, als sie ihre Wohnungstür aufschloss, gab es kein Halten mehr. Die Tränen strömten.

Ohne im Wohnzimmer das Licht anzuschalten, warf sie sich auf die Couch, knuffte wütend die drei Kissen zurecht, um sich bequem in die Ecke zu lehnen, und kuschelte sich in das hellblaue Plaid. Eine Weile starrte sie aus dem Fenster in die Baumkronen im Garten. Eigentlich sollte sie glücklich sein: Sie stand am Anfang eines neuen Weges, würde ihren lang gehegten Traum verwirklichen. Warum glaubte Sören so wenig an sie? Von einem Mann, der mit ihr sein restliches Leben verbringen wollte, hätte sie erwartet, dass er sie bestärkt und unterstützt.

Sollte sie Bea anrufen und ihr das Desaster schildern? Sie zog das Handy aus der Rocktasche und sah auf dem Display die Uhrzeit: Viertel vor sieben. Nein, Bea aß wahrscheinlich gerade mit ihrer Familie zu Abend oder las ihren Kleinen etwas vor. Mit dem Anruf würde sie mindestens bis acht warten müssen.

Aber sie konnte sich erst mal anders trösten. Sie warf die Decke zurück und ging in die Küche an den Vorratsschrank, holte die Schokoladenbox heraus und prüfte die Vorräte. Zwei Tafeln weiße Bio-Schokolade waren schon mal ein Anfang. Sie kramte weiter und fand noch ein paar Tüten gemahlene Mandeln. Dann schaute sie im Kühlschrank nach, ob noch Sahne und Eier da waren. Ja, zum Glück beides. Also alles, was man für Macarons brauchte. Die Vorstellung, die Creme zu rühren, entspannte sie bereits. Und wieder einmal sah sie, wie sehr sie das Backen glücklich machte! Das bestärkte sie in ihrer Entscheidung. *Ja! Ob mit oder ohne Sören, ich ziehe das durch.*

Mit neuem Elan schrieb sie ihrer Nachbarin eine SMS: »Mache gleich Macarons. Wenn du Zeit hast, komm doch vorbei.« Antonia hatte schon oft gefragt, ob Nina ihr nicht mal beibringen könnte, diese köstlichen bunten Baisers zu backen.

Drei Minuten später stürmte Antonia in ihren Flur. »Ich habe eine Flasche Champagner mitgebracht, dann können wir gleich auf deine Kündigung anstoßen«, sagte sie und runzelte im nächsten Moment die Stirn. »Du hast doch gekündigt, oder? Sag mal: Hast du geweint?«

Nina zuckte mit den Schultern. »Also hat es wohl nichts gebracht, dass ich mir gerade das Gesicht kalt abgespült und eine neue Lage Make-up aufgelegt habe.«

Antonia nahm sie in den Arm. »Komm lass uns backen, und dabei erzählst du mir, was los ist.«

Nina nahm ihr die Champagnerflasche aus der Hand. »Und die hier wird gleich geköpft.« Sie ließ den Korken knallen und goss ihnen ein Gläschen ein.

»Prost! Auf meine Kündigung!«

»Auf deine Patisserie!«

Nina gab Antonia ein Brettchen und ein Messer. »Mit der Ganache fangen wir an, die muss nämlich eine Weile kühlen. Hack doch mal die Schokolade klein.«

In der Zwischenzeit maß Nina die Sahne ab und brachte sie auf dem Herd zum Kochen. Als sie über dem Wasserbad Sahne und Schokolade cremig rührte, wehte ein wunderbarer Duft durch den Raum. Nina sog ihn tief ein. »Jetzt geht es mir schon wieder besser.«

Sie rührte noch einen Schluck Champagner unter die Creme und stellte sie in den Kühlschrank.

Antonia setzte sich an den Küchentisch, um den Puderzucker zu sieben. »Also, was hat Sören denn heute zu deinem Plan gesagt?«

»Allerhand.« Nina füllte gemahlene Mandeln in die Küchenmaschine und drückte kurz auf den Knopf, um sie noch feiner zu mahlen, gab sie das Mandelmehl in die Puderzucker-Schüssel und vermischte alles. »Und ich bin so was von enttäuscht!«

Antonia hielt beim Sieben inne und blickte sie gespannt an.

»Stell dir vor, er hat tatsächlich Angst, dass ich den Laden in den Sand setze und er mich dann durchfüttern muss.« Nina hatte Sörens wütendes Gesicht noch vor Augen.

»Bitte? Ihr wohnt doch nicht mal zusammen.«

»Genau, und deshalb meinte er, da habe er ja noch mal Glück gehabt.« Sie war schon wieder kurz davor, in Tränen auszubrechen. Wie hatte sie sich so sehr in ihm täuschen können? Heftig blinzelnd trennte sie die Eiweiße und gab sie mit einer Prise Salz in die Küchenmaschine. »So, das muss jetzt eine Weile schlagen«, sagte sie mit schwankender Stimme.

Antonia nahm sie in den Arm. »Da muss doch noch was anderes dahinterstecken. Ist er vielleicht enttäuscht, weil du ihn jetzt erst in deine Pläne eingeweiht hast?«

Nina stutzte. Nachdenklich hob sie die Mandeln und den Puderzucker unter den Eischnee. »Aber ich erzähle ihm schon seit wir uns kennen, dass ich von einer eigenen Patisserie träume.«

»Hast du ihm denn auch erzählt, dass du ein Gewerbe anmelden willst?

»So konkret nicht. Ehrlich gesagt, habe ich das nur dir erzählt. Und Bea beim Klassentreffen vor zwei Wochen. Und meinen Eltern.«

»Und warum nicht dem Mann, mit dem du den Rest deines Lebens verbringen willst?«

Gute Frage.

»Wahrscheinlich habe ich unterbewusst Angst vor seiner Reaktion gehabt. Und wie man sieht, war das begründet.«

Antonia stupste Nina an. »So viel zum Thema Vertrauen.« Und nach einem Moment des Schweigens meinte sie: »Weißt du, du kannst nicht erwarten, dass er ohne Wenn und Aber sofort in den Plan einsteigt. Die Zweifel, mit denen du dich eine Weile herumgeschlagen hast, solltest du ihm auch zugestehen, oder?«

Nina seufzte. »Du hast recht, das war nicht okay. Vielleicht habe ich mich ganz umsonst aufgeregt.« Sie füllte die Masse in einen Spritzbeutel. »So, versuch mal, gleichmäßige Kreise auf diese Matte zu spritzen. Ganz gerade von oben und nicht wackeln.«

Antonia gab ihr Bestes.

Nachdem alle Kreise auf den Matten verteilt waren, stellte Nina sie zum Trocknen ans Fenster. Danach schob sie sie für zehn Minuten in den Backofen. Als sie abgekühlt waren, wurden die Macarons mit der Ganache gefüllt.

Antonia schnappte sich den Löffel, an dem noch viel von der Champagner-Creme klebte. Sie schloss die Augen. »Ich will nie wieder etwas anderes essen.«

Die fertigen Macarons verströmten einen feinen Mandelduft. Antonia nahm sich einen und biss hinein. »Schon allein für diese Dinger werden dir die Leute die Bude einrennen. Sören erkennt das auch noch, gib ihm eine Chance.«

Nina biss ebenfalls in einen Macaron. »Hmm, du hast recht, die sind wirklich super geworden.«

Antonia stupste sie an. »Lass ihn drüber schlafen, und dann redet ihr noch mal.«

Nina griff nach ihrem Champagnerglas und trank einen großen Schluck. »Na, jetzt ist er sowieso erst mal weg. Gerade aus München zurück und schon wieder auf einem Projekt in Stuttgart. Aber in zwei Wochen haben wir unseren Termin für das Geburtstagsdinner, das ich ihm zum Vierzigsten geschenkt habe.«

Antonia stieß mit Nina an. »Dann hat er jetzt zwei Wochen Zeit, um nachzudenken.«

Nina setzte sich an den Küchentisch und ließ den Kopf hängen. »Würde mich nicht wundern, wenn er das Essen absagt.«

»Wie seid ihr denn auseinandergegangen?«

Geknickt erzählte Nina, wie sie ihn im Meetingraum stehen ließ, während er sie zurückhalten wollte.

»Na siehst du«, schloss Antonia zwinkernd. »Mir scheint, eure Kommunikation ist noch verbesserungsfähig.«

Nina zündete sich im Wohnzimmer eine Kerze an und machte es sich mit dem letzten Glas Champagner auf dem Sofa bequem. Es war spät geworden. Aber sie fühlte sich aufgebaut. Antonia hatte recht. Die Kommunikation mit Sören ließ stark zu wünschen übrig. Weil er so hart arbeitete, hatten sie kaum Zeit für echte Zweisamkeit. Wenn sie mal einen Abend miteinander verbrachten, fehlte die Muße dafür, denn er hatte selbst dann ständig die Arbeit im Kopf. Da konnte sich kaum ein persönliches Gespräch entwickeln, bei dem jeder seinen Gedanken mal freien Lauf lassen konnte. Und so blieb auch die Familienplanung immerzu theoretisch.

Nina holte ihr Handy aus der Rocktasche. Sie hatte gehofft, er würde sich im Laufe des Abends bei ihr melden, denn immerhin hatte sie gekündigt. Nun ja, andererseits war er sicher auch wütend, weil sie sofort Tatsachen geschaffen hatte. Hoffentlich war das nicht das Aus ihrer Beziehung. Sie fühlte Tränen kommen. Nein, jetzt nicht!, befahl sie sich.

Sie entsperrte das Handy, und da erschienen auf dem Display die alten SMS von Bea.

Peter fährt am Samstag mit den Kindern ins Spaß-Bad. Da könnte ich dich besuchen. Was hältst du davon? Und: *Ich freue mich dermaßen auf das Klassentreffen!!! Kommst du denn wirklich???* Und davor: *Herzlichen Glückwunsch zum 35.!!!*

Nina starrte auf die Zahl und fühlte eine nie dagewesene Verzweiflung. Sören. Das musste einfach wieder zu kitten sein.

Mit zitternden Händen tippte sie auf seine Nummer. Er nahm tatsächlich ab. »Hallo Nina.«

Erleichterung und Reue durchströmten sie. »Es tut mir leid.« Und da stockte sie auch schon, zumal er schwieg. Im Hintergrund hörte sie Stimmen, das Klirren von Gläsern und verträumten altmodischen Jazz. »Ich möchte mich mit dir aussprechen.«

»Ist jetzt gerade ganz schlecht. Ich bin mit den Kunden in einer Bar. Du weißt schon, den Kontakt festigen.«

Nina ließ die Schultern hängen. Genauso war es immer. »Ich würde gern mal den Kontakt mit dir festigen.«

Die Unterhaltung neben Sören wurde lauter. »He, Sie sind einen im Rückstand! Na los, auf ex!«, sagte jemand, und andere bekräftigten das gut gelaunt.

»Weißt du was? Wir sollten uns wirklich mal richtig aussprechen. Wir sehen uns doch sowieso bei dem Dinner im Schloss. Oder?«

»Ja. Du fehlst mir.«

»Du mir auch. Aber ich muss jetzt Schluss machen. Die lassen mir hier keine Ruhe. Bis dann, Schatz.«

4

»Diese Theke können Sie gleich zur Kuchenvitrine umfunktionieren, und wie Sie sehen, ist hier Platz für mindestens zehn Tische.«

Hubertus von Grünenburg ging mit ausladenden Schritten durch den Raum und breitete die Arme aus. »Na, was sagen Sie?« Der Makler strotzte vor Selbstbewusstsein, so als hätte er beste Beziehungen zum Bürgermeister und zum Baurechtsamt, und gleichzeitig gab er sich jovial, als plauderte er mittags mit den Handwerkern an der Pommesbude.

Nina stand in einem geräumigen Souterrain in der Kronsteiner Altstadt und stellte sich vor, wie sich ihre Patisserie darin machen würde. Der Verkaufsraum war sehr groß, zu groß, wie sie fand. Die weißen Fliesen verstärkten diesen Eindruck und ließen ihn zudem kalt erscheinen. Die helle Holztheke, die gut in eine Kneipe, vielleicht noch in ein Bistro gepasst hätte, müsste sie erst noch herausreißen. Außerdem fiel durch die hoch gelegenen schmalen Fenster nur wenig Tageslicht herein.

»Lassen Sie uns mal die Küche angucken.« Nur spaßeshalber, dachte sie.

Die Küche war mit einem Haufen alter Kartons zugestellt. Von den Wänden hingen Fetzen abgerissener Tapeten. Es gab einen Herdanschluss, einen abgebrochenen Wasserhahn, eine Doppelsteckdose, und es konnte gerade mal eine Person darin stehen.

Nina schüttelte den Kopf. »Hier habe ich keinen Platz für

weitere Backöfen, geschweige denn für Kühlschränke oder eine Spülmaschine.«

Der Makler lächelte und ließ Nina dabei seine makellosen Jacketkronen sehen. »Kein Problem, hier gibt es noch einen Raum nebenan, den Sie hinzunehmen können.«

»Was meinen Sie mit hinzunehmen?«

»Na, da müssen Sie einfach nur eine Wand rausreißen, und dann passt das schon. Das sollte kein Problem sein.«

Das bedeutete noch mal zusätzlich einen hohen Renovierungsaufwand für einen Verkaufsraum, der ihr im Grunde nicht gefiel. Nein. Eigentlich hatte sie sich schon entschieden, aber nach dem Preis wollte sie interessehalber noch fragen.

»Wie hoch ist denn die Miete?«

»Also für diese Lage, hier mitten in der Altstadt, ist das Objekt absolut günstig. Zweitausend Euro die Kaltmiete plus ein paar Hundert Euro Umlagen.«

»Okay. Ich könnte jetzt sagen, ich überlege es mir, aber das stimmt nicht. Der Laden passt einfach nicht zu meinem Konzept.«

»Vielleicht können Sie sich das Ganze nur noch nicht richtig vorstellen? Ich kann Ihnen bis nächste Woche auch eine Computeranimation davon machen.«

»Nein, vielen Dank.« *Mit meiner Vorstellungskraft ist alles in Ordnung.*

Nina bemühte sich, ihren Ärger nicht allzu deutlich zu zeigen und einen freundlich-professionellen Ton beizubehalten. »Ich hatte Ihnen gesagt, ich brauche einen KLEINEN Verkaufsraum und eine GROSSE Küche als Backstube, und ich will zwei Bistrotische stellen, nicht zehn.«

Sollte sie doch lieber noch andere Makler beauftragen? Allerdings war die Auswahl nicht so üppig. Nach ihrer Recherche arbeiteten ungefähr zehn Makler in Kronstein, und von denen hatte sich scheinbar nur einer auf Gewerbeimmobilien spezialisiert: Hubertus von Grünenburg. Deshalb hatte sie sich mit ihm zusammengesetzt, ihm ihr Konzept vorgestellt und genau erklärt, wonach sie suchte. Hatte er gar nicht zugehört?

Von Grünenburg raffte die Unterlagen für den Kellerladen zusammen und stopfte sie in seine Aktentasche, eine braune Louis Vuitton, wie sie jetzt sah. »Gut, dann schauen wir mal, was ich weiter für Sie auftreiben kann. Ich muss jetzt gleich zum nächsten Termin und melde mich dann bei Ihnen.«

Acht Tage später fuhr Nina zum sechsten Ladenlokal, das ihr von Grünenburg zeigen wollte. Bis jetzt war kein Passendes dabei gewesen. Das eine lag zu weit ab vom Schuss, das andere war zu dunkel und die Küche zu klein, zwei waren baufällig gewesen. Besonders geärgert hatte sie sich, als er ihr ein Objekt für fünftausend Euro Kaltmiete anbot – vor allem, da er mit dem Preis erst ganz am Ende der Besichtigung herausrückte, als Nina im Geiste schon die Einrichtung plante.

Nina stellte ihren Polo auf dem leeren Kundenparkplatz ab. Es war ein schöner Frühlingstag, die Sonnenstrahlen wärmten schon, und die Regenwolken hatten sich verzogen. Sie stieg aus und ging an das Schaufenster des ehemaligen Feinkostladens. Die Betreiber hatten ihn vor einem Jahr aus Altersgründen aufgegeben.

Deprimierend, so ein leer stehender Laden, dachte sie. In dieser guten Lage sollte um diese Zeit geschäftiges Treiben herrschen. Kunden sollten sich die Klinke in die Hand geben oder draußen an einem Tisch die Frühlingssonne bei einem Espresso genießen. Stattdessen wehte der Wind durch einen Stapel Gratiszeitungen vor der Eingangstür.

Trotz des trostlosen Anblicks spürte sie ein freudiges Kribbeln im Bauch. Das könnte ihr Laden werden: Er war relativ zentral gelegen, die Größe des Verkaufsraums ideal, soweit sie das von außen sehen konnte, und er befand sich im Erdgeschoss eines wunderschönen Fachwerkhauses, das mit seinem weißen Putz und den roten Holzbalken die perfekte Kulisse für ihre Törtchen abgeben würde.

Daher empfing sie den Makler heute mit einem breiten Lächeln, auch wenn das verhandlungstechnisch ungeschickt war. Sie konnte nicht anders.

Sogar die Küche war perfekt, wie sich zeigte. Nina konnte ihr Glück kaum fassen. Von Grünenburg deutete auf den frei stehenden Edelstahlherd. »Die früheren Betreiber haben viel gekocht. Ich habe hier oft mein Abendessen gekauft, zum Beispiel den Grünkohl oder Frikadellen. Alles ausgezeichnet. Das gut sortierte Delikatessenangebot hatte in Kronstein viele Abnehmer gefunden.«

Nina nickte, war in Gedanken aber bei den Einbauten: In die Küche bräuchte sie nur noch zwei zusätzliche Backöfen einzubauen, sodass sie mit drei Öfen parallel backen könnte.

Der Verkaufsraum war hell und an der Wand genug Platz für zwei tiefe Regale und eine Kuchenvitrine. In der Mitte ließen sich drei Bistrotische stellen. Die roten Holzbalken an der Decke strahlten Behaglichkeit aus und verliehen dem Raum ein rustikales und gleichzeitig edles Flair.

Sie traute sich kaum, nach dem Preis zu fragen. Dieser Laden war perfekt, sie wollte ihn unbedingt haben. Aber wahrscheinlich würde er ihr Budget sprengen.

»Sie haben Glück, eigentlich wollte sich eine Bäckereikette hier einmieten, der Vertrag ist dann aber letzte Woche geplatzt. Die Vermieter sind ziemlich genervt.«

Nina machte die Eingangstür auf und hakte sie fest, damit frische Luft in den muffigen Raum strömen konnte. »Kann ich draußen zwei kleine Tische hinstellen?«

Hubertus von Grünenburg folgte ihr zur Tür. »Das sollte kein Problem sein. Schauen Sie, die Praxis nebenan hat auch zwei Tische vor der Tür.«

»Praxis?«

»Ja, eine Kinderzahnarztpraxis. Dort sitzt der Chef, Matthias Fischer.«

Nina fiel erst jetzt der Mann auf, der sich bei einer Tasse Espresso hinter seiner Zeitung verschanzt hatte. »Prima, stellen Sie mich doch gleich mal vor.«

Sie freute sich über die Gelegenheit, ihren potenziellen Nachbarn kennenzulernen.

Hubertus schaute auf sein Smartphone und hob dann die Hände. »Tut mir leid, ich muss hier gerade mal dringend zurückrufen.«

Während ihr Makler mit dem Smartphone am Ohr in die Küche ging, schlenderte Nina auf den Zahnarzt zu.

Der Eingang der Praxis befand sich im Neunzig-Grad-Winkel zum Laden, sodass sie sich praktisch einen kleinen Hof teilten.

Als er seine Zeitung umständlich umblätterte, sah Nina einen großen sportlichen Typ mit einem mürrischen Gesicht.

Der will *Kinder*zahnarzt sein?, dachte sie.

Beim nächsten Umblättern wenige Sekunden später bemerkte er sie. Nina schlängelte sich an den Terrakottatöpfen vorbei, die neben den Tischen standen, und steuerte direkt auf ihn zu.

»Hallo. Einen hübschen Hof haben Sie hier.«

Er ließ die Zeitung sinken und seufzte genervt. Nina war drauf und dran, umzudrehen, denn offensichtlich fühlte er sich gestört. Doch inzwischen stand sie fast vor ihm, da wäre es lächerlich, abzudrehen. Er stand auf und gab ihr die Hand. »Fischer.«

Er war einen Kopf größer als sie, und seine breiten Schultern zeichneten sich unter dem weichen Flanellhemd deutlich ab. Kühl und distanziert blickte er sie an. »Wollen Sie den alten Kasten mieten?«

Nina bemerkte, dass er einen kräftigen Händedruck hatte, und spürte ein warmes Kribbeln im Bauch. Schnell zog sie ihre Hand zurück.

Sie hob das Kinn. »Ich habe mich noch nicht entschieden, ich wollte erst mal die Nachbarschaft unter die Lupe nehmen.«

»Die Nachbarschaft hat gerade zwei Minuten Pause und muss vor dem nächsten Patientenansturm ein bisschen auftanken. Wollen Sie hier eine Boutique eröffnen?«

Das klang geradezu feindselig. »Sehe ich so aus?«

Jetzt musterte er sie von oben bis unten. Sie trug ihre älteste Levis, dazu ein pinkfarbenes T-Shirt mit einer leichten knallgrünen Strickjacke darüber. Sie war froh, endlich aus den nüchternen Businessklamotten rauszukommen. Grau oder dunkelblau mit weißer Bluse, das war der Dresscode bei McCarter.

»Ehrlich gesagt, nein.«

Sie schmunzelte. »Ich möchte hier eine Patisserie mit Törtchen, Süßigkeiten und kleinen Geschenken eröffnen.«

»Na wunderbar, das passt ja ganz prima zur Kinderzahnarztpraxis!«, meinte er. Sein Ton war sarkastisch, aber sein Blick schon milder.

Nina beugte sich nun zu ihm. Kurz brachte sie sein angenehmes zitronig-herbes Aftershave ins Stocken, dann raunte sie: »Sie können mir dann Provision geben, wenn sie einen Anstieg an Kariesbehandlungen haben. Und wenn Sie mich sehr bitten, biete ich auch eine extra klebrige Toffee-Kollektion an, die die Füllungen rauszieht.«

Er flüsterte zurück: »Um Gottes willen, sagen Sie das bloß nicht zu laut. Die Kronsteiner glauben das sofort.«

»Wieso? Läuft Ihre Praxis so schlecht?«

»Nein, aber die Leute hier würden das für eine geniale Geschäftsidee halten – diese ganzen Investmentbanker und Unternehmensberater, die hier wohnen. Na ja, schön, dass hier mal jemand Bodenständiges einzieht.«

Nina atmete hörbar aus. »Ähm eigentlich war ich auch mal …«

Er zeigte mit dem Kopf zum Laden. »Ich glaube, Ihr Typ wird verlangt.«

»Frau Seiler, ich müsste dann gleich weiter.« Von Grünenburg stand in der Tür des Ladens und winkte mit seinem Smartphone.

»Auch so einer. Passen Sie auf, mit wem Sie Geschäfte machen.« Der Zahnarzt schüttelte den Kopf, und damit wandte er sich ab und setzte sich wieder auf seinen Gartenstuhl.

Hm. War das Eis jetzt gebrochen oder nicht?

Auf dem Weg zum Laden drehte Nina sich noch mal zu ihm um. »Bis bald. Ich freue mich schon auf eine gute Nachbarschaft.«

Matthias Fischer hob demonstrativ seine Zeitung in die Höhe und las weiter.

Nina schaute noch verwundert, als sie an der Ladentür ankam. »Ist der immer so?«

»Na, sagen wir mal, er ist kein einfacher Zeitgenosse. Ich vermeide den Kontakt mit ihm.«

»Oh, das tut mir leid. Mir scheint er ganz witzig zu sein. Könnte interessant werden, ihn als Nachbarn zu haben.«

Der Makler schüttelte den Kopf. »Betrachten Sie es eher als Herausforderung.«

Sie überlegte, welche Streitigkeiten er und Fischer gehabt haben könnten.

»Sind Sie zusammen zur Schule gegangen?«

»Nein.«

Nina wartete auf einen erklärenden Nachsatz, aber von Grünenburg schwieg. Okay, wenn sie ehrlich war, ging sie das auch nichts an. Das Einzige, was sie wirklich interessieren sollte, war das Ladenlokal – und nicht der gut gebaute Kinderzahnarzt und seine soziale Interaktion.

Von Grünenburg hielt Nina die Mappe mit dem Exposé hin. »Siebenhundertfünfzig Euro im Monat kalt, Nebenkosten muss ich noch fragen.«

»Oh, das ist – ähm okay.« Nina presste ihre Handflächen fest zusammen, damit sie nicht triumphierend die Faust reckte. Wow, ihr Traumladen, zum absoluten Traumpreis.

Sie tat mäßig interessiert. »Ich würde es eventuell nehmen, wenn sich bei der Miete noch was machen ließe. Schließlich stand der Laden leer, und wir haben hier ja eine 1b-Lage.«

»Ich versuche es, aber es wird nicht einfach.«

Eine Stunde später klingelte ihr Smartphone. »Frau Seiler, ich habe gerade mit den Eigentümern gesprochen.«

Ninas Herz schlug schneller. »Ja, und?«

»Ich habe hart für Sie verhandelt, sehr hart, und die Eigentümer waren auch von Ihrer Geschäftsidee ganz angetan. Sie sind inzwischen ziemlich genervt von dem ganzen Hickhack mit der Bäckereikette und freuten sich nun, dass sich jemand schnell entschließen kann.«

»Ja?« Nina verdrehte die Augen. Mann, so viel hatte er während der gesamten Besichtigung des Ladens nicht gesprochen.

»Und unter uns gesagt, die Eigentümer können in finanziellen Fragen auch ganz entspannt sein. Sie müssen nicht auf jeden Cent gucken. Im Grunde sind sie nicht auf die Mieteinnahmen angewiesen.«

»Wie viel verlangen sie denn nun?«

»Sitzen Sie?«

»Oh bitte, spannen Sie mich nicht noch länger auf die Folter.«

»Sechshundert Euro und zweihundert Nebenkosten.«

Wow. »Dann nehme ich den Laden.«

Nina streckte lautlos triumphierend die Faust in die Höhe.

5

»Entschuldige!« Sören kam mit raumgreifenden Schritten auf die Bar zu, an der Nina beim Warten zwei Gläser Prosecco getrunken hatte. Sie waren jetzt seit drei Jahren zusammen, aber an seine Unpünktlichkeit bei privaten Treffen konnte sie sich nicht gewöhnen. Im Job legte er größten Wert darauf, bei Terminen auf die Minute genau zu erscheinen.

Nina trank den letzten Schluck aus ihrem Prosecco-Glas und setzte es energisch ab. »Du hast Glück, in zwei Minuten wäre ich gegangen.«

»Ach komm, lass uns nicht gleich so anfangen«, bat er, küsste sie auf die Wange und trat dann einen halben Schritt zurück. »Wow, lass dich mal anschauen, toll siehst du wieder aus.«

Trotz des warmen Frühlingsabends hatte Sören einen dunklen Anzug an. Und Nina hatte sich für ein zitronengelbes Etuikleid entschieden, das kurz über den Knien endete. Sie wusste, ihm gefielen eher dezente Farben, aber davon hatte sie sich noch nie beeinflussen lassen, schon gar nicht heute.

So elegant es mit ihrem Etuikleid eben ging, ließ sie sich vom Barhocker gleiten und wandte sich an den Kellner, der die Tische zuwies. »Wir sind dann jetzt vollzählig.«

Die eindrucksvolle Atmosphäre des Schlossrestaurants – die Antiquitäten, die dicken Teppiche, die vornehm gedämpfte Lautstärke der Gespräche – verfehlte heute ihre Wirkung auf sie.

Sören bestand darauf, ihr den Stuhl zurechtzurücken, und setzte sich ihr gegenüber. Auf dem Weg zu ihrem Tisch hatte sie sich dezent nach den anderen Gästen umgesehen. Es waren nicht nur Pärchen da, an einigen großen runden Tischen saßen auch Gruppen. Eine bestand aus Anzugträgern, die sich fast nur in der Farbe ihrer Krawatten unterschieden. Nina tippte auf ein Lions-Club-Treffen. An einem anderen Tisch hatten sich mehrere Generationen einer Familie versammelt. Ein Baby schlief auf dem Schoß seiner Mutter, und ein Mädchen im Kindergartenalter hatte sich unter dem Tisch versteckt.

Sören griff nach Ninas Hand. »Sorry noch mal wegen der Verspätung. Ich habe länger als geplant in einer Telefonkonferenz mit den Amis gehangen. Du kennst das ja: die müssen immer alles dreimal wiederholen, bevor sie zum Punkt kommen.«

Nina entzog ihm ihre Hand. »Ja, und ehrlich gesagt vermisse ich das überhaupt nicht.«

Sören seufzte. »Ich weiß.«

An endlose Telefonkonferenzen konnte sie sich noch zu gut erinnern – und auch an langweilige Meetings und Präsentationen, an Kollegen, die nie auf den Punkt kamen, sich rücksichtslos in den Meetings produzierten, die spannende Arbeit an sich rissen und die nervigen Aufgaben abwälzen wollten.

Der Kellner reichte ihnen die Speisekarte. Sören bestellte für sie beide einen Aperitif und ließ sich drei französische Rotweine zum Kosten bringen. »Wir nehmen zum Wild den Chateau Guiton.«

Nachdem der Kellner gegangen war, befasste sich jeder still mit der Speisenauswahl. Nina war angespannt und blickte ab und zu verstohlen zu Sören. Er dagegen wirkte entspannt, ja geradezu beschwingt.

Kurz darauf wurde der Aperitif serviert. Sören hielt ihr sein Glas über den Tisch entgegen und schaute sie mit seinem typischen Sören-Charme leicht lächelnd und ein wenig schräg von unten an. »Auf uns!«

Nina beugte sich nach vorn und schaute ihm in die Augen. »Gibt es denn noch ein uns?«

»Nina, es tut mir leid. Ich hoffe, du entschuldigst meinen Aussetzer im Büro. Ich fühlte mich einfach überrumpelt.«

»Als Teamleiter oder als Freund?«

»In beiden Rollen.«

Nina schüttelte den Kopf. »Deine Enttäuschung als Teamleiter kann ich verstehen, da ging es um das nächste Projekt. Aber von meinem Freund hätte ich Unterstützung erwartet.« Sie probierte ihren Rosato Duo.

»Ich brauchte erst eine Weile, um deine Neuigkeit zu verdauen.«

»Aber ich erzähle dir seit Monaten von diesem Traum.«

»Mir war nicht klar, wie ernst es dir ist. Und ich will dich auf jeden Fall unterstützen.«

»Auch auf die Gefahr hin, dass ich mein ganzes Geld für einen Laden verbrauche und die Sache in den Sand setze?«

»Natürlich wirst du das als Betriebswirtin nicht tun. Du warst eine hervorragende Unternehmensberaterin, und eine hervorragende Bäckerin bist du sowieso.«

»Konditorin, meinst du wohl, und Unternehmerin.«

»Was auch immer, auf jeden Fall, bist du sicher erfolgreich.«

»Wenn du das sagst.«

»Ja, ich weiß es.« Sören hob sein Glas erneut. »Und vielen Dank für die Einladung.«

Mit dem kostspieligen Geschenk hatte sie ihm zeigen wollen, wie wichtig er ihr war, wie ernst sie ihre Partnerschaft nahm. Sie hatte in den letzten Jahren eisern jeden Euro zurückgelegt, um das Startkapital für ihre Patisserie zusammenzubekommen, und deshalb hatte sie bei Sörens Geschenk großzügig sein können. Immerhin war der vierzigste ein ganz besonderer Geburtstag.

Das Schlosshotel war nicht nur eine der teuersten, sondern auch eine der vornehmsten Locations der Region, in deren Küche selbstverständlich ein Drei-Sterne-Koch am Herd stand. Nina hatte den Tisch nur bekommen, weil sie im Namen von McCarter reserviert hatte.

Nun saßen sie unter einem großen Ölgemälde von Friedrich dem Großen und schauten direkt auf eine Sammlung mit hohen Meißner Bodenvasen, alles Originale selbstverständlich. Aber anstatt eine glückliche Beziehung zu feiern, mussten sie ein Krisengespräch führen.

»Weißt du, Sören, wir haben uns in letzter Zeit so wenig …«

Sie wurde vom Ober unterbrochen, der die Vorspeise servierte. »Einmal Jakobsmuschel an schwarzem Knoblauch und Oscietra Kaviar für den Herrn und die Basilikum-Schaumsuppe für die Dame.«

Sören goss ihnen beiden ein Glas Wasser ein und griff zu seinem Besteck. »Wie geht es denn jetzt für dich weiter?«

»Stell dir vor: Ich habe vor ein paar Tagen meinen Traumladen gefunden«, berichtete sie, und ihre Stimmung hellte sich augenblicklich auf. »In einem Fachwerkhaus, relativ zentral. Der Mietvertrag ist aber noch nicht unterschrieben.«

Sören beugte sich nach vorn und nahm Ninas Hand. »Wenn du dir etwas vorgenommen hast, verlierst du aber auch keine Zeit!«

»Und ich bin auch mit dem Businessplan fertig.«

»Hast du ihn dabei, dann zeig mal.«

»Hier? Nein!«

»Doch, komm, der Plan ist dir wichtig, und ich freue mich, wenn ich dir helfen kann.«

Nina schaute zu den anderen Gästen. Der Lions-Club war in eine lebhafte Diskussion vertieft, die Familie war mit den übermüdeten Kindern beschäftigt. »Okay, nach der Vorspeise.«

»Du weißt, wie wichtig eine zweite Meinung bei einem solchen Plan ist.«

Nachdem der Kellner die Teller der Vorspeise abgeräumt hatte, holte Nina ihr iPad aus der Handtasche. »Aber nur, bis der Hauptgang kommt.«

Sören tippte auf die Datei. »Lass mal sehen. Was willst du alles verkaufen? Motivtorten, Kuchen, Kleingebäck, Marmeladen, Porzellan- und Dekoartikel – was ist mit Espresso?«

»Ja, klar, auf jeden Fall will ich ein paar Getränke anbieten, die haben eine gute Gewinnspanne.«

»Hast du deine Preisspannen schon kalkuliert?«

»Motivtorten ab dreißig Euro und Kuchen im Einzelverkauf so ab 2,50 Euro das Stück. Hier in Kronstein ist zwar ein Hochpreisgebiet, aber ich darf nicht zu teuer werden, denn gerade Leute mit viel Geld achten auf jeden Cent.«

Sören blätterte das Dokument durch und überflog die Fakten. »Auf den ersten Blick sieht alles gut aus. Gib mir doch einfach deine Kalkulation mit. Ich rechne zu Hause noch mal alles durch: Materialkosten, Personalkosten, Miete, Warendurchlauf, Umsatzziel und so weiter.«

Nina lächelte. Sören war ganz in seinem Element. Sie hatte es schon immer bewundert, mit welcher Begeisterung er sich in Berechnungen und Kalkulationen versenken konnte. Für sie selbst war das jahrelang nur ein Job gewesen.

Während sie den »Hirschrücken aus den Taunuswäldern« verspeisten, erzählte Sören von seiner Geschäftsreise nach München und beim warmen Schokokuchen von den Personalveränderungen bei McCarter.

Nina hörte hauptsächlich zu und stellte sich vor, wie sie später mit ihren zwei Kindern beim Abendbrot saßen und auf ihn warteten, oder auf den gewohnten Anruf: *Tut mir leid, Schatz, ich weiß nicht, wann ich heute hier rauskomme.* Sie seufzte.

Sören nahm Ninas Hand. »Nochmals vielen Dank für diesen schönen Abend! Wollen wir noch einen Absacker an der Bar trinken? Auf meine Rechnung? Ich habe dir auch noch etwas zu sagen, das bei unserer Auseinandersetzung ganz untergegangen ist, wie du dich vielleicht erinnerst.«

Richtig. Jetzt fiel es ihr ein. *Und da beschwere ich mich über seine Unaufmerksamkeit.* Schuldbewusst lächelnd stimmte sie zu und ließ sich von ihm den Stuhl wegrücken.

In Jonnys Bar wurden sie von wunderbar melancholischer Klaviermusik empfangen. »Wie einst Lili Marleen« spielte der Pianist gerade. Sie ließen sich in die bequemen grünen Chesterfield-Sessel fallen. Nina bestellte sich einen alkoholfreien Mango Margarita und Sören einen zehn Jahre alten Whisky.

»Also? Was wolltest du mir sagen?«

Sören nahm ihre Hand. »Ich habe eine riesengroße Überraschung für dich.«

Nina fühlte ein sanftes Prickeln und schaute in seine braunen Augen. Darin las sie große Zuneigung. Es war einer dieser Blicke, wegen denen sie sich damals in ihn verliebt hatte. Allmählich spürte sie die Wirkung des Weines, sie fühlte sich angenehm leicht. Und sie bemerkte, dass Sören auf seinem Stuhl hin und her rutschte. Ihr Herz machte einen Hüpfer. Wurde das etwa ein Heiratsantrag? Sie wäre bereit, die nächste Phase ihrer Beziehung einzuläuten. Natürlich müssten sie sich noch darüber unterhalten, wie sie künftig die Aufgaben verteilen sollten. Aber das kriegen wir irgendwie hin, dachte sie glücklich.

Sören strahlte sie an. »Ich gehe Ende des Jahres nach München und werde von dort aus die Risikoberatung für den süddeutschen Raum leiten. Vor dir sitzt also einer der künftigen Partner von McCarter.«

»Wow.« Nina brauchte eine Minute, um die Nachricht einzuordnen. »Herzlichen Glückwunsch. Du gehst in die Zentrale?«

»Ja, das hat sich letztendlich beim Projekt in München entschieden, ich habe gehört, dass der Posten frei wird und mich gleich ins Gespräch gebracht. Wenn es gut läuft, werde ich von dort aus in drei, vier Jahren in die Geschäftsleitung berufen.«

Dies war eine einmalige Chance für Sören. Aber was bedeutete dieser Schritt für ihre Beziehung? Ninas Gedanken fuhren Achterbahn.

»Na, was sagst du?«

Wir sehen uns doch jetzt schon kaum, wollte sie ausrufen. »Ende des Jahres wird mein Geschäft gerade angelaufen sein.« Sie seufzte. »Bis wann musst du denn zusagen?«

»Ich habe natürlich sofort Bereitschaft signalisiert. Du kennst das doch. Wenn ich lange überlege, schauen sie sich nach jemand anderem um.«

»Und was ist mit uns? Ich hatte gehofft, dass wir in Zukunft mehr Zeit miteinander verbringen. Stattdessen werden wir eine Wochenendbeziehung führen und uns noch seltener sehen.« Nina war enttäuscht. Würden sie es denn nie schaffen, einfach mal eine normale Partnerschaft zu leben und den Alltag miteinander zu verbringen?

Und wann sollten sie eine Familie gründen? Hielt Sören sie hin, wie Bea vermutete? Und warum hatte er sie nicht eher nach ihrer Meinung gefragt?

Sören strahlte sie an. »Ich würde doch nicht ohne dich gehen, ich gehe einfach nur vor. Wenn dein Laden hier läuft, ziehst du zu mir und eröffnest mit deinem genialen Konzept eine Filiale in München. Und wenn du dann da bist, schauen wir uns gemeinsam nach einem Haus für unsere kleine Familie um.«

Nicht ihre Idealversion der Zukunftsplanung, aber sie war

gerührt und erleichtert, weil Sören so viel daran lag, dass sie mitkam. In einer Beziehung musste man Kompromisse eingehen. Das galt auch für sie. Wenn er jetzt bereit war, mit ihr zusammenzuziehen, dann würde sie den Ortswechsel mittragen. Schließlich wusste sie, wie wichtig ihm dieser Karriereschritt war.

»Ich will dir bei dieser einmaligen Chance nicht im Weg stehen…«

»Schließlich mache ich das ja auch für uns, für die Kinder, die wir mal haben werden. Wir wollen ihnen ja auch etwas bieten, sie mit besten Chancen ausstatten.«

»Also gut, ich kann mir vorstellen, nachzukommen und eine Filiale in München zu eröffnen.«

»Aber?«

»Na ja, ich bin nicht gerade scharf darauf, in München zu leben. Meine Eltern, Antonia, Bea leben hier oder wenigstens in der Nähe. Dort kenne ich keinen. Und ich finde es hier ideal, weil Kronstein eine überschaubare Größe hat und trotzdem ein weltoffener Ort ist.« Sie schaute in ihr Glas. Den täglichen Austausch mit Antonia würde sie am meisten vermissen.

»Aber ich kann auf dich zählen?«

Eigentlich brauchte sie nicht zu überlegen. Sie wollte mit ihm schon lange eine Familie gründen. »Ja!«

In einer anderen Ecke der Bar, halb verborgen hinter Palmen, zahlte ein Gast und kam mit seiner Begleiterin auf ihren Tisch zu. »So schnell sieht man sich wieder.«

»Larissa!« Sören sprang auf, und Nina drückte sich ebenfalls aus dem Sessel hoch. Larissa begrüßte Sören mit Luftküsschen, danach schmiegte sie sich wieder an ihren Begleiter, den zwei Meter großen blonden Hubertus von Grünenburg. Die Garderobe der beiden war farblich aufeinander abgestimmt: Sie trug ein orangefarbenes Seidenkleid, und er hatte einen Kaschmirpullover in exakt dem gleichen Farbton um seine Schultern gelegt. Nina registrierte es schmunzelnd.

»Hubertus, darf ich dir meinen Schulfreund Sören Krause vorstellen, wir haben uns im philosophischen Kreis wiedergetroffen.« Larissa lächelte zuerst Sören und dann Nina an. »Und Sie sind eine Kollegin?«

Nina streckte ihr die Hand entgegen. »Nina Seiler.«

»Meine Lebensgefährtin«, ergänzte Sören und legte einen Arm um ihre Schultern.

Larissa lächelte beide an. »Herzlichen Glückwunsch, du hattest gar nicht erwähnt, dass du mit jemandem zusammenlebst.«

Nina drehte den Kopf zu Sören, der sie noch fester an sich zog. »Wir wohnen auch nicht zusammen …« Er schaute ihr tief in die Augen. »Noch nicht.«

»Hallo Frau Seiler, schön, Sie wiederzusehen.« Von Grünenburg gab Nina die Hand.

»Ihr kennt euch?« Sören schaute von einem zum anderen.

Nina lachte. »Ja, was für ein Zufall. Darf ich vorstellen: Hubertus von Grünenburg, der mir meinen Traumladen zum Traumpreis vermittelt hat.«

»Nina plant, eine Coffee-Shop-Kette zu eröffnen«, erklärte Sören an Larissa gewandt.

Nina schüttelte den Kopf. »Nein, nein, nur eine kleine Patisserie.«

»Wie interessant«, meinte Larissa. »Wo denn? Wissen Sie, ich frage, weil ich ein Kaffeekränzchen zu bewirten habe.«

»Neben der Praxis des Kinderzahnarztes. Er hat sich mir schon kurz vorgestellt. Ich freue mich auf eine gute Nachbarschaft.«

Larissas Lächeln wirkte plötzlich verkrampft.

»Kennen Sie ihn?«, fragte Nina. »Er scheint ein witziger

Typ zu sein. Aber andere halten ihn eher für schwierig, wie ich höre.«

Larissa schwieg und wirkte wie versteinert.

»Ich glaube, unser Taxi wartet«, sagte von Grünenburg und deutete ein Lächeln und eine Verbeugung an. »Wir sehen uns dann ja beim Unterschriftstermin.« Damit nahm er Larissa beim Arm und führte sie hinaus.

Nach dem zweiten Cocktail rief Sören für sie beide ein Taxi. Er hielt ihr die Tür auf und setzte sich dann zu ihr nach hinten. Als er den Arm um sie legte, lehnte sie den Kopf an seine Schulter. Der Fahrer drehte sich zu den beiden um und grinste. »Wohin kann ich euch zwei Turteltäubchen denn bringen?«

Sören zog Nina noch ein wenig näher an sich heran und schaute sie an. »Zu mir?«

Sie spürte seine Wärme und hatte seit Langem endlich wieder ein Gefühl der Geborgenheit. Sören hatte sich entschuldigt, er wollte sie unterstützen. Sie beide hatten wieder eine Zukunft. »Okay.«

6

Nina stand auf der Leiter, hatte die Musik voll aufgedreht und sang lauthals die Lieder der deutschen Band »Die Ärzte« mit. In »Himmelblau« ging es um Neuanfang und Aufbruch. Nina schrie die Worte fast. Sie kannte die Texte auswendig. Die Songs der Ärzte hatten sie durch ihre gesamte Kindheit und Jugend begleitet, da ihre Mutter großer Fan war, und gestern hatte sie ihr dieses Lied von Farin Urlaub geschickt.

»Oh Mann, nach den Ärzten haben wir in unserer Schuldisco getanzt.«

Nina erschrak und drehte sich auf der Leiter so schnell um, dass sie schwankte. Sie sah Matthias Fischer, ihren Nachbarn, in der Tür stehen.

Mit einem Schritt war er bei der Leiter und hielt sie fest. »Entschuldigung, ich habe geklopft, aber bei dem Lärm hier haben Sie das wohl nicht gehört.«

»Oje! Sind Ihre Patienten bei der Musik vom Stuhl gefallen?«

Fischer grinste. »Die Musik fanden die ganz okay, aber das Geschrei dazu hat sie etwas erschreckt.«

Nina stieg von der Leiter und kam ihm dabei zwangsläufig nahe, da er sich nicht vom Fleck bewegte. Sie konnte sein Aftershave riechen, das leicht nach Zitrone duftete und bei ihr die Lust auf Sommerurlaub am Mittelmeer weckte. »Erinnern Sie mich daran, dass ich das nächste Mal das Fenster zumache, wenn ich eine Gesangseinlage gebe.« Sie sah ihm lachend in die Augen und blickte erschrocken weg, weil sein Blick unerwartet tief ging. Hastig griff sie zu ihrem Handy, das neben dem Aktivlautsprecher lag, und stellte die Musik leiser.

»Darf ich mich mal umgucken?«, fragte er und schlenderte auch schon los.

»Sehr gern, obwohl ja noch nicht viel zu sehen ist.«

Matthias inspizierte alle Ecken des Verkaufsraums, begutachtete, wie sie die Tapete abgeklebt hatte, und steuerte in der Küche auf den frei stehenden Edelstahlherd zu. Er klappte die Ofentür auf und spähte hinein. »Ein schönes Teil, hat zwar schon ein paar Jahre auf dem Buckel, ist aber solide gearbeitet.«

Nina beobachtete erstaunt, wie Matthias alle Schalter und Verbindungen des Herds untersuchte. »Sie interessieren sich für Herde?« Fast hätte sie laut gelacht und fragte sich dann, warum. Sie fand daran gar nichts lächerlich, im Gegenteil!

Matthias schaute sich jetzt die Dunstabzugshaube genauer an und klappte die Abdeckung auf. »Ich finde generell alte Geräte faszinierend. An mir ist ein leidenschaftlicher Handwerker verloren gegangen.«

»Na ja, im Grunde genommen betreiben Sie ja jetzt auch ein Handwerk.« Sie gesellte sich zu ihm und blickte von der Seite zu ihm hoch. Sie traf ein unerwartet intensiver Blick aus strahlenden grünen Augen.

»Leider ist da nicht so viel spannende Technik dabei. Als Student habe ich regelmäßig Kühlschränke, Waschmaschinen und Herde vom Sperrmüll aufgearbeitet und dann verkauft oder verschenkt.«

»Ich hätte gedacht, dass Zahnärzte in Kronstein eher einen Kühlschrank mit Bluetooth zu Hause haben, der übers Internet Milch nachbestellt, wenn sie alle ist.« Das brachte ihr einen prüfenden Blick ein. Aber ihr ironisches Lächeln schien ihn zu beruhigen.

»Ja, wenn es nach meiner Exfrau gegangen wäre, hätte ich jetzt einen Kühlschrank im Wert eines Kleinwagens in der Küche stehen, aber ich habe meinen aufgearbeiteten Bosch aus den Sechzigerjahren nicht hergegeben.«

»Sie meinen, so ein Original-Teil mit verchromten Türgriffen?«

»Ja, genau, und ich habe ihn sogar in Coca-Cola-Rot lackiert.«

Nina schob ihm den alten Küchenhocker hin und zog sich den Mineralwasserkasten heran. »Wollen Sie sich einen Moment setzen? Darf ich Ihnen einen Sprudel anbieten?«

Er überlegte kurz. »Na gut. Fünf Minuten bleiben mir noch bis zum nächsten Patienten. Also dann ein Wasser.«

Sie öffnete eine Wasserflasche, aus der mit einem Zischen eine Fontäne in die Luft sprudelte. Ihr T-Shirt war am Ausschnitt ziemlich nass und klebte an ihr wie eine zweite Haut. Dann schaute sie zu Matthias: sein Hemd hatte ebenfalls ziemlich viel abbekommen.

Er zupfte an seinem nassen Hemd. »Sie gehen echt großzügig mit Ihrem Wasser um.«

»Oje, das tut mir leid.« Nina sprang auf und holte die Küchenrolle. Sie riss für Matthias ein großes Stück davon ab und beugte sich zu ihm, um sein Hemd abzutupfen. Doch kurz bevor sie es berührte, stoppte sie und reichte ihm die Tücher.

Er nahm sie, tupfte damit sein Hemd ab und schaute sie dabei unverwandt an. Sein Blick war ernst. Trotzdem machte er ihr Herzklopfen.

Als sie beide einigermaßen trockengelegt waren, prosteten sie sich mit ihren Bechern zu. »Auf gute Nachbarschaft.«

Nina hatte noch immer Herzklopfen wegen der seltsamen Atmosphäre zwischen ihnen und kam auf ein unverfängliches Thema zurück. »Ihr Herz schlägt also für alte Geräte?«

»Ja, ich gebe zu, es ist meine heimliche Leidenschaft.«

»Na ja, jeder braucht ein Hobby. Andere Männer haben eine Modelleisenbahn im Keller stehen oder basteln in der Garage an einem Opel GT. Was für Teile haben Sie denn zu Hause gehortet?«

»An größeren Sachen nur noch eine zwanzig Jahre alte Miele-Waschmaschine. Die habe ich vom Sperrmüll geholt, repariert, und seitdem läuft sie wie am Schnürchen.«

Matthias schaute auf seine Uhr und hob bedauernd die Schultern. »Also, ich muss weiterarbeiten. War nett, mit Ihnen zu plaudern.«

Nina zeigte in ihre Küche. »Übrigens, falls Sie mal wieder an einem Sperrmüll vorbeikommen: da drüben in der rechten Ecke würde eine Spülmaschine ziemlich gut aussehen.«

Er schaute tatsächlich dorthin, nickte ernst und ging zu seiner Praxis hinüber.

Nachdem Matthias sich verabschiedet hatte, drehte Nina die Musik wieder auf und stieg auf die Leiter, verzichtete diesmal aber darauf mitzusingen. Gerade als sie das Malerkrepp in die Hand nahm, klopfte es an der Ladentür.

Da standen zwei Männer in Businessanzügen, die nicht ganz so teuer aussahen, wie Nina es von den Unternehmensberatern gewohnt war.

Sie sprang in zwei Schritten von der Leiter. »Augenblick bitte.« Erneut ging sie zu der Aktivbox und reduzierte die Lautstärke.

»Wir wollten Ihnen nur etwas vorbeibringen.«

Die beiden gaben Nina die Hand. »Stephan Ewaldt, und das ist mein Kollege Dr. Martin Leistner. Wir sind von der Volksbank. Es geht um Ihren Kreditantrag.«

Nina merkte, wie die beiden Espressi, die sie vorhin in der

Bäckerei getrunken hatte, in ihrem Magen in Bewegung gerieten.

»Kommen Sie doch herein. Soll ich Ihnen das Ladenlokal zeigen?«

»Ach ja gern. Wir werden hier sicher Stammkunden, unsere Filiale ist ja praktisch gegenüber.«

Nina führte die Herren in die Küche.

»Heißt das, Sie haben den Kreditantrag genehmigt?«

Die beiden lächelten sie an, und Dr. Leistner nahm Ninas Businessplan aus einer Mappe. »Also, ich denke, wir kommen schnell zur Sache. Sie glauben ja gar nicht, mit welchen unrealistischen Vorstellungen viele Gründer bei uns ankommen.«

Sein Kollege Ewaldt zog die Brauen hoch. »Und wie chaotisch die Businesspläne oft sind …«

»Aber ihr Plan ist einer der besten, den wir seit Langem gesehen haben. Da merkt man doch, dass Sie bei McCarter durch eine exzellente Schule gegangen sind.«

»Ja, wirklich sehr beeindruckend: bis ins kleinste Detail durchkalkuliert, realistische Umsatzschätzungen, und die Marketingaspekte sind ebenfalls gut durchdacht.«

»Sie haben ja sogar einige Produkte im Detail beschrieben. Bei den Mascarpone-Gugelhupfs ist mir das Wasser im Munde zusammengelaufen.«

»Also, wie gesagt: Wir werden bestimmt Stammkunden, aber erst mal bekommen Sie einen Gründerkredit von der Deutschen Ausgleichsbank.«

Dr. Leistner übergab ihr die Mappe. »Sie haben dann ungefähr in einer Woche die dreißigtausend Euro auf Ihrem Konto.«

»Na dann legen Sie mal los – und wenn Sie noch Fragen haben, kommen Sie einfach kurz über die Straße.«

Dr. Leistner drehte sich im Gehen noch mal um. »Eine Frage hätte ich ja noch: Verstehen Sie mich nicht falsch, aber warum geben sie so eine glänzende Karriere bei McCarter auf? Wir haben uns natürlich erkundigt, und da hieß es, dass Sie dort in Kürze Senior-Managerin geworden wären und auch für eine Partnerlaufbahn vorgesehen waren.«

Nina breitete achselzuckend die Arme aus. »Ich will einfach tun, was mich glücklich macht und was ich am besten kann: backen.«

7

»Dreißigtausend Euro!« Nina jubelte. Jetzt konnte sie loslegen, ohne ihr Gespartes anzutasten. Sie stand in ihrer Küche, die Hände im Hefeteig, und knetete mit aller Kraft – heute sollte der Teig besonders gut werden. Sie hatte Sören zum Dinner eingeladen, zu einem festlichen Dinner, um sich für seine Hilfe bei ihrem Businessplan zu bedanken, denn ihm waren noch ein paar wichtige Details aufgefallen.

Außerdem würde so ein Tête-à-Tête ihrer Beziehung guttun. Wie hatte er es neulich genannt? Den Kontakt festigen. Tja, bei den Kunden beherrschte er das. Im Privaten würde sie wohl dafür sorgen müssen. Aber solange er zu ihr stand, war sie gern dazu bereit.

Mit einem Weinglas stach sie Kreise aus dem Hefeteig aus und setzte die Garnelen-Hummerfüllung in die Mitte. Die Päckchen band sie mit einem feinen Lauchstreifen zusammen. Sie lag gut in der Zeit: noch zwei Stunden bis zum Essen. Sie wusch die Rosmarinzweige und legte sie zusammen mit den eingelegten Zwiebeln in den Bräter zur Kalbshaxe.

Ihr Profiherd bewährte sich wieder einmal, denn sie brauchte heute beide Backöfen parallel. Sie war zwar Konditorin und keine Köchin, trotzdem legte sie bei der Zubereitung ihrer Mahlzeiten einen gewissen Ehrgeiz an den Tag. Um 20.00 Uhr sollte alles auf den Punkt gegart sein. Die Zutaten für den Nachtisch, ein Maracuja-Eis, würde sie kurz vor acht in die Eismaschine geben, damit es gegen zehn Uhr fertig war.

Nachdem sie Bad und Küche geputzt, neue Bettwäsche

aufgezogen und den Esstisch mit dem Geschirr ihrer Großeltern gedeckt hatte, blieben ihr noch zwanzig Minuten, um zu baden, sich zu schminken und ein Kleid auszuwählen. Um zehn vor acht betrat sie mit ihrem leuchtend roten Cocktailkleid die Küche und erledigte die paar Handgriffe, die für das Dessert nötig waren. Dann ging sie ins Wohnzimmer und zündete die Kerzen auf dem Esstisch an. In ihrem Bauch fühlte sie ein leichtes Kribbeln, das sich runter bis zu den Zehenspitzen zog.

Sie huschte ans Fenster und schaute, ob Sören vielleicht gerade vorfuhr. Nein. Aber es gab zwei freie Parkplätze.

Die Kalbshaxe hatte eine köstliche Bräune bekommen, wie sie bei einem Blick in den Ofen sah.

Sie arrangierte die Tulpen, die sie nachmittags in dem kleinen Blumenladen um die Ecke gekauft hatte, in einer kürzeren Vase, weil sie darin besser zur Geltung kamen.

Noch einmal ging sie zum Fenster. Da fuhr ein Wagen in eine Parklücke. Nein, es war nicht seiner.

Um 20.20 Uhr faltete sie die Servietten noch kunstvoller. Sie stellte sich an die Wohnzimmertür und prüfte die Wirkung. Perfekt.

Um 20.45 Uhr blies sie wütend die Kerzen aus. Noch einmal lief sie zum Fenster, um nach Sörens Wagen zu schauen. Dann nahm sie die Kalbshaxe aus dem Ofen, die inzwischen etwas verschrumpelt aussah. Um 21 Uhr entkorkte sie den Rotwein und goss sich ein Glas ein.

Auf nüchternen Magen tat der Alkohol sofort seine entspannende Wirkung. Sie ließ sich auf dem Sofa nieder und übte sich in Gelassenheit.

Es hat keinen Sinn, sich aufzuregen, dachte sie. Wer so viel Geld verdienen will, hat keinen Anspruch auf einen Acht-Stunden-Tag. Und wenn wir erst mal in München leben und er dort die Risikoberatung leitet, wird es eher schlimmer. Dieser Job bedeutet noch mehr Mitarbeiter, noch mehr Verantwortung, noch mehr Druck.

Um 21.30 Uhr klingelte es. Nina ging öffnen. Inzwischen war sie völlig entspannt und hatte längst beschlossen, dass es Sörens eigene Schuld war, wenn er ausgetrocknetes Kalbfleisch bekam.

»Ja, alles klar, habe ich für morgen vorbereitet!« Sören stand vor ihrer Tür und telefonierte über sein Headset. Während er Nina einen Strauß Blumen übergab, an dem noch das Preisschild von der Tanke klebte, legte er den Finger an den Mund und zuckte entschuldigend mit den Schultern.

»Prima, vielen Dank für Ihr Vertrauen. Wir werden das so schnell wie möglich umsetzen.«

Nina musterte ihn stolz. Mit seinem dunkelgrauen Anzug und dem Aktenkoffer auf Rollen wirkte er wie ein Dressman aus der Männer-Vogue.

Sie ging in die Küche und legte alles, was noch essbar aussah, auf eine Platte.

»Entschuldige, dass ich etwas später dran bin!«

Als Nina ins Wohnzimmer kam, saß Sören am Esstisch und checkte seine Mails. »Ich lege das jetzt sofort weg. Zurzeit ist echt die Hölle los. Was hast du denn Schönes gezaubert?«

»Eine schön trockene Vorspeise, eine schön gummiartige Hauptspeise und einen schönen Nachtisch, der vielleicht noch zu retten ist«, erklärte sie, lässig gegen die Tischkante gelehnt.

Sören stand auf und umarmte sie kurzerhand. »Ich habe mich den ganzen Tag auf den Nachtisch gefreut.« Er schloss kurz die Augen und schnupperte. »Es riecht so gut, das Essen kann gar nicht zerkocht sein.«

Nina stellte die Garnelen-Hummer-Päckchen gemeinsam

mit der Kalbshaxe auf den Tisch. »Lass uns einfach durchprobieren, was man noch essen kann.«

»Sorry noch mal wegen der Verspätung. Wir mussten einen Fehler ausbügeln, das ganze Team saß noch da. Ich konnte unmöglich früher gehen.«

Nina hielt ihm ihr Weinglas zum Anstoßen hin. »Mein Kredit wurde bewilligt.«

»Na bestens!« Sie ließen die Gläser klirren. »Dann kannst du ja jetzt richtig loslegen. Was hast du denn als Nächstes vor?«

»Ich streiche gerade alles pink. Also nicht alles, aber zwei Wände des Verkaufsraums.« Sie zerteilte ihr Garnelen-Hummer-Päckchen.

»Wäre es nicht professioneller, Handwerker zu beauftragen?« Sören setzte sein Weinglas ab und langte gleich bei der Kalbshaxe zu.

Nina lehnte sich zurück. »Hallo? Ich habe schon als Kind mit meinen Großeltern die Wände ihrer Konditorei gestrichen, oder mit meinen Eltern unser Haus.«

Er nickte freundlich. Von seinem Sören-Charme war noch nichts zu bemerken.

»He, du bist bei mir. Jetzt schalte doch mal dein Kundenlächeln aus.«

Kurz schaute er irritiert ins Leere, dann lächelte er etwas breiter. »Apropos pink, ich habe ja noch eine Überraschung für dich.«

Er ging zu seiner Aktentasche, öffnete das vordere Fach und nahm ein Visitenkartenetui heraus, dem er ein Kärtchen entnahm. »Das sind die Kontaktdaten von Peter Krogmann, dem angesagtesten Kreativen im Rhein-Main-Gebiet. Er schuldet mir noch einen Gefallen und will dir zu einem Sonderpreis deine Geschäftsausstattung entwerfen.«

»Und so ein Star-Kreativer kümmert sich um die Optik meines kleinen Ladens?« Nina strich über die grau geprägte Schrift der Karte. »Den kann ich mir doch gar nicht leisten.«

Sören nahm ihre Hand und streichelte ihren Daumen. »Mein Schatz, mir liegt dein Erfolg sehr am Herzen – und deshalb habe ich ihn angerufen und mit ihm ausgehandelt, dass er dich zu einem absoluten Sonderpreis unterstützt. Sprich doch mal mit ihm.«

Sie war skeptisch und fand das eigentlich unnötig, wollte Sören aber auch nicht in eine peinliche Situation bringen, indem sie seine Bemühungen ins Leere laufen ließ. »Na gut. Dann schon mal vielen Dank!«

Sören lehnte sich auf seinem Stuhl zurück. »Das war ausgezeichnet, mein Schatz.«

Sehr höflich, dachte sie und begann die Teller abzuräumen. »Kann ich mich denn jetzt mit einer Portion Maracuja-Eis revanchieren?«

Als sie wieder an den Esstisch kam und die Platten abräumen wollte, hielt Sören sie fest. »Das ist zwar nicht der Nachtisch, auf den ich mich den ganzen Tag gefreut habe, aber Maracuja-Eis klingt auch lecker.«

»Vielleicht gibt's ja nach dem Eis noch einen zweiten Dessert-Gang?«

Sören hauchte ihr einen Kuss ins Ohr, und Nina schmiegte sich in seinen Arm. Während er sie zärtlich lockend auf den Mund küsste, schob er ganz langsam die Hand in den Ausschnitt ihres Kleides. Nina schloss die Augen und strich mit sanftem Druck über seinen Rücken.

»Nina.« Er zog die Hand aus ihrem Dekolleté und schob sie von sich. »Ich würde ja gern die Nacht hierbleiben, aber ich fürchte, ich muss nach dem Eis gleich nach Hause. Morgen früh um sieben geht mein Flieger nach London, und irgendwann muss ich noch die Präsentation überarbeiten.«

»Das ist jetzt nicht dein Ernst, oder?« Nina versuchte die aufsteigenden Tränen wegzublinzeln.

»Wir holen den zweiten Dessert-Gang am Wochenende einfach nach. Versprochen.«

8

»Nina, fahren Sie doch bitte etwas langsamer. Ich vertrage Autofahrten nur bis sechzig Stundenkilometer.«

Nina fuhr gerade auf der dreispurigen Autobahn Richtung Wiesbaden, und die Gräfin neben ihr auf dem Beifahrersitz sah ein wenig grün aus. Sie hatte schon auf Achtzig heruntergebremst, und nun klebte an ihrer Stoßstange ein BMW, der kräftig auf die Lichthupe drückte.«

»Aber das ist eine Autobahn. Wenn ich noch langsamer werde, lösen wir eine Massenkarambolage aus.«

Antonia, die auf dem Rücksitz saß, signalisierte dem BMW-Fahrer, er solle doch überholen. Kopfschüttelnd drehte sie sich um, weil er nicht darauf einging. »Können wir vielleicht die Landstraße nehmen?«

Nina setzte den Blinker, als sie die Ausfahrt sah, und hoffte, die Gräfin würde noch so lange durchhalten, bis sie irgendwo rechts ranfahren konnte.

»Okay, gerne. Das ist auch die reizvollere Strecke in den Rheingau.«

Über den Rückspiegel schaute Nina zu Antonia, die schief grinsend die Brauen hochzog.

Als sie bei Tempo sechzig über die Landstraße zockelten, schaute Nina noch mal besorgt zur Gräfin und registrierte erleichtert, dass diese schon einen Tick besser aussah als vor fünf Minuten. »Sollen wir mal anhalten und frische Luft schnappen? Vielleicht da vorn auf dem Parkplatz? Allerdings ist es auch nicht mehr weit nach Kiedrich.«

Die Gräfin seufzte für ihre Verhältnisse ungewöhnlich laut. »Nein, nein, es geht schon.« Sie winkte ab und sagte dann etwas munterer: »Ich freue mich ungemein auf Kiedrich. Da hatte ich in meiner Jugend beim Weinball einen sehr hartnäckigen Verehrer. Der konnte tanzen …«

Nina lächelte, Antonia schwieg, und die Gräfin drehte sich halb um und sah von einer zur anderen. »Also bitte, auch ich war einmal jung.«

Nina blinkte links. »Na dann, weiter nach Kiedrich.«

Sie wollte Beas Café einen Besuch abstatten. Es konnte nicht schaden, noch ein wenig Marktforschung zu betreiben und Ideen für die Gestaltung ihrer Patisserie zu sammeln, und vielleicht auch für ihre Produktpalette.

Sie hatte viele Stunden im Internet recherchiert und sich unzählige Läden in Frankfurt und Umgebung angeschaut. Die Website zu Beas Café war sehr ansprechend gestaltet, und das Café machte einen zauberhaften Eindruck.

Antonia hatte ihr angeboten, mitzukommen, und zehn Minuten vor der Abfahrt verlegen an ihre Tür geklopft. »Sag mal, wäre es sehr schlimm, wenn wir meine Schwiegermutter mitnehmen?«

»Eigentlich hatte ich mich auf einen gemütlichen Mädelsausflug mit dir gefreut.«

»Na, dann sind wir eben drei Mädels. Weißt du, ich kann sie unmöglich allein hier sitzen lassen, sie ist heute wieder so schlecht drauf.«

»Kann sie nicht ihre eigenen Freundinnen anrufen und sich von denen aufmuntern lassen?«

»Wenn das so einfach wäre. Die Damen ihrer Teerunde mischen bei allen möglichen Wohltätigkeitsprojekten und Kulturkreisen mit. Die kommen nicht spontan zum Trösten vorbei.«

»Ach deshalb trifft sie die nur einmal in der Woche. Und

an den restlichen sechs Tagen hat sie dann Langeweile.« Nina hatte ergeben geseufzt. »Na dann freue ich mich auf gräfliche Unterstützung bei unserer Marktrecherche.«

Froh, weil der Gräfin während der Autobahnfahrt kein Malheur passiert war – sie hatte noch nie jemanden gesehen, der tatsächlich grün im Gesicht war –, schaute sie über die sanft ansteigenden Weinberge links und rechts der Landstraße. Zwischen den Reben standen einige Arbeiter, die die Zweige hochbanden, und an einem Hang zog ein Bauer mit der Egge seine Bahnen und lockerte den Boden auf.

Da kam schon das gelbe Ortsschild, und hinter der Biegung grüßte eine geschnitzte Holztafel und ein mit Blumen bemaltes Weinfass die Gäste. Herzlich willkommen in Kiedrich.

Nina lenkte ihren Polo zum Besucherparkplatz des kleinen Weinörtchens. Als alle drei ausgestiegen waren, hakte sich Antonia bei ihrer Schwiegermutter ein.

»Kira, hast du denn deine Reisetabletten vor der Fahrt nicht genommen?«

»Ach Kind, du weißt doch, dass die mir immer auf den Magen schlagen. Ich dachte, bis in den Rheingau geht es auch so.«

Nina runzelte die Stirn. »Nach meinem Routenplaner sind es zehn Minuten zu laufen. Mir tut ein Spaziergang bestimmt auch gut.«

»Prima, und wenn ich dann bei Ihrer Freundin noch einen ordentlichen Tee bekomme, bin ich gleich wieder fit.«

Nina schaute auf den Routenplaner ihres Smartphones. »Da vorn beim Rathaus müssen wir rechts abbiegen.« Sie dirigierte die kleine Gruppe zu Beas Café. »Sie haben ihr Ziel erreicht, das Ziel befindet sich rechts.«

Abrupt blieb die Gräfin stehen. »Das gibt's doch nicht. Hier war früher der Goldene Schwan, hier haben immer die Weinbälle stattgefunden.« Ihre Stimme klang ungewöhnlich hoch.

Statt des geschwungenen goldenen Schriftzugs stand nun in modernen Buchstaben »Schwanenpassage« an der Front. Das ehemalige Gasthaus war in mehrere Läden unterteilt worden und hatte einen Anbau auf dem Hof bekommen. Eine Metzgerei und eine Weinstube befanden sich in den ehemaligen Stallungen, und im Hauptthaus gab es neben einem Wollgeschäft ein Café: »Klein & Süß«.

Antonia stupste Nina am Arm. »Schau, das muss es sein.«

Während Antonia und ihre Schwiegermutter an einem der beiden Holztische davor Platz nahmen und die Teekarte studierten, wollte Nina zuerst Beatrix begrüßen und sich gleich im Laden umschauen.

Schon beim Eintreten fühlte sie sich wie verzaubert. Es duftete nach Schokolade, karamellisiertem Zucker und edlem Kaffee, und im Hintergrund liefen französische Chansons. In der Kuchentheke waren verschiedene Cup-Cake-Pyramiden ausgestellt. Neben der Theke stand ein Regal, in dem es etliche Variationen von Cookies zu bewundern gab: White-Chocolate-Kürbiskern-, Fruchtstückchen-, Walnuss-Cookies und viele andere leckere Sorten. Auf der gegenüberliegenden Seite in einem eigenen Regal zogen die Rot- und Gelbtöne der selbst gemachten Marmeladen den Blick auf sich. Bea bot nicht nur klassische Rezepturen wie Brombeergelee oder Erdbeer-Ananas-Konfitüre an, sondern auch ungewöhnliche Sorten wie karamellisierte Zitronenmarmelade.

Nachdem sie sich in Ruhe alles angeschaut hatte, war eines klar: sie musste Beatrix gnadenlos ausfragen. So zauberhaft sollte ihre Patisserie auch werden.

»Was kann ich für Sie tun?«

»Ich muss unbedingt Ihre Zitronenmarmelade probieren – und die Ananaskonfitüre mit Banane.«

Nina stellte die beiden schon ausgesuchten Gläser auf

die Theke. Dahinter stand ein blonder junger Mann, der sie freundlich anlächelte.

»Und dann würde ich gern Beatrix sprechen, wenn das geht. Ich hatte ihr gesagt, dass wir heute vorbeikommen.«

»Bea, Besuch für dich!« Der junge Mann rief in die Backstube hinein.

Und da kam sie auch schon mit mehlbestäubter Schürze herausgestürmt. »Ich freue mich ja dermaßen, dass du da bist!«

»Und ich erst! Ich war schon von deiner Website her begeistert, aber in natura ist es noch entzückender. Wusste ich's doch, dass wir den gleichen Geschmack haben.«

»Also gefällt es dir?«

»Das hier wäre mein absoluter Traumladen. Ich würde dich gern ein paar Minuten ausfragen, wenn du Zeit hast.«

»Komm, ich führe dich herum und zeig dir auch mal die Backstube, und dann quatschen wir.« Sie schaute durchs Fenster zu den Tischen. »Gehören die beiden zu dir?«

»Ja, ich habe mir etwas Verstärkung für meine Recherchetour mitgebracht. Das ist die Gräfin, die mich gern verheiratet sehen will. Du hattest schon das Vergnügen im Hausflur. Und die andere ist Antonia, du weißt schon, meine nette Vermieterin.«

Als Nina und Beatrix sich nach einer Weile zu den beiden gesellten, tranken die schon ihren Tee und ließen sich Zitronenbaiser- und Kastanienschokotorte schmecken, die Antonia an der Theke ausgesucht hatte. Sie saßen im Schatten der rot-weiß gestreiften Markise auf bequemen Teakholzstühlen. Auf den Tischen lagen beige Decken mit zartem Blumenmuster, und in der Mitte standen Kräutertöpfchen.

Nina nahm einen Schluck von dem Espresso, den Beatrix für sie gemacht hatte. »Weißt du, ich habe meine Produktpalette natürlich schon geplant, aber ich hätte gern eine realistische Einschätzung, was gut läuft und was nicht.«

Beatrix seufzte. »So pauschal kann ich das gar nicht sagen. Ich habe mich breit aufgestellt, weil ich hier ja nur an den Wochenenden viel Laufkundschaft habe.«

»Das habe ich mir auch schon überlegt: Motivtorten und Lieferung von Kuchenbuffets, für die man keine Laufkundschaft braucht, und kleine feine Törtchen zum Mitnehmen.«

»Genau. Ich habe außerdem einen Onlineshop eröffnet. Meine Marmeladen, Chutneys, Öle, Kekse, Kuchen im Glas und dergleichen vertreibe ich auch darüber.«

Plötzlich schlug sich die Gräfin die Hand vor den Mund. »Verzeihen Sie mir bitte, dass ich Sie unterbreche. Können Sie mir sagen, wie der junge Mann heißt, der bei Ihnen an der Theke steht?«

Beatrix drehte sich suchend um. »Ach, Sie meinen den Alexander. Der studiert in Frankfurt BWL, und ab und zu hilft er mir aus. Ich wüsste nicht, wie ich ohne ihn klarkommen sollte.«

Die Gräfin schaute in Alexanders Richtung, wirkte dabei aber sehr versonnen, wie Nina fand. Auch Antonia bemerkte es verwundert. »Kommt er denn hier aus dem Ort?«, fragte die Gräfin weiter.

»Ja, seine Familie ist seit Jahrhunderten im Weinbaugeschäft. Sie sind vorhin sicher am Weingut der Hambachs vorbeigefahren.«

»Ja, das kenne ich von früher«, sagte die alte Dame mehr zu sich selbst und starrte weiter auf den jungen Mann hinter der Theke.

»Sollen wir weitermachen?« Beatrix klappte ihr Notebook auf und gab die Adresse ihrer Website ein. »Das ist mein Onlineshop. Am besten kümmerst du dich schon vor der Eröffnung um den Internetauftritt, dann finden die Leute den

Laden schneller. Und denk auch an Facebook. Darüber kannst du zwar nichts verkaufen, aber super für deine Produkte werben. Ich poste dort immer meine Motivtorten und bekomme viele nette Kommentare dafür.«

Nina holte ihr Smartphone aus der Tasche und schaute sich die Facebook-Seite des Cafés an. »Wow, du hast hier ja über tausend Follower. Ich like auch gleich mal, dann sehe ich immer, was du machst.«

Inzwischen hatte sich das kleine Café gut gefüllt. An der Theke stand ein Pulk von Kunden. »Tut mir leid, ich muss mal wieder zur Theke. Ruf mich nur immer, wenn du noch eine Frage hast.«

»Danke Bea, und du musst unbedingt zu meiner Eröffnung kommen.«

»Aber klar doch.« Beatrix nahm die leeren Kuchenteller und eilte ihrem Alexander zu Hilfe.

Die Gräfin rührte Zucker in ihre zweite Tasse Tee. »Wird Ihr Freund Sie denn unterstützen?«

»Natürlich. Er hat mir beim Businessplan geholfen und mir den Kontakt zu einem Werbefachmann vermittelt, einem der gefragtesten Kreativen im Rhein-Main-Gebiet.«

»Aber er hat Ihnen immer noch keinen Antrag gemacht?«

Antonia verdrehte die Augen. »Kira, Nina wird es uns sicher mitteilen, wenn es so weit ist.«

Die Gräfin tätschelte Ninas Hand. »Meine liebe Nina, verstehen Sie mich nicht falsch, wir wissen es sehr zu schätzen, dass wir so eine nette Mieterin wie Sie haben, aber mit Mitte dreißig müssen Sie auch an eine Familie denken.«

Sie seufzte und ließ Ninas Hand wieder los. »So, und jetzt entschuldigt mich, ich gucke mich mal im Laden nach ein paar Keksen für meine Teerunde um.«

Antonia schaute kurz über die Schulter nach der Gräfin, die

bereits mit dem jungen Mann hinter dem Tresen in ein Gespräch vertieft war. »Ich habe ihr von deinen München-Plänen noch nichts gesagt. Sie wird dich auch nicht gerne ziehen lassen, weißt du.« Sie blickte ihre Freundin wehmütig lächelnd an. »Aber jetzt geht es erst mal um die Geschäftseröffnung. Übrigens kann ich dir bei der Internetseite und bei Facebook gern helfen. Ich würde mich freuen, wenn ich mal wieder etwas Nützliches zu tun bekomme. Seit Clara im Kindergarten ist, fällt mir zu Hause echt die Decke auf den Kopf.«

»Das wäre toll. Ich kann gerade jede Unterstützung gebrauchen.«

Antonia stupste Nina an. »Wie war denn eigentlich euer romantischer Abend letztens?«

»Frag nicht.« Nina sah die angekohlte Kalbshaxe vor sich und dachte daran, wie viel Mühe sie sich mit dem Abend gegeben hatte.

»Oh, so schlimm?«

»Und vor allem so kurz.«

»Hat er dich wieder warten lassen?

»Nicht nur, dass er anderthalb Stunden zu spät kam und das Essen dann eine Katastrophe war, er musste auch nach einer Stunde schon wieder los.« Nina biss sich auf die Lippe und versuchte, die Tränen zurückzuhalten. Er hatte nicht mal seinen geschäftsmäßigen Ton abgelegt.

»Wenn ihr mal Kinder habt, muss er aber sein Zeitmanagement ändern, da musst du dich auf eure Absprachen verlassen können.«

Nina seufzte schwer. »Ich fürchte, das wird nur noch schlimmer. Vor allem, wenn wir erst mal in München sind. Das ist nicht das Familienleben, das ich mir erträume.«

9

Ich sollte mir mal wieder modischere Sportklamotten zulegen. Nina überholte gerade zwei fünfzigjährige durchtrainierte Walkerinnen mit hautengen dunkelgrauen kurzen Sporthosen, farblich passenden Laufkniestrümpfen und Tops, die sowohl das gepflegte Dekolleté als auch den perfekt trainierten Bauch erkennen ließen. Beide Frauen hatten blond gesträhnte Haare und waren dezent geschminkt. Dagegen war Nina mit ihren schlabbrigen Leggins und dem weiten grellrosa Finisher-T-Shirt von ihrem letzten Halbmarathon absolut unschick.

Langsam trabte sie weiter ihre Runde auf dem Feldweg, vorbei an Hundebesitzern, Müttern mit Kinderwagen, Walkern und langsamen Läufern der örtlichen Herzsportgruppe. Sie gehörte zur Jogging-Fraktion. Einmal hatte sie probiert zu walken, war dabei aber nicht richtig ins Schwitzen gekommen. Sie brauchte einen Sport, bei dem sie sich auspowern konnte.

Als sie hinter sich leichte federnde sowie trampelnde Schritte hörte, wich sie zur Seite aus, um die Laufgruppe überholen zu lassen. Sie hatte nicht gerne permanent jemanden hinter sich.

Die Leute bremsten schnaufend ab und passten sich ihrer Schrittgeschwindigkeit an. Gerade als Nina sich nach ihnen umdrehen wollte, überholten sie doch. Sie schaute zur Seite und erkannte ihren neuen Nachbarn.

»Oh hallo, Herr Fischer. Haben Sie sich heute Verstärkung mitgebracht?«

Neben Matthias Fischer liefen ein Junge und ein Mädchen

im Schulalter. Nina schätzte, dass das Mädchen in die vierte Klasse ging, der Junge in die zweite.

»Das sind meine Kinder Mia und Jakob.«

Nina winkte ihnen zu.

»Sagt Hallo, ihr beiden. Das ist Frau Seiler. Sie eröffnet neben meiner Praxis einen Süßigkeitenladen.«

»Krass.« Jakob drängte sich kurz neben Nina. »Dürfen wir da mal vorbeikommen?«

»Klar, ich freue mich. Und es wird ein Törtchenladen.«

»Von Kuchen wird man fett.« Mia zog ihre Mundwinkel nach unten.

Jakob stupste seine Schwester an. »Dann kann ich ja dein Stück haben.«

„Außerdem macht Zucker die Zähne kaputt", erwiderte Mia entrüstet.

»Es kommt auf die Menge an, Kinder«, warf ihr Vater ein. »Es ist ein Unterschied, ob du ein Stück pro Woche oder zehn am Tag isst.« Er schüttelte den Kopf.

Nina lächelte ihn verständnisvoll an. »Ich verspreche euch, dass ich euch nur ein ganz gesundes Törtchen probieren lasse.«

»Na, super.« Jakob verdrehte die Augen, und Mia beschleunigte, um sich von ihrer peinlichen Familie abzusetzen.

Nina war ein schnelleres Tempo gewohnt, deshalb machte es ihr nichts aus, nebenbei zu reden. Aber die Kinder waren aus der Puste, versuchten allerdings, es nicht zu zeigen. Die Vierergruppe zog an den Kuhweiden und an der Pferdekoppel vorbei und fand in einen gleichmäßigen Rhythmus.

Schließlich steuerte Nina auf einen kleinen Kiosk zu, der am Ende des Weges mit zwei Bierbänken und Sonnenschirmen die Spaziergänger anlockte. »Trinkpause. Ich gebe Wasser aus.«

»Danke, gute Idee. Ich habe ehrlich gesagt auch gar kein Geld dabei.«

Nina kaufte vier kleine Wasserflaschen, und im Gehen tranken sie alle in kleinen Schlucken.

»Übrigens«, sagte Fischer, nachdem er seine Flasche in einen Mülleimer entsorgt hatte, »suchen Sie noch eine Spülmaschine? Heute ist Sperrmüll.«

Mia reckte ruckartig den Kopf. »Papa! Du willst doch wohl nicht im Müll rumwühlen!«

»Deinen Schreibtisch haben wir doch auch vom Sperrmüll geholt.«

»Wenn uns jemand sieht!« Mia schaute ihren Vater entsetzt an. Da der nicht reagierte, drehte sie sich wortlos um und ging ein paar Schritte voraus.

Nina lächelte ihren Nachbarn an. »Also, ich fände eine gebrauchte Spülmaschine toll, die muss ja nur abwaschen können. Dann hätte ich mehr Budget für einen guten Kühlschrank übrig.«

Mia blieb stehen, drehte sich zu den anderen um und seufzte: »Der Hubertus hat eine Spülmaschine, die man übers Internet programmieren kann.«

Matthias ignorierte diese Bemerkung. »Lasst uns einfach unauffällig durch den Ort joggen, und falls wir eine Spülmaschine sehen, die einen passablen Eindruck macht, hole ich mein Auto und das Werkzeug.«

Im Ort achtete Mia darauf, zu den drei anderen gebührenden Abstand zu halten. So passierten sie den ersten Sperrmüllstapel: ein alter Röhrenfernseher, ein Klodeckel, mehrere Sisalteppiche, ein Bobbycar mit einem kaputten Rad und Tapetenreste.

Hinter ihnen auf der Straße bremste ein weißer Kastenwagen mit bulgarischem Kennzeichen ab. Ein untersetzter Mann mit Muskelshirt stieg aus, um den Stapel in Augenschein zu nehmen.

»Lassen Sie uns mal den Millionärshügel runterlaufen. Da habe ich schon tolle Geräte gefunden«, schlug Fischer vor.

Sie liefen bergab bis zur Straße, an der sich die Jugendstil- und Bauhausvillen und moderne Glaskästen aneinanderreihten. Entlang der Grundstücksgrenzen verliefen hohe makellos gestutzte Hecken, und neben elektrischen Toren blinkten die Lampen eines Überwachungssystems. In der Straße parkten vor allem wuchtige dunkle Geländewagen deutscher Premiumhersteller, vereinzelt ein paar unscheinbare Kleintransporter von Handwerkern oder Haushaltsservices.

Sie kamen an einem Sperrmüllstapel vorbei, aus dem ein hellbraunes Sofa ragte. Es war aufgeschnitten, die Sofakissen lagen auf dem Gehweg verstreut.

»Hier wurde das Metallgestell entfernt.« Matthias hielt an und legte eines der Kissen, das auf die Straße gefallen war, zurück aufs Sofa. »Lassen Sie uns schnell weiterlaufen, damit wir Ihre Spülmaschine vor den Metallsammlern finden.«

Nina schaute den Haufen durch, der sich um das Sofa gruppierte. Sie nahm ein großes Holztablett mit schnörkeligen Henkeln heraus.

»Das ist wunderschön. Wenn ich das abschleife und lasiere, kann ich es gut in meinem Laden gebrauchen.«

»Haben Sie nicht mal genug Geld, um sich ein Tablett zu kaufen?« Mia wechselte die Straßenseite. »Ich will nicht, dass mich die Leute für einen Hartz-IV-Empfänger halten.«

Matthias schüttelte dazu bloß den Kopf. »Das Tablett ist gut. Entschuldigen Sie, in dem Alter sind sie schwierig.«

»Wie alt ist Mia denn?«

»Fast zehn.«

»Also kurz vorm Terroristenalter.«

»Den Gedanken an die Pubertät verdränge ich noch. Haben Sie auch Kinder?«

»Nein, aber ich war mal eins – und ich kann nur sagen, in der Pubertät war ich echt schlimm. Im Haus meiner Eltern sind jetzt noch einige Türen lose, weil ich sie immer vor Wut zugeknallt habe.«

Er lachte schallend. »Vielen Dank, das baut mich jetzt auf.«

Nina strahlte. Sie hatte »die Herausforderung« zum Lachen gebracht!

Die nächsten zwei Stapel in dieser Straße waren auch schon durchwühlt und die Metallteile aus den Möbeln entfernt.

Fischer schaute kurz unter ein rotes Sofa mit Holzlehne, das aufgeschlitzt war. »Schade, um das schöne Stück, das hätte man nur neu beziehen müssen. Ich fürchte, wenn hier jemand eine Spülmaschine rausgestellt hat, ist die schon weg.«

»Dann lassen Sie uns zurücklaufen. Auf jeden Fall hat es Spaß gemacht, mit Ihnen im Müll zu wühlen«, meinte sie augenzwinkernd.

Die Gruppe fiel jetzt in einen langsamen Trab. Nina hatte etwas Mühe, mit ihrem Holztablett unterm Arm Schritt zu halten. Sie bogen in eine kleine Seitenstraße ein – eine Abkürzung, um in das Viertel zu gelangen, in dem ihr Laden und die Zahnarztpraxis lagen.

»Guckt mal, da vorn!« Jakob sprintete auf einen Sperrmüllstapel zu.

Da ragte eine Spülmaschine weiß glänzend aus einem Haufen Möbel und Teppiche hervor.

Matthias pfiff durch die Zähne. »Ein echt teures Teil, relativ neu. Diese Dinger halten normalerweise zwanzig Jahre.«

»Wer wirft denn so was weg?«

»Viele kaufen sich eher ein moderneres Gerät, als das alte reparieren zu lassen.«

Matthias klappte die Spülmaschine auf und inspizierte den Innenraum, wobei Nina ihm über die Schulter schaute.

»Sieht gut aus, oder?«

»Bis auf ein verstopftes Abflusssieb sehe ich erst mal keine Mängel. Wollen Sie die haben?

»Au ja!«

»Okay, dann laufe ich schnell nach Hause und hole mein Auto. Sie warten hier mit den Kindern und bewachen das gute Stück.«

Mia ließ sich im Abstand von zwanzig Metern auf einem Mauervorsprung nieder und drehte ihrem Bruder und Nina den Rücken zu. Nina setzte Jakob auf die Spülmaschine und gab ihm einen Holzstab in die Hand, der aus einem Lattenrost herausgebrochen war. »Du bist jetzt der Wachmann!«

Jakob zog sein Schwert durch die Luft, dass es zischte. »Nehmt euch in Acht, ihr Raubritter! An mir kommt ihr nicht vorbei!«

Als Nina den Sperrmüll langsam umrundete, entdeckte sie einen Karton mit Büchern. Sie fand relativ neue Krimis und Gartenratgeber und fischte dann ein Backbuch aus dem Stapel, das einen hellbraunen Ledereinband hatte. Sie pustete den Staub weg und wischte behutsam mit dem Saum ihres T-Shirts den Buchdeckel ab. Zwischen den Seiten lugten einige lose Zettel heraus.

Nina legte es neben Jakob auf die Spülmaschine.

»Solche alten Bücher hat der Papa auch zu Hause im Regal stehen.«

»Viele?«

»Bestimmt hundert – oder zweihundert.«

Nina schlug das Buch vorsichtig auf. »Guck mal, kannst du die alte Schrift lesen?«

»Deut-sche Buch-ge-mein-schaft Berlin 1925.«

Nina lächelte anerkennend. »Super. Guck, das Buch ist fast hundert Jahre alt.«

»So riecht es auch.« Jakob zog die Nase kraus.

»Stimmt. Es ist ein bisschen muffig, aber vielleicht finde ich ja vergessene Rezepte darin.«

Nina blätterte und versuchte, die Handschrift auf den Zetteln zu entziffern. »Raderkuchen«. Sie hörte einen Wagen kommen und blickte auf. Vielleicht Fischer? Nein, der weiße Kastenwagen mit bulgarischem Kennzeichen. Er hielt vor ihnen auf der Straße. Der untersetzte Mann mit dem Muskelshirt stieg aus und kam mit grimmigem Gesicht auf Nina, Jakob und die Spülmaschine zu.

Oh-oh! Nina baute sich breitbeinig vor dem Gerät auf, hinter sich den kleinen Ritter. Der Bulgare deutete mit dem Kopf auf die Türen seines Kastenwagens. »Du mit anfassen! Da rein. Nicht schwer.«

Jakob hob sein Holzschwert. »Die Spülmaschine gehört uns! Wir haben sie zuerst gefunden!«

Nina merkte, wie ihr Puls Fahrt aufnahm.

»Jakob, geh doch mal kurz zu deiner Schwester. Ich kläre das hier.«

Jakob schüttelte den Kopf und hob erneut sein Schwert. »Nein, ich bewache die Maschine, bis der Papa wiederkommt.«

Der Bulgare trat einen Schritt auf Jakob zu und zog ihn am Arm. »Du runter!«

»Lassen Sie sofort den Jungen los!« Nina stieß und zerrte an dem Mann, damit der losließ und Jakob nicht von der Spülmaschine fiel.

Nun kam Mia angerannt, und als sie sah, dass ihr Bruder von einem fremden Mann festgehalten wurde, schrie sie: »Hände weg! Lassen Sie ihn gefälligst los!«, und hängte sich praktisch an dessen rechten Arm, um ihren Bruder zu befreien.

In dem Moment bremste ein schwarzer Geländewagen neben ihnen. Noch bevor die Beifahrertür aufflog, hörte man eine Frau schreien: »Die Polizei ist unterwegs, die Polizei ist unterwegs! Lassen Sie meine Kinder los!«

Larissa.

Sie stürzte auf Mia zu, löste sie vom Arm des Bulgaren, der verdattert den Jungen losließ, und legte einen Arm um Jakob auf der Spülmaschine. »Mein armer Junge!« Aber ihr Mitleid mit dem bedrängten Kind fachte den mütterlichen Zorn noch einmal an. Mit verblüffender Wucht stieß sie Nina und den Bulgaren zur Seite, sodass Nina ins Straucheln kam, gegen den Mann prallte und praktisch Brust an Brust mit ihm auf den Asphalt stürzte.

Wenigstens fiel sie weich.

So schnell sie konnte, sprang sie auf und sah Larissas wütenden Blick auf sich gerichtet. »Was haben Sie mit meinen Kindern gemacht? Und wo ist eigentlich mein Mann?«

»Ähm, Herr Fischer holt gerade das Auto.« Innerlich schmunzelte sie. *Die alte Schulfreundin von Sören ist also die Ex meines neuen Nachbarn, und mein Makler ist deren neuer Lebensgefährte. Und dann läuft sie mir gleich zweimal hintereinander über den Weg. Tja, Kleinstädte muss man mögen!*

Mia warf sich in den Arm ihrer Mutter. »Mama, ich hatte solche Angst, als der Mann Jakob angegriffen hat.«

»Ich bin ja jetzt da. Was macht ihr hier eigentlich?« Larissa Fischer schaute zwischen ihren Kindern und Nina hin und her.

Mia zeigte mit dem Finger. »Wir sollten für die eine Spülmaschine klauen.«

Der Bulgare hatte etwas länger gebraucht, um sich vom Boden aufzurappeln. Nina machte sich erneut kampfbereit, aber der Mann gab sich offenbar geschlagen, denn er humpelte zu seinem Kastenwagen, riss die Tür auf und fuhr mit quietschenden Reifen davon.

Nina klopfte sich so gut es ging den Schmutz von ihren Leggins und ihrem T-Shirt ab. »Haben Sie wirklich die Polizei gerufen?«

Jetzt hielt ein roter Volvo-Kombi neben dem Sperrmüllstapel, und Matthias stieg aus. »Larissa, was machst du denn hier?«

»Ich bin kurz davor, die Polizei zu rufen, weil du deine Aufsichtspflicht verletzt hast und unsere Kinder zum Stehlen anhältst.«

»Nun mach aber einen Punkt. Wir wollten eine Spülmaschine vom Sperrmüll holen.«

Larissa musterte nun Nina von oben bis unten. »Sagen Sie mal, sind Sie nicht die Lebensgefährtin von Sören? Kann er Ihnen nicht das Geld für eine Spülmaschine vorstrecken?«

Nina holte tief Luft und beschloss, die Stimmung nicht weiter anzuheizen. »Es tut mir total leid, dass es zu diesem Zwischenfall gekommen ist.« Aber Ihr Mann kann nichts dafür.

»Ach nein?« Und zu ihrem Exmann: »Wenn du die Kinder nicht auf der Stelle von hier wegbringst, nehme ich sie mit.« Damit hob sie ihren Sohn von dem umkämpften Elektrogerät.

Jakob weinte: »Aber ich habe die Spülmaschine mit meinem Leben verteidigt.«

Matthias ging zu seinem Sohn und umarmte ihn. »Das hast du toll gemacht, Großer. Die Maschine nehmen wir natürlich mit.«

Nina kniete sich vor Jakob. »Wenn du magst, hast du dafür einen tollen Kuchen bei mir gut, mit einem Motiv deiner Wahl: Spiderman, Minions, Fußball … was du willst.«

Jakob schniefte: »Fuß-ball-kuchen.«

Larissa kniff die Augen zusammen und musterte Nina betont langsam von oben bis unten. Das Schlabber-T-Shirt und die alte Leggins konnten vor ihren Augen keine Gnade finden und bestärkten sie vielmehr in ihrem Urteil. Das war nicht zu übersehen.

Dann trat sie dicht an ihren Exmann heran und zischte: »Wir sprechen uns später.« Damit schritt sie erhobenen Hauptes auf laut klackenden High Heels zu ihrem Wagen und knallte die Autotür zu.

Die zehnjährige Mia stolzierte zum Auto ihres Vaters. Den Gang ihrer Mutter beherrschte sie schon perfekt, auch ohne High Heels. Sie knallte ebenfalls die Autotür zu, setzte sich im Schneidersitz auf die Rückbank und verschränkte die Arme.

Die Verbliebenen hoben die Spülmaschine an und verfrachteten sie in den Kofferraum des Volvo.

»Setz dich doch auch schon mal ins Auto, Jakob.«

Nina hielt ihren Nachbarn leicht am Arm fest und flüsterte: »Es tut mir total leid. Ich hoffe, Sie bekommen keinen Ärger mit ihrer Frau!«

»Exfrau. Machen Sie sich keine Gedanken, sie beruhigt sich wieder«, flüsterte er und fügte kaum hörbar hinzu: »Sie dramatisiert manchmal ein bisschen. Ich weiß auch nicht, was heute mit ihr los war.«

10

Nina knetete die fein geschnittenen Datteln vorsichtig unter die Keksmasse aus gemahlenen Walnüssen, Kokosmehl und Ei. Noch immer bekam sie ein schlechtes Gewissen, wenn sie an die Aktion mit der Spülmaschine dachte. Hoffentlich hatten sich die beiden Kinder nicht zu sehr erschreckt. Und hoffentlich konnte Fischer seine Exfrau wirklich wieder beruhigen.

Die Spülmaschine stand nun in der Küche ihres Ladenlokals, und er hatte versprochen, sie sich in den nächsten Tagen nach Praxisschluss anzusehen. Kleinere Reparaturen würde er vornehmen, falls es ein größerer Schaden wäre, würde Nina einen Handwerker beauftragen, was immer noch viel günstiger wäre als der Neupreis. Sie hatte im Internet recherchiert: dieses Miele-Modell war absolut energiesparend, erst seit vier Jahren auf dem Markt und kostete neu über tausend Euro.

Zum Dank wollte sie ihm eine große Dose mit – zuckerfreien – Keksen für die Praxis vorbeibringen. Nach längerer Suche im Internet hatte sie ein gutes Rezept für Walnuss-Dattel-Plätzchen aufgetrieben, bei dem nur ein wenig Ahornsirup zum Süßen verwendet wurde. Nina rollte den Teig auf ihrer Backmatte aus und stach vorsichtig Kreise aus. Sie hatte die doppelte Menge an Zutaten genommen und konnte nun viele, viele Plätzchen backen.

Das erste Blech war fertig, da klingelte es an ihrer Wohnungstür.

Antonia stand mit ihrer vierjährigen Tochter auf dem Arm im Flur und atmete tief ein. »Bei dir riecht es wieder lecker, mmmh!«

Nina sog nun auch den Walnuss-Dattel-Duft ein. »Die erste Ladung ist gleich fertig. Wollt ihr reinkommen?«

Antonia schüttelte den Kopf. »Kannst du vielleicht Clara eine Stunde nehmen? Ich habe um vier einen wichtigen Arzttermin. Eigentlich wollte die Gräfin auf sie aufpassen, aber sie ist noch nicht von ihrer Shopping-Tour zurück. In letzter Zeit ist sie furchtbar vergesslich.«

»Magst du mir beim Backen helfen, Clara? Du könntest die Plätzchen ausstechen.«

Antonia lachte. »Plätzchen? Schon als Vorrat für die Patisserie?«

»Erzähl ich dir nachher, und lass dir Zeit. Danach backe ich noch Petit Fours, ich bin hier also noch mindestens drei Stunden beschäftigt.«

»Vielen Dank, du bist ein Schatz. Ich kann den Termin so kurzfristig nicht mehr verschieben.« Nach einer raschen Umarmung hastete Antonia zwei Stufen auf einmal nehmend die Treppen hinunter.

Nina ließ Clara die Hände waschen, band ihr ein Küchenhandtuch als Schürze um, zog ihr einen Hocker heran und rollte ihr ein eigenes Stück Teig aus. Sie nahm die Kiste mit den Plätzchenformen aus dem Regal und ließ Clara ihre Lieblingsmotive aussuchen. Die erste Ladung Plätzchen kühlte bereits am Fenster ab.

»Stern, Herz und … und … hm …?« Clara seufzte und ließ sich bei der Auswahl Zeit. »Rentier«. Sie hielt die drei Formen in der Hand und hüpfte aufgeregt auf dem Hocker. Nina zeigte ihr, wie man vom Rand aus anfing, die Plätzchen auszustechen.

»Darf ich probieren?« Clara hatte sich bereits ein großes Stück des rohen Teigs in den Mund gesteckt und wollte gerade ein neues abzupfen.

»Nein, mein Schatz! Da sind rohe Eier drin. Den Teig darfst du erst essen, wenn er gebacken ist.«

Sie hielt Clara das Blech mit den abgekühlten Plätzchen hin. »Such dir zwei Kekse aus.«

Clara schaute lange, wählte sie nach rätselhaften Kriterien aus und stopfte sich schnell hintereinander alle beide in den Mund. Natürlich hatte sie dann Mühe, alles auf einmal zu kauen. Nina wischte ihr danach die Krümel vom Mund. Clara strahlte. »Das sind die leckersten Kekse der Welt, hundert Mal oder tausend Mal lecker.«

Ungestüm umarmte sie Nina, und die hielt sie eine Sekunde länger fest als nötig. Es war ein unbeschreiblich schönes Gefühl. Und ihre Sehnsucht nach einem eigenen Kind brannte wie noch nie. Ja! Sie würde die Patisserie möglichst schnell zu einem Erfolg machen und mit Sören nach München ziehen. In ein schönes Haus in einem ruhigen Viertel, wo sie mit ihrer Kleinen im Garten Fangen spielen konnte. Ein vor Vergnügen quietschendes Kind in die Arme schließen – was konnte es Schöneres geben?

Als sie den Tränenschleier weggeblinzelt hatte, setzte sie Claras Figuren auf ein Extra-Blech, und sobald es im Ofen war, ging sie mit Clara ins Bad, um ihr die Händchen zu waschen. Anschließend setzte sie sie an den Esstisch im Wohnzimmer und gab ihr Papier und die Buntstifte, die sie eigens für solche Gelegenheiten angeschafft hatte. »So mein Schatz, nun mal doch alle Kekse auf, die du heute gebacken hast.«

Zum zweiten Mal klingelte es an der Wohnungstür. Nina lächelte. »Mal gucken, ob die Mama etwas vergessen hat.«

Clara stürmte zur Tür und riss sie auf.

Aber da stand nicht Antonia, sondern Sören. Nina strahlte ihn an. Kam er direkt vom Flughafen? Er trug seinen anthrazitgrauen Businessanzug von Armani, hatte einen leichten Trenchcoat über den Arm gelegt und sein Rollköfferchen dabei. Mit der anderen Hand streckte er ihr einen wunderschönen Strauß roter Rosen entgegen.

Nina nahm die Blumen und schnupperte daran. »Danke schön! Habe ich etwas vergessen?«

Statt zu antworten, küsste er sie auf den Mund. Er hat das Aftershave gewechselt, dachte sie, denn ihn umgab ein leichter Duft von Moos und Moschus.

Nina beugte sich zu Clara hinunter. »Mein Schatz, geh doch wieder malen. Ich schaue mir dein Bild dann gleich an.«

»Komm am besten mit in die Küche, Sören, ich muss gerade die Plätzchen aus dem Ofen nehmen.«

»Plätzchen, im Frühling?«

»Ja, mir war danach.« Nina legte die Blumen auf der Spüle ab, um Claras Blech aus dem Ofen zu nehmen. Sie freute sich. Die Sterne, Herzen und Rentiere waren gut gelungen. Sören warf seinen Mantel über einen Stuhl und biss in einen der abgekühlten Kekse. »Schön fruchtig.«

»Das ist aber toll, dass du spontan vorbeikommst.«

»In London musste ich immer wieder an unseren viel zu kurzen Abend denken, und da ich etwas gutzumachen habe und weiß, dass du gerade irre viel zu tun hast, wollte ich dich fragen, ob ich dich vielleicht ein wenig unterstützen kann.«

Nina schmunzelte ihn an. »Wolltest du mit mir den Pinsel schwingen? Mit dem Streichen bin ich fertig, dafür kommst du zu spät.«

Er nickte versonnen. »Ja, gerade in dieser Phase der Unternehmensgründung ist am meisten zu tun. Spannend, wenn man das jetzt mal selbst erlebt, wo wir sonst nur beratend dabeistehen.« Er schlenderte Plätzchen kauend durch die Küche und griff immer wieder zu.

Nina überlegte. »Nächste Woche werden die Öfen eingebaut, und dann kann ich mich um die Einrichtung des Ladens kümmern.«

»Soll ich dir bei deinen Bestellungen helfen?

»Nein, so viel brauche ich ja nicht.« Sie holte die pastellgrüne Vase aus dem Wohnzimmer und stellte die Rosen ins Wasser. Das kräftige Pink und das zarte Grün brachten einander so richtig zum Strahlen.

»Brauchst du Hilfe, um alles noch mal zu kalkulieren?«

»Danke, das habe ich alles im Griff.«

»Wird es vielleicht knapp bei dir mit dem Geld, brauchst du da Unterstützung?«

»Alles im grünen Bereich.«

»Ich mach mir ein wenig Sorgen: Erst hast du den Laden selbst gestrichen, und dann holst du Geräte vom Sperrmüll. Wenn das finanzielle Gründe hat, helfe ich gerne aus.«

»Ups. Ist unsere Spülmaschinenaktion schon Stadtgespräch?«

»Ich wurde im Philosophischen Kreis darauf angesprochen, ob ich dir nicht bei der Unternehmensgründung stärker unter die Arme greifen könnte.«

Nina holte tief Luft. »Larissa Fischer!«

Sören nahm Ninas Hände. »Weißt du, dadurch dass ich beruflich so viel unterwegs bin, bekomme ich ja vieles nicht mit. Also: bevor du deine Geräte vom Sperrmüll holen musst, sprich doch mit mir. Ich habe genügend Mittel.«

»Aber ich doch auch. Ich finde nur einfach nichts dabei, eine gute gebrauchte Spülmaschine zu nehmen und dafür bei Geräten, die mir am Herzen liegen, also Ofen oder Kühlschrank, mehr Geld ausgeben zu können.«

»Ich will dir doch nur helfen.«

»Dann trau mir was zu.« Nina sah ihn an, aber er drehte sich zum Blech am Fenster um und nahm sich den nächsten Keks.

»Ich habe für dich übrigens einen Promotion-Termin festgemacht: Du kannst beim Benefizkonzert des Philosophischen Kreises deine Törtchen mit einem Stand präsentieren. Da ist dann die Creme de la Creme von Kronstein versammelt.«

Nina jubelte und küsste Sören auf die Wange. »Ich trage es mir gleich in den Kalender ein.« Das war in der Tat mal eine wertvolle Hilfe von ihm. Er hatte Zugang zu den Kreisen, von denen sie bislang ausgeschlossen war, und die waren ihre wichtigste Zielgruppe.

»Und hast du Peter Krogmann schon angerufen?«

»Ich habe mir fürs Erste im Copyshop ganz einfache rosa Flyer gedruckt, damit ich schon mal was zum Verteilen habe, aber ich rufe ihn noch an. Ich nehme deinen Star-Kreativen dann für die Ladengestaltung.«

Die Küchentür ging auf, und Clara schwenkte ihre Zeichnung durch die Luft. »Guck mal, fertig.«

Nina ging in die Hocke und bewunderte die gemalten Plätzchen. Sören hockte sich daneben und zeigte auf einen Stern. »Ist das eine Blume?«

Clara schüttelte heftig den Kopf. »Nein, ein Stern.«

Sören schlug sich entrüstet mit der Hand an die Stirn. »Ach so. Da habe ich mich aber schwer verguckt.«

Nina schaute zwischen den beiden hin und her. »Wenn du Zeit hast, Sören, könntest du Clara vielleicht eine Stunde beschäftigen? Das würde mir echt helfen.«

Sören schaute Clara fragend an. »Wer von uns kann die schönsten Blumen malen?«

»Iiiiiiiiich!« Mit diesem Schrei stürmte sie ins Wohnzimmer.

Nina lächelte. Ihr fiel mal wieder auf, wie gut Sören mit Kindern umgehen konnte. »Danke, dann kann ich hier gleich in Ruhe die Petit Fours für die morgige Brautpräsentation vorbereiten.«

Sören zog Nina an sich und küsste sie zart auf den Mund. »Und ich kann schon mal üben.«

Nina hatte das Gefühl, dass in ihrem Magen Hummeln im Kreis flogen. Üben? Er machte wirklich Ernst. Bei seiner Entscheidung, nach München zu gehen, hatte er sie sofort mit eingeplant. Vor Larissa hatte er sich zärtlich zu ihr bekannt, und er unterstützte ihre Unternehmensgründung jetzt tatkräftig.

Beschwingt nahm sie einen kleinen Topf aus dem Schrank und hielt inne, um Sören nachzusehen, der mit Clara an der Hand ins Wohnzimmer zog.

Dann schmolz sie ganz leicht die Butter für den Biskuitboden der Petit Fours an, trennte Eiweiß und Eigelb, rührte die abgekühlte Butter mit dem Eigelb und den Zucker cremig und hob vorsichtig den geschlagenen Eischnee unter die Masse. Als das Blech mit dem Biskuitteig im Ofen war, rührte sie aus Butter, Puderzucker und Eigelb eine schnelle Buttercreme an. Dazwischen schaute sie immer wieder in den Backofen, ob der Teig noch hell genug aussah. Ein guter Biskuitteig darf am Rand nicht braun werden, hatte ihr Lehrmeister immer gepredigt.

Warum, verstand man dann spätestens beim Zuschneiden des Bodens: Wenn der Biskuitboden zu hart war, ließ er sich nicht mehr richtig in Form bringen. Nina holte ihn aus dem Ofen, als er durchgängig goldgelb gebacken war und schnitt den warmen Kuchen in drei gleich große Teile. Auf das erste strich sie selbst gemachte Aprikosen-Vanille-Marmelade, legte das zweite obendrauf und bestrich es mit Buttercreme. Dann rollte sie eine Marzipandecke aus, die die abschließende

Schicht bildete. Nun schnitt sie gleichmäßig die einzelnen Petit Fours heraus.

Die Braut, der sie morgen die Küchlein präsentieren würde, plante eine Sommerhochzeit. Nina wollte ihr mit den Petit Fours einen farblichen Vorgeschmack geben und zeigen, in welche Richtung sie die Hochzeitstorte gestalten konnte. Sie verzierte die Kuchenteilchen mit einem roten Fondant und setzte dann kleine Fondant-Blumen in knalligen Sommerfarben darauf, die sie am Vortag ausgeschnitten hatte. Mit einer Icing-Tube spritzte sie Hochzeitsornamente an die Seitenflächen der Petit Fours. Sie stellte ihre kleinen Kunstwerke zum Abkühlen ans Fenster, das Blech mit den orangefarbenen Petit Fours sah aus wie eine Sommerblumenwiese.

Nina holte schnell noch ihre Kamera, um diese Küchlein für ihren Katalog festzuhalten. Dann ging sie ins Wohnzimmer. »Na, ihr zwei, alles klar bei euch?«

Sören und Clara saßen auf dem Fußboden und hatten unzählige Blätter um sich herum verteilt. Clara hielt Nina ein Blatt hin, auf dem viele verschiedene Zahlen aufgemalt waren, einige auch spiegelverkehrt. »Elf, zwölf, dreizehn …«, krähte sie.

Sören schaute zu Nina hoch. »Wir haben die Zahlen geübt.«

Nina lachte. »Wow. Antonia wird beeindruckt sein!«

»Ja, Clara kann jetzt die Zahlen von eins bis zwanzig schreiben.«

Schon wieder klingelte es an der Wohnungstür. Clara stürmte hin, riss sie auf, und ein lauter Schrei klang durchs Haus: »Ooomi!«

Die Gräfin stand mit roten Wangen und leicht verlegenem Blick vor der Tür, und ihre Bluse war falsch zugeknöpft. Nina musste sich ein Grinsen verkneifen. Ist ihr mitten in der Umkleidekabine eingefallen, dass sie Enkelinnendienst hat?

Die Gräfin atmete kurz und schnell. »Gott sei Dank, dass Sie eingesprungen sind! Der Termin heute ist mir irgendwie entfallen.«

»Kommen Sie doch erst mal rein. Möchten Sie vielleicht ein Glas Wasser trinken?« Nina hielt die Tür weiter auf.

Die Gräfin sah Sören im Wohnzimmer stehen. »Nein, nein, ich möchte Sie nicht stören. Ich nehme meine Enkelin jetzt selbstverständlich mit zu mir.«

Sören kam zur Wohnungstür und stellte sich der Gräfin vor. »Lassen Sie uns Clara doch noch so lange hier, bis Antonia zurückkommt.«

Die Gräfin schaute von Sören zu Nina. »Ach, ich habe ein ganz schlechtes Gewissen. Sie haben doch immer so viel zu tun.«

Nina lächelte. »Wir freuen uns wirklich, wenn Clara noch ein Weilchen hierbleibt.«

Die Gräfin zupfte an ihrer Bluse. »Ist Ihnen das wirklich recht?«

Sören legte seinen Arm um Ninas Schulter. »Solange wir keine eigenen Kinder haben, genießen wir es, wenn wir uns Clara mal ausborgen dürfen.«

11

»Bitte entschuldigen Sie, ich habe hier noch eine komplette Baustelle.«

Nina hatte einen kleinen Bistrotisch und zwei Stühle vor ihren Laden gestellt und den Tisch mit einer weißen Satintischdecke und den silbernen Kuchengabeln ihrer Großeltern eingedeckt.

Die Kundin war Constanze Suter, eine ehemalige Kollegin aus der Unternehmensberatung. Sie hatten dort in verschiedenen Abteilungen gearbeitet, und Nina kannte sie nur flüchtig. Umso mehr freute sie sich, dass sie ihr die Herstellung ihrer Hochzeitstorte anvertrauen wollte. Die zukünftige Braut trug an diesem warmen Frühsommertag eine dunkelblaue Anzughose, eine weiße Bluse mit Manschettenknöpfen und als einzigen Farbtupfer ein exakt gebundenes kleines Tüchlein von Hermès. Nina versuchte, sie sich als Braut vorzustellen: Vielleicht würde sie mit einer verspielten Frisur nicht ganz so streng wirken?

»Möchten Sie einen Eiskaffee? Ich habe hier noch keine Espressomaschine und uns deshalb eine Thermoskanne von zu Hause mitgebracht.«

»Gern!«

Frau Suter nahm auf einem der beiden Stühle Platz und zog ein iPad aus der Tasche.

»Ich öffne nur eben meinen Projektplan, dann kann ich die Daten zur Hochzeitstorte gleich einarbeiten.«

Nina holte derweil die Etagere aus dem Laden, auf der sie

die Petit Fours platziert hatte. Sie leuchteten in frischen Farben wie eine Blumenwiese. Ihr schlug das Herz bis zum Hals. In ihrer Lehrzeit hatte sie viele tolle Hochzeitstorten gebacken und während ihrer Zeit als Unternehmensberaterin auch für Freunde und Bekannte nebenbei die eine oder andere sensationelle Torte kreiert, aber jetzt ging es um ihr Geschäft, um ihre Zukunft.

Frau Suter sprang auf. »Oh my god!« Sie starrte mit offenem Mund, die Hände an die Wangen gelegt.

Nina schwieg verunsichert. War die Kundin nun begeistert oder entsetzt? Die Reaktion konnte beides bedeuten.

Frau Suter schwieg ebenfalls und umrundete die Etagere. Sie nahm ihr iPad und knipste sie aus allen möglichen Perspektiven.

Nina räusperte sich. »Ähm, gefällt es Ihnen?«

Die zukünftige Braut starrte die Etagere weiter an und sagte immer noch nichts.

Nina hielt es kaum aus. »Ich dachte mir, wir machen eine Etagere mit Petit Fours in leuchtenden Sommerfarben, und oben thront dann Ihre Torte. Die Farbe bestimmen natürlich Sie.«

Sie schaute ihre Kundin fragend an, und als diese immer noch nichts sagte, redete sie einfach weiter. »Es ist nur so eine erste Idee, die ich nach unserem Telefonat hatte. Das ist der neueste Trend bei den Hochzeitstorten: Eine klassische Torte obendrauf und dazu ganz viele kleine Törtchen. Wir können bei den Petit Fours dann auch vegane Varianten backen und auch gluten-, fructose- und laktosefreie. Was meinen Sie?«

Frau Suter sah auf und flüsterte: »Das ist perfekt!« Sie umarmte Nina. »Vielen Dank!«

Dann beugte sie sich ganz nah an die Etagere und kniff die Augen zusammen. »Aber doch nicht ganz: Kann es sein, dass die Petit Fours unterschiedlich groß sind?«

Nina schüttelte den Kopf. »Sie sind handgemacht und nicht vom Fließband.«

»Haben Sie mal ein Maßband da?«

»Moment, ich gucke mal.« Nina suchte im Laden aus ihrem Werkzeugkasten einen Zollstock heraus und gab ihn ihr.

»Da schauen Sie: der hat vier mal vier Zentimeter und dieser ist an der einen Kante nur drei Komma fünf und an der anderen vier Komma drei Zentimeter lang.«

Frau Suter nahm Ninas Hände. »Ich weiß, Sie halten mich jetzt wahrscheinlich für verrückt, aber es ist sehr, sehr wichtig, dass alle exakt gleich groß sind. Ich heiratete ja schließlich nur einmal im Leben – und da soll alles perfekt sein.«

Sie kontrollierte noch die Maße anderer Petit Fours und gab Nina den Zollstock zurück.

»Alles klar, dann schneide ich alle exakt auf vier mal vier Zentimeter. Die habe ich ja auch nur zur Probe hergestellt, damit Sie sich das Ganze vorstellen können.«

Frau Suter tippte die Maße in ihren Projektplan ein. »In Ordnung.«

Unterdessen nahm Nina ihren Zeichenblock zur Hand. »Schauen Sie, ich habe Ihnen hier skizziert, wie die Torte aussehen könnte. Wie gesagt: die Farbe bestimmen Sie, wie alles andere auch. Haben Sie schon Ihr Kleid?«

»Das hatte ich als Erstes.« Sie tippte auf eine andere Datei und zoomte, sodass Nina die Details erkennen konnte.

»Wow, Pippa Middleton.« Das Kleid war ein Traum in Cremeweiß mit schlichtem, enganliegendem Vorderteil und raffiniertem, geknöpftem Rücken.

Nina seufzte. »Es ist perfekt für Sie.«

»Schon als kleines Mädchen habe ich über mein Hochzeitskleid nachgedacht. Damals habe ich mir natürlich etwas Üppiges mit viel Spitze und Rüschen und Schleifen vorgestellt. Was kein erwachsener Mensch tragen würde«, fügte sie streng hinzu. Und Nina dachte: Ein paar Rüschen im Leben würden dir vielleicht guttun.

»Ich bevorzuge die klassische Mode«, fuhr sie fort, »und deshalb habe ich an dem Pippa-Modell auch die Borte an Dekolleté und Ärmeln weggelassen. Meine beste Freundin behauptet sogar, dass ich nur wegen des Kleides heiraten will. Was für ein Unsinn!«

»Sie Glückliche. Ich freue mich für Sie, dass Sie den Mann fürs Leben gefunden haben.«

»Ja, ich bin sehr dankbar. Nachdem mir Christoph den Heiratsantrag gemacht hat, bin ich sofort zur Schneiderin und habe es entwerfen lassen.«

»Was halten Sie davon, wenn wir auf der Torte die Knopfreihe aufnehmen und bis zum unteren Rand laufen lassen?«

»Ähm, entschuldigen Sie, wenn ich störe«, rief hinter ihnen jemand laut. »Ich wollte nur fragen, ob Sie heute Abend im Laden sind? Ich würde dann mit dem Werkzeugkoffer anrücken.«

Nina schaute auf und sah Matthias Fischer, der sich aus dem oberen Fenster seiner Praxis lehnte. Er hatte seinen Arztkittel an, und ihr fiel einmal mehr auf, dass er darin aussah wie Florian David Fitz in *Doctor's Diary* – na ja, wie eine zehn Jahre ältere Version. Antonia und sie hatten die Serie manchmal zusammen geguckt.

Nina räusperte sich. »Ja, gern. Ab wann denn?«

»Sagen wir um acht? Dann müsste ich hier rauskommen.«

»Soll ich uns etwas zu essen besorgen?«

»Eine Frau nach meinem Geschmack!«

»Italienisch, indisch, thailändisch?«

»Überraschen Sie mich. Ich bin wahrscheinlich so ausgehungert, dass ich nicht mal den Unterschied zwischen Nudeln und Reis bemerken werde.«

»Ähm, super, ich freue mich!«

Nina spürte eine gewisse Wärme in den Wangen. Oje, war sie etwa rot geworden? Ihre Ex-Kollegin sah sie grinsend an und flüsterte: »Na, Sie haben aber auch Glück! Was für ein Sahneschnittchen.«

»Nein, nein, das haben Sie jetzt falsch verstanden. Er will mir nur die Spülmaschine reparieren«, flüsterte Nina so leise wie möglich.

»Alles klar, die Spülmaschine …«

Nina schüttelte heftig den Kopf, aber das nützte ihr gar nichts. Constanze Suter fächelte sich mit einem Blatt Papier Luft zu. »Also, bei den Blicken, die hier hin und her geflogen sind, ist mir schon vom Zuschauen ganz warm geworden.«

»Nein, nein, es geht wirklich nur um die Spülmaschine. Ich bin seit drei Jahren mit Sören zusammen.«

»Etwa mit Sören Krause? Sind Sie mit ihm verheiratet?«

»Nein.«

»Verlobt?«

»Nein, das heißt, noch nicht.«

»Leben Sie mit ihm zusammen?«

Nina zuckte mit den Schultern und schüttelte dann den Kopf.

»Dann ist doch noch alles offen. Wissen Sie, manchmal habe ich einen sechsten Sinn.«

12

Nina deckte den Tisch mit den rustikalen roten Tellern, die sie von zu Hause mitgebracht hatte. Zu essen gab es hessische Tapas: grüne Sauce, kleine Ofenkartoffeln, hartgekochte Eier, Wurstsalat auf Pumpernickel und Ziegenkäse mit Birnensenf. Sie stellte zwei Bistrotische in den Verkaufsraum und arrangierte darauf die Schalen und Platten.

Sollte sie noch Blumen dazustellen? Eine Kerze? Oder wäre das zu viel? Der Tisch sollte zwar schön aussehen, aber auch nicht den Eindruck erwecken, dass sie dieses Treffen als Date verstand. Schließlich sollte es nur ein kleiner Dank für seine Unterstützung sein.

Nina öffnete die Tür und ließ die warme Abendluft herein. Date hin oder her, sie war doch ein wenig aufgeregt.

Schluss damit!, ermahnte sie sich. Matthias Fischer hatte bestimmt einen großen weiblichen Fanclub, da brauchte sie sich nicht auch noch einzureihen. Ein gut aussehender, sportlicher Kinderzahnarzt bekam wahrscheinlich nach der Behandlung der Sprösslinge von deren Müttern die Telefonnummern zugesteckt. Nein, es war absolut kein Date.

»Woher wissen Sie, dass ich auf grüne Sauce abfahre? Und auf Wurstsalat? Sie werden mich zum Schwelgen bringen.«

Da stand er in der offenen Tür und schaute vom gedeckten Tisch zu Nina. Sie ging ihm entgegen und gab ihm zur Begrüßung die Hand. Echt klasse, dieser frische Zitronenduft, dachte sie und registrierte seine feuchten Haare. Hat er etwa in der Praxis geduscht?

»Das ist das Mindeste, was ich tun kann, wenn Sie mir eine Spülmaschine vom Sperrmüll klauen und dann noch reparieren wollen«, meinte sie zwinkernd. »Danke noch mal.«

»Aber – auch, wenn's schwerfällt: erst die Arbeit, dann das Vergnügen.«

Fischer steuerte auf Ninas Küche zu, in der sie die Spülmaschine abgestellt hatten. Er schraubte die hintere Abdeckplatte ab und prüfte verschiedene Teile. »Wie gesagt, vermutlich ist der Abflussschlauch verstopft.« Er löste eine Klemme und trennte den Schlauch vom Auslauf. Gemeinsam holten sie die schmierigen Essensreste heraus und spülten den Schlauch aus. Danach untersuchte er die restliche Maschine. Während er vor der Spülmaschine kniete, blickte sie immer wieder auf seine Schultern und Oberarme. Die Muskeln unter dem weißen T-Shirt arbeiteten eindrucksvoll, und überhaupt sah er in seinen Jeans von hinten ziemlich knackig aus.

Knackig? Ihr wurde warm. Hastig schaute sie sich in der Küche um. Gab es für sie nichts anderes zu tun? Sie kratzte mit dem Fingernagel ein paar angetrocknete Farbspritzer von der Bodenfliese in der Ecke. »Nächste Woche werden die Öfen eingebaut, und dann kann ich bald loslegen.« Ja, reden wir über die Arbeit, dachte sie. Ein nüchternes Thema ist das beste.

Matthias schraubte den Deckel der Maschine wieder an und schaute sich ebenfalls um. »Sie haben schon ganz schön was geschafft. Lassen Sie uns mal einen Probelauf machen.«

Als die Maschine einen kompletten Spülgang störungsfrei durchlaufen hatte, setzten sie sich an den gedeckten Tisch. Nina goss Rotwein in die Karaffe und die Gläser.

»Vielen Dank. Da bin ich Ihnen einen großen Gefallen schuldig.«

»Im Gegenteil. Sie haben mir einen Gefallen getan. Sie wissen doch: ich mache so was wirklich gern. Falls die Zeiten für

Zahnärzte mal schlecht werden, mache ich einen Laden für gebrauchte Elektrogeräte auf.«

Matthias und Nina aßen ein paar Minuten schweigend und hingen ihren Gedanken nach. Die grüne Sauce war fast alle, die anderen hessischen Spezialitäten gingen ebenfalls gut weg. Nina griff nach dem Brotkorb, und Matthias wollte ihn ihr gleichzeitig reichen. Dabei berührten sich ihre Finger. Matthias schaute sie an, und Nina fühlte ein ganz spezielles Prickeln. Einen Moment lang sah sie ihn entgeistert an. Dann riss sie sich zusammen.

»Konnten Sie Ihre Frau denn wieder beruhigen?« Larissa war zuzutrauen, dass sie ihren Status der Ex ignoriert und ihm ordentlich den Kopf gewaschen hatte.

»Also erstens: Wollen wir uns nicht duzen? Und zweitens: Larissa ist meine Ex-Frau.«

»Entschuldige, ich bin ein bisschen durcheinandergekommen, weil ich sie zuerst meinem Makler zugeordnet habe, und dann sprang sie aus dem Auto und bezeichnete dich als ihren Mann.«

Das scheint ihn zu ärgern, dachte sie angesichts seiner zusammengezogenen Brauen.

»Sie war an dem Tag schlecht drauf, aber sie hat sich schnell wieder beruhigt.«

»Lebt sie in der Nähe?«

»Ja, Hubertus und sie wohnen auch in Kronstein«, sagte er mit derselben Miene. »Das ist natürlich ideal«, schob er eilig nach, »da die Kinder ja zwischen uns beiden hin und her pendeln.«

Er beugte sich vor und schaute ihr direkt in die Augen. »Und wie sieht es bei dir aus? Verliebt, verlobt, verheiratet oder geschieden?«

»Ich bin seit ein paar Jahren mit meinem Freund zusammen.«

»Wohnt ihr zusammen?«

»Nein, das hat sich irgendwie noch nicht ergeben.« Eine beschönigende Beschreibung der letzten drei Jahre, aber sie wollte auch nicht zugeben, dass Sören sie hingehalten hatte.

»Ist vielleicht ganz gut, sich erst mal richtig kennenzulernen. Bei Larissa und mir ging damals alles viel zu schnell.«

Nina konnte sich die beiden kaum zusammen vorstellen. Obwohl sie sie erst ein paar Mal gesehen hatte, war doch völlig klar, dass sie nach ganz verschiedenen Wertvorstellungen lebten. Was hatte Larissa wohl damals gesagt, wenn ihr Mann mit einem Teil vom Sperrmüll nach Hause kam? Bisher war sie Nina nur als durchgestylte Upper-Class-Frau begegnet, die eher nackt als in No-Name-Klamotten aus dem Haus gehen würde.

»Wo habt ihr euch denn kennengelernt?«

»Eigentlich fing alles ganz romantisch an. Dachte ich auf jeden Fall. Gegen Ende meines Studiums war ich Praktikant in einer großen Zahnarztpraxis, in der sie als Zahnarzthelferin arbeitete. Einmal nach Feierabend fand sie ihr Fahrrad mit einem Platten vor der Tür vor. Und ich habe den Schlauch natürlich geflickt. Als Dank dafür lud sie mich zu einem Cocktail in eine Bar ein. Wir hatten einen schönen Abend. Und am nächsten Tag fragte sie mich, ob ich zum Abendessen zu ihr nach Hause kommen möchte. Sie wohnte in einer kleinen Einzimmerwohnung in der Nähe der Praxis. Die Klappcouch war gleichzeitig ihr Bett, und die Küche bestand aus einer Nische mit Herd und Kühlschrank. Wir aßen auf ihrem Balkon, von dem man, wenn man sich auf die Zehenspitzen stellte, die Spitzen der Frankfurter Skyline sehen konnte. Ich fand es bei ihr wohl irgendwie idyllisch.«

Nina schenkte Wein nach und lehnte sich zurück. »Hört sich sehr romantisch an.«

Matthias schüttelte den Kopf. »Ich war damals ein wenig naiv. Sie hat mir später erzählt, dass sie ihr plattes Fahrrad zur Praxis geschoben und sich nur hilflos gestellt hat, um mit mir privat in Kontakt zu kommen. Ich war in ihren Augen wohl eine gute Partie – ein Student der Zahnmedizin kurz vor dem Abschluss. Das habe ich damals natürlich überhaupt nicht gerafft. Im Gegenteil, ich war geschmeichelt, weil sich eine so gut aussehende Frau für mich interessierte.«

Das platte Rad zur Praxis geschoben! Ein netter Trick, wenn jemand verliebt ist, dachte Nina, und ein gemeiner Trick, wenn jemand berechnend ist.

Matthias stand auf und ging ein paar Schritte im Raum umher.

Es wühlt ihn immer noch auf. Nina holte eine zweite Rotweinflasche aus dem Regal und entkorkte sie. »Und dann ist sie schnell schwanger geworden?« Fast fühlte sie sich mies wegen der Unterstellung.

»Ich bin nach dem Studium nach Kronstein gezogen, weil ich hier in eine Praxis einsteigen konnte. Und Larissa zog kurz darauf bei mir ein. Eine Zeit lang lief es toll. Tagsüber arbeiteten wir beide, nach der Arbeit kam Larissa mit der S-Bahn nach Kronstein. Wer zuerst zu Hause war, kochte, und dann setzten wir uns auf die Terrasse und erzählten uns unseren Tag. Ein paar Wochen später war sie schwanger. Wegen der Ansteckungsgefahr war sie von der Arbeit freigestellt und richtete nun mit Feuereifer die Wohnung ein. Dabei hatten wir die ersten Streits, denn sie wollte meine aufgearbeiteten Geräte rausschmeißen und alles neu anschaffen. Beim Trockner gab ich nach, aber meinen großen Bosch-Kühlschrank gab ich nicht her. Ich verdiente zwar als Junior-Zahnarzt ganz gut, aber auch nicht so doll, dass ich das Geld zum Fenster rauswerfen konnte. Natürlich ging es mir nicht nur ums Geld: Warum soll ich etwas wegwerfen, obwohl es noch funktioniert?«

»Habt ihr dann geheiratet?«

»Wegen der Schwangerschaft war das für mich sonnenklar. Und zu dem Zeitpunkt war ich einer der glücklichsten Männer der Welt: Ich hatte eine Traumfrau, die ein Kind von mir erwartete, einen super Job gleich nach dem Studium, und wir wohnten in einem idyllischen Städtchen im Grünen. Für unsere Hochzeit organisierte ich ein Grillfest im Garten mit bunten Lampions an den Bäumen und einer langen Tafel, an der wir mit Freunden und unserer Familie bis in die Morgenstunden feierten. Ich dachte, alles wäre perfekt. Aber der Schein trog. Nachdem sich unsere erste Verliebtheit gelegt hatte, fiel mir auf, dass Larissa ständig unzufrieden war. Die Wohnung war ihr zu klein, sie wollte in ein Haus ziehen, aber das konnte ich mir als Berufsanfänger nicht leisten. Sie schimpfte über ihre Kollegen und beschloss, wegen Mia dann ganz mit dem Arbeiten aufzuhören. Unsere Nachbarn fand sie zu eingebildet. Langsam dämmerte mir, dass es ein Fehler gewesen war, sie nicht erst einmal besser kennenzulernen.«

Betroffen starrte er auf seinen Teller und schwieg. Nina legte ihm teilnahmsvoll eine Hand auf den Arm. Kurz schloss er die Augen, dann schaute er sie direkt an. »Willst du auch noch den traurigen Rest hören?«

Sie nickte.

»Bald merkte ich, dass sie mich mit ihrer Unzufriedenheit ins Visier nahm. Wenn ich abends von meinem Tag erzählte, hörte sie kaum noch zu oder seufzte ungeduldig. Als das Baby da war, wurde es kurzzeitig besser. Wir waren so glücklich über unsere wunderschöne kleine Tochter. Ich habe Mia beim ersten Anblick geliebt. Das ist ein Wahnsinnsmoment, wenn man dieses Gefühl plötzlich erlebt: Du guckst diese winzige Wesen an und weißt, dass du jederzeit dein Leben dafür hergeben würdest.«

Nina schluckte schwer. Fünfunddreißig!, dachte sie unglücklich. Warum hatte sie es so lange schleifen lassen? Sie konnte nicht nur Sören die Schuld geben.

»Larissa hatte wieder eine Aufgabe. Sie war eine liebevolle Mutter, auch wenn sie für meinen Geschmack zu viel Wert auf Designer-Babyklamotten legte. Ich hätte einfach Strampler auf den Babyflohmärkten oder bei H&M gekauft. Und ich fand es auch übertrieben, für einen Kinderwagen tausend Euro auszugeben, aber da gab ich nach. Bald war sie wieder unzufrieden. Diesmal, weil sie nicht mehr so oft ausgehen konnte. Sie wollte regelmäßig schick essen gehen oder Cocktails trinken. Ich dagegen war froh, wenn ich nach einem stressigen Arbeitstag nach Hause kommen und entspannen konnte. Einmal wollte sie das Baby einfach mit in eine Disco nehmen.«

»Hattet ihr keine Großeltern in der Nähe?« Nina kannte solche Themen von ihren Freundinnen. Allerdings wäre keine von denen auf die Idee gekommen, ihr Baby in eine Disco mitzuschleppen.

»Nein, leider nicht. Meine Eltern wohnen in Norddeutschland, und sie hat nur noch ihre Mutter, die schon damals ein halber Sozialfall war und selbst Hilfe brauchte.«

»Und konntet ihr keine Babysitterin engagieren?«

»Das haben wir dann nach dem zweiten Kind getan. Als Jakob da war, engagierten wir zu Larissas Entlastung eine Kinderfrau. Eine Zeit lang lief es prima, und ich genoss es, zu einer ausgeglichenen Ehefrau nach Hause zu kommen. Leider nur eine Weile. Denn bald traf ich abends nur noch die Kinderfrau an, eine ältere Dame, die sich liebevoll kümmerte. Larissa war Reiten, traf sich mit ihren Freundinnen oder ging zum Philosophischen Kreis. Abends ging sie Cocktails trinken oder tanzen. Schließlich beklagte sich die Kinderfrau bei mir, sie habe kaum noch ein eigenes Privatleben. Sie war hin- und hergerissen: Einerseits liebte sie die Kinder, andererseits wollte sie ihr eigenes Leben und ihre erwachsenen Kinder auch nicht ewig vernachlässigen. Larissa gab ihr Budget, damit sie ihre eigene Vertretung organisieren konnte.«

»Oh, nein.« Nina schüttelte den Kopf. Sie könnte ihre Kinder nie komplett an eine Kinderfrau abgeben. Doch diese Gedanken behielt sie lieber für sich. Das Thema machte Matthias schon genug zu schaffen.

»Ja, ich hätte früher eingreifen müssen. Für diesen Lebensstil musste ich endlos Arbeitsstunden leisten, obwohl ich gern mehr Zeit mit meinen Kindern verbracht hätte, aber das war praktisch nur am Wochenende möglich.«

Nina dachte unwillkürlich an Sörens Stellung in München.

»Die Kinder weinten neuerdings, wenn sich die Kinderfrau abends verabschiedete. Als ich dann zum gleichberechtigten Partner der Zahnarztpraxis aufstieg, konnten wir uns ein Haus leisten. Jetzt setzte ich ihr die Pistole auf die Brust: ›Ich werde nur in ein Haus investieren, wenn du ein richtiges Heim daraus machst und dich wieder selbst um die Kinder kümmerst.‹ Wir reduzierten die Stunden der Kinderfrau, und Larissa hielt ihr Versprechen. Sie machte mit Mia Hausaufgaben, bastelte mit Jakob oder fuhr sie zu ihren Ballett- und Tenniskursen. Doch nach ein paar Jahren zog sie aus. Sie hatte Hubertus von Grünenburg kennengelernt. Er trennte sich auch gerade von seiner Familie. Larissa zog bei ihm ein. Die beiden haben sich gesucht und gefunden: Sie gehen ständig schick aus, treffen sich mit anderen Schickimicki-Paaren, machen Gourmettouren und fahren zu Wellness-Wochenenden in Fünf-Sterne-Golf-Ressorts.«

Matthias seufzte. »Ich bin im Haus geblieben, und die Kinderbetreuung teilen wir uns seitdem: Die beiden haben jetzt abwechselnd eine Papawoche und eine Mamawoche. Unser

Alltag hat sich inzwischen eingespielt, aber manchmal halte ich diese Situation kaum aus. Ich hätte meinen Kindern so gern eine intakte Familie geboten.« Er schluckte sichtlich. »Na jedenfalls ist eine Beziehung mit mir erst mal nicht zu machen.«

Nina nickte nachdenklich und nahm einen großen Schluck von ihrem Rotwein. »Das tut mir sehr leid. Trotzdem habe ich den Eindruck, dass ihr die Situation ganz gut meistert, und du hast doch ein gutes Verhältnis zu deinen Kindern.«

»Das stimmt, aber ideal finde ich das alles nicht.«

»Was ist schon ideal? Guck mich an, ich bin Mitte dreißig und hätte gern ein Häuschen auf dem Land, einen netten Mann und eine Horde Kinder. Aber mein Freund konnte sich drei Jahre lang nicht überwinden, mit mir zusammenzuziehen.«

»Dann ist er ein Idiot«, brach es aus ihm heraus. Im nächsten Moment wirkte er verlegen. »Entschuldige, der Rotwein ist mir wohl zu Kopf gestiegen. Und ich habe dich genug vollgequatscht. Schluss mit dem Thema!«

»Nein, alles gut. Ich habe ja gefragt.« Nina schaute auf die Uhr. »Ups, wir haben gleich Mitternacht.«

Matthias stand auf und streckte sich. »Gut, dass ich morgen früh keinen Kinderdienst habe. Die beiden haben gerade ihre Mamawoche.«

Sie stellten gemeinsam die Gläser und die Teller auf die Spülmaschine und Nina räumte die wenigen Essensreste in eine Kühlbox. Matthias nahm Ninas Jacke vom Haken an der Wand und legte sie ihr um die Schultern. »Könnte kühl werden draußen.« Sie gingen zur Tür.

Nina schloss zu und streckte ihm die Hand entgegen. »Danke noch mal für alles. War ein schöner Abend.«

Matthias ignorierte ihre Hand und küsste sie auf die Wange. »Fand ich auch.«

Er trat ein Stück von ihr zurück, legte den Kopf schief und grinste sie an. »Ich werde ab und zu mal vorbeikommen, wenn du im Laden bist.«

»Und nach der Spülmaschine schauen?«

»Na klar. Ich sollte regelmäßig kontrollieren, ob sie noch läuft. Das gehört zum Servicevertrag.«

»Toller Kundenservice, wir bieten unseren Mechanikern auch kostenlosen Espresso an.«

»Dann bis bald?«

»Bis bald.«

Nina drehte sich um und ging zu ihrem Fahrrad.

13

Gute Buttercreme hinzubekommen, ist nicht leicht – es sei denn, man kennt die entscheidenden Tricks. Nina hatte den Pudding für die Creme schon zwei Stunden vorher gekocht und auch vor zwei Stunden die Butter aus dem Kühlschrank genommen. Das war einer dieser Kniffe: der Pudding musste lauwarm sein, die Butter zimmertemperiert. Zweitens war es wichtig, zuerst die Butter cremig zu rühren und danach den Pudding dazuzugeben, nicht umgekehrt. Nie, nie, nie sollte man versuchen, die Butter unter den Pudding zu rühren. Und außerdem musste man den Pudding in kleinen Portionen zugeben, nicht auf einmal.

Ihre Profiküchenmaschine drehte seit fünf Minuten den Quirl im Kreis, und die Creme hatte inzwischen eine sahnige und luftige Konsistenz. Nina lächelte. Die Premiere würde gelingen. Morgen würde sie zum ersten Mal ihre Törtchen in Kronstein präsentieren und konnte gleich den Großteil ihrer kaufkräftigen Zielgruppe beeindrucken.

Weil sie auf Clara aufgepasst hatten, war sie abgelenkt gewesen und hatte Sören nicht mehr gefragt, was der Philosophische Kreis denn überhaupt tat und wer dazugehörte. Zum Glück war Antonia immer gut informiert.

»Das ist so ein elitärer Haufen. Da trifft sich die selbst ernannte Oberschicht von Kronstein«, hatte sie erklärt. »Vordergründig um sich weiterzubilden. Der eigentliche Zweck ist natürlich der Clubgedanke. Die Treffen werden vor allem von den Frauen organisiert und besucht – ihre Männer haben für so was keine Zeit, die müssen ja rund um die Uhr arbeiten, um den Lebensstandard zu finanzieren.«

Nina musste lächeln, denn im Grunde gehörte Antonia auch zur Oberschicht von Kronstein – schließlich war sie mit einem alt eingesessenen Adligen verheiratet, dem hier nicht nur eine Jugendstilvilla gehörte. Aber wer Antonia und Philipp kannte, wusste, dass sie mit den Charity-Leuten nichts anfangen konnten. »Viele von denen vergessen, wo sie herkommen«, sagte sie gern über die Damen, die sich über den Bonus ihrer Männer definierten.

Nina sah sich jedoch darauf angewiesen, den Kreis als Stammkunden zu gewinnen, und wenn sie dafür dort Mitglied werden musste, nahm sie das gern in Kauf. Aus ihrem Job wusste sie noch, wie wichtig Netzwerken war.

Sie verteilte die Creme auf drei Schüsseln, um sie mit unterschiedlichen Zusätzen einzufärben. Sie wollte mit ihrer Cupcake-Pyramide die Farben des Philosophischen Kreises abbilden: rosa, braun, blau.

Für die rosa Creme würde sie ihre selbst gemachte Erdbeermarmelade verwenden. Wie jedes Jahr hatte sie in der Erdbeerzeit auf dem Feld am Ortsausgang kiloweise Früchte gepflückt und davon fast fünfzig Gläser Marmelade eingekocht. Sie öffnete eines mit einem Knack und sog den fruchtig-süßen Erdbeerduft ein. Es hatte sich ausgezahlt, den Zuckeranteil zu reduzieren und den Fruchtanteil auf siebzig Prozent zu erhöhen. Diese Marmelade war köstlich.

Nina gab sie löffelweise in die Schüssel, bis der Pinkton des Clublogos erreicht war. Für die braune Creme würde sie edelherbe Schokolade im Wasserbad schmelzen und vorsichtig unter die Buttercreme rühren. Für die blauen Cupcakes hatte sie Heidelbeermarmelade bereitgestellt.

Sie würde sich mit Larissa gutstellen müssen. Sie wusste

nur noch nicht, wie. Wieder mehr Designerklamotten tragen? Nein, schließlich wollte sie sich auch nicht anbiedern.

Ein lauter Knall riss sie aus ihren Gedanken. Sie schrie auf und warf den Schneebesen mit der rosa Buttercreme vor Schreck an die Decke. Auf der Arbeitsfläche, vor ihr auf den Bodenfliesen und an der Wand war alles voll blauer Spritzer – Heidelbeermarmelade.

Erschrocken sprang sie zurück. »Mist! Mist! Mist!«

Sie hatte, ohne hinzusehen, nach dem Schokoladentopf auf der oberen Etage ihrer Kücheninsel gegriffen und vergessen, dass sie dort das Glas mit der Heidelbeermarmelade abgestellt hatte – das nun in Scherben und blauen Klecksen überall verteilt war.

Nachdem sie das Gröbste weggewischt hatte – wahrscheinlich würde sie in drei Wochen noch irgendwo blaue Punkte entdecken –, klingelte sie bei ihren Vermietern Sturm. Antonia, Philipp und deren vierjährige Tochter Clara kamen alle gleichzeitig an die Tür gerannt. Noch bevor Nina Hallo sagen konnte, sprang Clara vor ihr auf und ab und zog an ihrer Backschürze. »Hast du Muffins mitgebracht?«

Antonia lachte. »Entschuldige, wir sind gerade nach Hause gekommen und haben von dem Vanilleduft aus deiner Wohnung schon Magenknurren bekommen.«

»Ich bringe euch gleich ein paar Cupcakes rüber, aber eigentlich wollte ich euch fragen, ob ihr irgendwas habt, mit dem ich meine Buttercreme blau färben kann.«

Antonia runzelte die Stirn. »Blau?«

Nina seufzte. »Ja, ich backe für den Philosophischen Kreis. Eigentlich wollte ich die Creme mit Heidelbeermarmelade einfärben, aber gerade habe ich mein einziges Glas runtergeschmissen, und jetzt ist keine Zeit mehr, in den Supermarkt zu fahren.«

Antonia winkte ihr, mitzukommen, lief in die Küche und griff dort in einen der oberen Schränke. »Irgendwo habe ich hier ein paar Reste von meinen letzten Osterbackversuchen.«

Nachdem sie eine Weile gekramt hatte, hielt sie ihr zwei angebrochene kleine Pappschachteln hin. »Lebensmittelfarbe kann ich dir anbieten, und trara: Es sind genau die beiden blauen Tuben übrig geblieben.«

Nina nahm naserümpfend die Tuben entgegen und überschlug die Möglichkeiten, die sie noch hatte: Keine. Sie hinkte mit dem Zeitplan sowieso schon hinterher. »Es verstößt zwar total gegen meine Konditorehre, mit chemischen Zusätzen zu arbeiten, aber ich habe keine Zeit, mich um was anderes zu kümmern.«

Antonia stupste sie an. »Ach du immer mit deinem Perfektionismus, das bisschen Lebensmittelfarbe schmeckt kein Mensch raus.«

14

Einen Tag lang in der Küche zu stehen und erstklassige Konditorwaren herzustellen war eine Sache. Diese öffentlich zu präsentieren und an den Mann zu bringen eine ganz andere. Zum wohl hundertsten Mal an diesem Tag fragte sich Nina, ob es eine gute Entscheidung gewesen war, ihren Job als Unternehmensberaterin hinzuwerfen. Heute würde sie eine erste Ahnung davon bekommen, wie gut ihre Backkunst ankam.

Die Stadthalle war an diesem Abend ausverkauft, es waren also mindestens fünfhundert Besucher hier – fünfhundert potenzielle Kunden, die begeistert oder desinteressiert oder mäkelig sein konnten.

Die Türen des Saals sprangen auf und Nina erhaschte einen Blick auf den Pianisten Xing Xing, einen aufstrebenden Star am Klassikhimmel. Lächelnd verneigte er sich vor dem Publikum. Nina beneidete ihn: Er hat es geschafft. Und für sie bedeutete der Applaus, dass ihre große Feuertaufe nun losging.

Sie hatte sich für ihren Kuchenstand einen Platz an der Seite des Foyers gesichert, wo alle Zuschauer des Konzerts auf dem Weg von den Stuhlreihen zum Sektempfang vorbeimussten. Mit etwas zittrigen Händen setzte sie noch schnell ein Baiser an die Spitze der Törtchenpyramide.

Die blauen sahen ein bisschen ulkig aus, musste sie sich eingestehen, so wie das Schlumpfeis in der italienischen Eisdiele, das ihr schon immer etwas suspekt gewesen war. Aber dafür war die Pyramide in den Farben des Clubs gestaltet, der das Konzert veranstaltet hatte.

Die Gräfin steuerte mit einigen älteren Damen, die alle blond toupiert waren und Chanel-Jäckchen in verschiedenen Pastelltönen trugen, als Erstes auf ihren Stand zu. Sie stellte Nina ihren Freundinnen als »unsere talentierte Mieterin« vor.

»Was haben Sie denn Leckeres?«

Ninas Aufregung war mit einem Schlag wie weggeblasen. Sie schlug ihren professionellen Ton an und erklärte das unterschiedliche Gebäck. Nachdem jede der Damen ein anderes Teilchen gekauft hatte, entspannte sie langsam.

»Mmmmmh, genau so hat die Buttercreme bei meiner Tante immer geschmeckt.«

»Ausgezeichnet. Von den Schokotörtchen nehme ich gleich noch drei mit nach Hause.«

»Junge Frau, haben Sie eine Visitenkarte? Die Walnusstörtchen würde ich gern für unsere Teerunde bei Ihnen ordern.«

»Gern. Ich habe mich gerade selbstständig gemacht und eröffne demnächst in Kronstein eine Patisserie.«

Bevor die Gräfin mit ihrem Teekränzchen weiterzog, legte sie ihr eine Hand auf den Arm. »Liebe Nina, das ist ganz hervorragend, was Sie hier geschaffen haben. Aber Sie kennen ja meine Meinung: Karriere ist nicht alles. Wenn sich ihr Sören nicht bald erklärt, sagen Sie mir Bescheid. Einige meiner Freundinnen haben noch Söhne im heiratsfähigen Alter. Da heißt es, bald zugreifen.«

Es dauerte nicht lange, da war die Törtchenpyramide um ein Drittel geschrumpft. Auch die kleinen Zimtschnecken, die Cake-Pops und die Petit Fours hatten viele Abnehmer gefunden. Und Nina hatte jedem Käufer auch einen Flyer in die Hand gedrückt.

Eine große, blonde Mittvierzigerin schaute skeptisch auf die Törtchen. »Verarbeiten Sie ausschließlich biologisch angebaute Zutaten?«

Nina lächelte die potenzielle Kundin an und erklärte freundlich: »Ich habe in den rosa Törtchen eine wunderbare Bio-Erdbeermarmelade verarbeitet und in den Schokotörtchen eine dunkle Schokolade aus fairem Handel. Und natürlich verwende ich nur frische Zutaten und keine chemischen Backzutaten oder gar Backmischungen. Ich stelle alles selbst her, das ist doch das Wichtigste, oder?«

Die Herkunft der blauen Schlumpfeisfarbe verschwieg sie dezent. Schließlich sollte man sich stets auf die positiven Aspekte konzentrieren, das hatte sie während ihrer Karriere als Unternehmensberaterin gelernt.

»Haben Sie auch eine vegane Variante?«

»Einen Kuchen ohne Eier, Milch oder Butter zu backen ist ganz schön schwierig, aber ich kann natürlich individuell …« Nina brauchte ihren Satz nicht zu beenden. Die blonde Mittvierzigerin hatte sich schon umgedreht und schritt zum Sektstand.

»Mama, ich will auch so einen blauen Kuchen!« Ein dreijähriger Junge mit Anzug, Fliege und Schnupfnase baute sich vor dem Stand auf und rief herzzerreißend unglücklich: »Einen blauen Kuchen!«.

Da seine Mama negative Signale in seine Richtung sandte, beschloss die Schnupfnase, die Sache selbst in die Hand zu nehmen: Ein schneller Schritt, dann reckte er den Arm und griff sich ein blaues Törtchen von der Pyramide. Bevor seine Mutter es ihm aus der Hand reißen konnte, stopfte er es sich zur Hälfte in den Mund und hielt die andere Hälfte so fest, dass die Creme wie blauer Matsch aus seinem Fäustchen quoll. Mit der anderen Hand griff er rasch noch nach einem zweiten Törtchen.

»Nein Schatz, wir essen weder Zucker noch Chemie. Gib das sofort her.«

Der Kleine stopfte noch so viel wie möglich von seinem angebissenen Kuchen in den Mund, während seine Mutter versuchte, ihm wenigstens das zweite Törtchen zu entwenden. Schließlich landete ein großer Teil blauer Creme auf dem Boden, und die Mutter zerrte ihren Sohn wutentbrannt vom Stand weg. Als sie das Foyer schon halb durchquert hatte, rief sie über die Schulter: »Wenn Sie so ein künstliches Zeug herstellen, werden Sie sich in Kronstein nicht viele Freunde machen.«

Ein großer dunkelhaariger Mann mit blauer Steppjacke kam zu Nina und drückte ihr fünf Euro in die Hand. »Für die beiden Kuchen. Ich möchte mich für meine Frau entschuldigen. Nehmen Sie es bitte nicht persönlich. Sie macht gerade eine Diät.«

Eine weitere blonde Mittvierzigerin mit vier Kindern im Schlepptau rauschte an Ninas Stand vorbei und zeigte auf die blaue Creme am Boden. »Friedrich, Theobald, Anna-Clara und Constantin: nicht anfassen. Diese Creme sieht chemisch aus. Und wie viel Zucker da drin ist, möchte ich gar nicht wissen.«

Nina war während des Geschreis kurz erstarrt, doch jetzt griff sie nach der Küchenrolle. Als sie auf dem Boden hockte und die Creme aufwischte, traten Larissa und Hubertus auf sie zu. Nina musste ihren Kopf tief in den Nacken legen, um beide anzuschauen. »Frau Fischer, hallo, Herr von Grünenburg. Kleinen Moment, ich hab gleich Zeit für sie.«

Larissa nahm einen der Flyer in die Hand, überflog kurz den Text und zog dabei eine Augenbraue hoch. »Bemühen Sie sich nicht. Ich wollte Sie nur darüber informieren, dass der Philosophische Kreis von einer Zusammenarbeit mit Ihnen Abstand nimmt. Wir suchen uns unsere Lieferanten doch sehr genau aus. Und ob Ihr Laden eine so gute Idee ist, also ich weiß nicht. In Kronstein legen die Leute sehr viel Wert auf Qualität.«

Sie hielt kurz inne und schaute in die Runde der Konzertbesucher, die noch unschlüssig das Gebäck betrachteten. »Wenn ich Lust auf einen Kuchen habe, der nach Chemie schmeckt, fahre ich zum Aldi.«

15

Nina hatte die wenigen übrig gebliebenen Törtchen in den Kühlschrank gestellt, morgen würde sie sie an Antonia und Clara verschenken. Jetzt traute sie sich nicht mehr zu klingeln. Antonia hatte angedeutet, dass sie Clara heute bei einer Kindergartenfreundin untergebracht hatte und sich einen romantischen Abend mit ihrem Mann machen wollte. Nina wusste, wie selten die beiden »sturmfrei« hatten.

Von ihrem romantischen Abend mit Sören, der so kurz geraten war, musste noch eine Champagnerflasche da sein. Suchend spähte sie in den Kühlschrank. Da! Sie war nach hinten gerollt und lag quer. Gewöhnlich trank sie nicht allein Alkohol, aber sie beschloss, dass heute ein guter Tag war, um mit dieser Regel zu brechen. Anstatt sich über die Zickereien der Kronsteiner zu ärgern, wollte sie lieber die Anerkennung feiern, die sie schließlich auch bekommen hatte, und das ging am besten mit einem Schluck Champagner und – *Antonia und Clara werden sie mir sicher gönnen* – mit drei ihrer Törtchen.

Nachdem sie es sich mit den Köstlichkeiten auf ihrem Balkon gemütlich gemacht hatte, klingelte ihr Handy.

»Hallo, Schatz, danke, dass du zurückrufst.«

»Was war denn da los?« Sören schrie fast ins Telefon. Im Hintergrund hörte Nina Bahnhofslärm.

»Ach, ich habe nur die Kronsteiner High Society vergiftet. Die waren kurz davor, den Notarzt zu rufen, weil ein Kind ein Cupcake mit Lebensmittelfarbe gegessen hat. Und Zucker war auch drin, stell dir mal vor.«

»Ich verstehe dich leider ganz schlecht.« Jetzt hörte Nina eine Durchsage, dass ein Zug heute auf einem anderen Gleis einfahre.

»Mist! Auch das noch!«

»Ja, finde ich auch. Ich hatte wirklich gehofft, ich könnte mir über den Philosophischen Kreis meine Stammkundschaft erschließen.«

Jetzt hörte sie ihn hecheln. »Ähm, alles klar bei dir?«

»Ja, sprich ruhig weiter, ich muss nur gerade zum anderen Gleis hetzen. Mein Zug fährt dort in zwei Minuten ab.«

»Ja, also wie gesagt: Es ist nicht gut gelaufen.«

»Pass auf, ich muss gleich einsteigen, und dann ist wahrscheinlich die Verbindung weg. Aber ich rede morgen mit Larissa. Sie soll ein gutes Wort für dich einlegen. Ein paar Startschwierigkeiten sind ja ganz normal.«

»Vielleicht solltest du deinen Rechtsanwalt mitnehmen, schließlich hast du mich und meine Zuckertörtchen in ihren elitären Kreis eingeschleust.« Oje, sie hörte selbst, wie bissig sie klang. Wenn sie ehrlich war, überwog ihre Wut über die ungerechte Beurteilung doch die Freude über das Lob anderer Kunden bei Weitem.

Zurück zum positiven Denken! Auf keinen Fall wollte sie sich anhören wie Larissa.

»Mach dir keine Sorgen. Das hast du sicher in den falschen Hals bekommen. Der Philosophische Kreis ist für dich sehr wichtig, da sollten wir dranbleiben. Wenn du einmal dort drin bist, sind deine Torten ein Selbstläufer.«

In den falschen Hals? Nina schüttelte den Kopf. Das hatte jetzt wenig Zweck. »Lass uns morgen telefonieren. Gute Fahrt erst mal.«

»Ja, gut. Bis morgen.«

Sie hörte den Schaffner pfeifen und legte auf.

Frustriert probierte sie nacheinander einen Bissen von dem Erdbeer-Cupcake, dem Walnuss-Törtchen und von dem Petit Four. Sie musste grinsen, als ihr einfiel, dass von den blauen Törtchen kein einziges übrig geblieben war.

Gerade als sie einen Toast auf die blauen Törtchen ausbrachte, klingelte es an der Wohnungstür. *Oje, hat Antonia auch schon von dem Desaster gehört und unterbricht jetzt ihren romantischen Abend, um mich zu trösten?*

Nina schaute durch ihren Spion: Da stand tatsächlich Antonia im weißen Bademantel und mit zerwuschelten Haaren. Sie öffnete schnell. »Was machst du denn hier? Ist heute nicht euer, ähm, freier Abend?«

Antonia schüttelte den Kopf und legte den Finger an die Lippen. Nina bemerkte Tränenspuren auf ihrer Wange. Antonias Besuch konnte nichts mit dem Törtchenfiasko zu tun haben.

Sie zog sie in die Wohnung, dirigierte sie in die Küche und schloss die Tür, sodass kein Wort ihres Gesprächs in den Hausflur dringen konnte.

»So, jetzt erzähl mal, warum du nicht bei deinem Mann bist und das Kamasutra durchprobierst.«

»Ich kann ihr nie wieder in die Augen sehen«, weinte Antonia, »und ihren Freundinnen auch nicht.« Schluchzend ließ sie sich auf den nächstbesten Stuhl sinken, und Nina reichte ihr ein Blatt von der Küchenrolle.

»Ups? Ihr? Hattet ihr Gruppensex geplant?«

Antonia verdrehte die Augen. »Sehr witzig! Ich hatte mir für den Abend mit Philipp extra bei Palmers neue Unterwäsche gekauft. Rot, sehr viel Spitze, inklusive passender Strumpfhalter.«

Antonia lüftete ihren Bademantel und zeigte Nina ein Stück des BHs. »Nur damit du einen kleinen Eindruck bekommst.«

»Sexy.«

»Ja, fand Philipp auch. Weißt du, da in unserem Alltag nicht mehr so viel Zeit für spontane Zweisamkeit bleibt, hatte ich alles generalstabsmäßig vorbereitet und Philipp gleich, als er nach Hause kam, in die Küche gezogen, ihn auf einen Stuhl gesetzt, die Musik eingeschaltet und eine kleine Tanzeinlage zu ›You can leave your head on‹ gegeben.

»Wow.«

»Und als er mir einen Zehn-Euro-Schein in den String steckte und ich ein Bein um den Küchenstuhl geschlungen hatte, ging die Tür auf, und die Gräfin marschierte mit ihrer Teerunde ein.«

»Das ist jetzt ein Witz, oder?«

»Schön wär's. Sie wollte ihren Damen unsere neue Einbauküche zeigen, und da die Musik so laut war, haben wir sie auch nicht hereinkommen hören.«

»Hat sie denn nicht geklingelt?«

»Nein, sie klingelt grundsätzlich nicht. Sie hat ja einen Schlüssel und meint, bei ihrem Jungen muss sie nicht klingeln.«

Nina fühlte mit Antonia, musste sich aber auch das Lachen verkneifen, wenn sie sich die Gesichter der siebzigjährigen Damen vorstellte, die Antonia in ihrer Spitzenunterwäsche um den Küchenstuhl gewickelt vorfanden.

»Du musst deiner Schwiegermutter klare Grenzen setzen. Als Erstes würde ich den Wohnungsschlüssel einkassieren.«

Antonia seufzte und imitierte die Tonlage ihres Mannes. »Aber Liebling, das können wir nicht machen, meine Mutter hat doch nur noch uns.«

Nina holte ein zweites Champagnerglas aus ihrem Küchenschrank. »Ich habe gerade eine Flasche Veuve Clicquot geöffnet, wenn du magst, kannst du auch noch ein Törtchen dazu kosten.«

Antonia nahm das Glas entgegen. »Lass die Flasche hier stehen, du kannst mir gleich nachgießen. Und jetzt erzähl, warum du hier allein Frusttrinken veranstaltest.«

»Die Damen des Philosophischen Kreises haben mich voll auflaufen lassen.«

»War nicht genug Blattgold auf deinen Törtchen oder hast du einen Kuchentrend aus der vorigen Saison präsentiert?«

»Nein, stellt dir vor, da war Zucker drin und wegen der blauen Farbe sind sie total ausgeflippt.« Nina gab ihr einen kurzen Abriss des Geschehens.

»Wirf ja nicht die Tuben von der blauen Lebensmittelfarbe in deinen Müll, sonst sieht die noch einer, und dann sind wir alle erledigt«, meinte Antonia kichernd.

»Aber so was von!«

»Wir müssen das Corpus Delicti irgendwo verschwinden lassen«, beschloss Antonia mit todernstem Gesicht.

Nina sinnierte. »Am besten fahre ich die nach Frankfurt auf die Müllkippe.«

»Oder wir versenken sie in einem Müllsack mit Steinen beschwert im Main!«

»Nein, warte. Wir werfen sie in ein frisch gegossenes Betonfundament.«

»Wir gehen auf den Friedhof und verbuddeln sie in einem frisch ausgehobenen Grab!«

Jetzt konnten sie sich nicht mehr halten, und die ganze Frustration floss mit den Lachtränen davon.

Nachdem sie sich wieder eingekriegt hatten, aß Antonia die letzten Krümel von Ninas Gebäck. »Die haben echt keine Ahnung! Du machst die besten Törtchen der Welt. Und zum Thema Chemie kann ich nur sagen, wer sich einmal pro Woche ein Nervengift ins Gesicht spritzt, sollte sich nicht über drei Tropfen Lebensmittelfarbe echauffieren.«

Nina lachte. »Schade, dass mir das vorhin nicht eingefallen ist.«

Mit dem letzten Schluck Champagner stießen sie noch einmal an.

»Du bist auf diese Tussis nicht angewiesen, du wirst auch so Erfolg haben. Qualität setzt sich durch.«

Nina umarmte sie. »Danke, dass du an mich glaubst.«

16

Nina maß gerade zum zehnten Mal den Platz für die Backöfen aus, die sie als Ergänzung zum frei stehenden Edelstahlherd an der Wand anbringen lassen wollte. Sie hatte unzählige Male ihre Arbeitsabläufe simuliert und die Zentimeterangaben ein wenig korrigiert.

»Willst du dich schon mal daran gewöhnen, dass man als Selbstständige rund um die Uhr arbeitet?«

Sie drehte sich um und sah Matthias am Eingang ihres Ladens stehen. Er lehnte lässig am Türrahmen und hatte die Arme verschränkt. Nina war auf einmal befangen und brachte kein Wort heraus. Was natürlich völliger Quatsch war. Sie schüttelte den Kopf.

»Ehrlich gesagt wird mir langsam mulmig, wenn ich an meine Geschäftseröffnung denke, und da hilft es, wenn ich herkomme und was tue. Und was treibt dich am Sonntagnachmittag in die Praxis? Werden heute exklusive Privatpatienten behandelt?«

»Nein, die bekommen bei mir Termine zu den normalen Öffnungszeiten, so wie die Kassenpatienten auch.«

Matthias lächelte und strahlte dabei eine wohltuende Ruhe aus. »Ich wollte nur schnell nach unserer Klimaanlage sehen, die spinnt zurzeit ein wenig. Aber ich konnte den Fehler nicht finden.«

Nina klappte ihren Zollstock zusammen und ging langsam auf Matthias zu. »Na dann wünsche ich dir ein schönes Wochenende!«

Matthias rührte sich nicht vom Fleck. »Und was machst du heute noch so?«

»Eigentlich wollte ich mit meinem Freund in die Therme fahren, aber er hat mich versetzt.«

»Wegen einer anderen Frau?«, fragte er leise schmunzelnd.

»Na ja, fast. Er muss Anzüge aus der Reinigung holen und auf seine Putzfrau warten, um mit ihr ein ernstes Wort zu reden.« Nina schüttelte den Kopf. »Und er hätte sowieso nicht lange gekonnt wegen eines Kunden. Er ist Unternehmensberater. Ich kenne das ja selbst noch: Wenn du auf einem größeren Projekt bist, kannst du Freunde und Familie eine Weile vergessen.«

»Du warst mal Unternehmensberaterin?« Das kam halb erstaunt, halb anerkennend.

»Ja, ein paar Jahre. Sogar ganz erfolgreich.«

Matthias schien nachzudenken. »Ich finde, eine Patisserie passt viel besser zu dir. Ich glaube, du bist eher ein kreativer Mensch.«

»Und was wirst du mit dem Sonntag anfangen? Hast du heute noch einen Toaster zu reparieren?«

»Ne, ich hole gleich Mia und Jakob ab, und wir gehen zum Kindertheater in den Park.«

»Das ist toll. Da war ich mit der Tochter meiner Nachbarin mal, bei Grüffelo.«

»Wie alt ist sie denn?«

»Vier.«

»Heute gibt's eher was für ältere Kinder: Wie werden wir Schneewittchen los?«

»Hört sich interessant an.«

»Ich hoffe, es fließt kein Blut.«

»Falls das Stück schlecht ist, könnt ihr euch ja auf das Picknick konzentrieren.«

»Welches Picknick?«

»Das ist doch das Wichtigste an dieser Veranstaltung.«

»Ich dachte, wir gehen da hin und können uns dort etwas kaufen.«

»Als ich mit Clara da war, hatten alle Familien Decken und Picknickkörbe dabei. Zum Glück hatte mich Claras Mutter vorgewarnt, und deshalb waren wir bestens ausgerüstet.«

»Das bedeutet, ich fahre mal noch schnell zur Tanke und hole etwas.«

»Kann ich dir mit ein paar Törtchen aushelfen? Ich habe von einer Präsentation gestern noch welche übrig.«

Er schaute sie nachdenklich an und trat von einem Bein aufs andere. »Welche Sorten hast du denn?«

»Weißt du, ich will mich damit nicht aufdrängen.«

»Nein, ich bin begeistert. Also: welche Sorten?«

»Lass dich überraschen.«

Sie fuhren mit Matthias' Volvo zu ihrer Wohnung. Kurz bevor sie die Haustür aufschloss, überschlug sie die Ordnungslage: Auf dem Balkon sah es nach dem gestrigen Champagnergelage mit Antonia noch etwas chaotisch aus, aber Wohnzimmer und Küche sollten vorzeigbar sein.

Als sie die Treppe hochkamen, ging die Tür gegenüber auf. »Nina, entschuldigen Sie, aber könnten Sie mir wohl mit einer Flasche Mineralwasser aushelfen? Ich möchte meinen Sohn ungern während der Mittagsruhe stören.« Dabei nahmen die Wangen der Gräfin einen Hauch von Rosa an.

Also hat sie das gestrige Zusammentreffen doch zum Nachdenken gebracht. Oder Antonia hat einen Fortschritt in Sachen Grenzsetzung erzielt.

»Kira, darf ich Ihnen Matthias Fischer vorstellen? Er hat seine Zahnarztpraxis direkt neben meiner Patisserie.«

»Das finde ich ja ganz reizend, dass unsere liebe Mieterin einen Zahnarzt als Geschäftsnachbarn hat. Da komme ich sicher mal bei Ihnen vorbei.«

»Ich fürchte, ich muss Ihnen einen Korb geben. Ich bin auf Kinder spezialisiert.«

»Ein Mann, der mit Kindern arbeitet! Dann bringe ich meine Enkelin Clara zu Ihnen.«

»Ich freue mich darauf.«

Nina steckte den Schlüssel ins Schloss und hoffte inständig. Aber vergebens.

»Arbeitet Ihre Gattin denn auch in der Praxis?«

Ja, da war er, der plumpe Versuch, Matthias in puncto Heiratskandidat auf den Zahn zu fühlen. Nina verdrehte die Augen und schloss die Tür auf.

Aber Matthias sah offenbar keinen Grund, in ihre Wohnung zu flüchten. »Nein, ich bin geschieden.«

»Ähm, Kira, ich hole Ihnen mal schnell Ihr Mineralwasser.« In Windeseile rannte sie in die Küche und zog dort aus der Abstellkammer eine Flasche Wasser, hastete zurück und drückte sie der Gräfin in die Hand. »Bitte sehr, ich wünsche Ihnen noch einen schönen Sonntag.«

Nina winkte ihr freundlich und zog Matthias in die Wohnung. »Entschuldige, ich mag die Gräfin sehr gern, aber manchmal ist sie ein bisschen zu neugierig.«

»Kein Problem, solange sie nicht meinen Kontostand wissen will.«

»Komm, ich führe dich durch mein Reich.«

Nina ging mit Matthias zuerst in die Küche. Er steuerte als Erstes auf ihren nostalgisch anmutenden Profiherd zu. »Mit so einem Prachtstück habe ich auch schon geliebäugelt. Der würde gut zu meinen alten Küchenschränken passen.«

An den Tisch gelehnt, betrachtete sie Matthias' Rückseite

von unten bis oben. »Tja, man kann nicht alles haben«, seufzte sie.

Er drehte sich um und schaute sie rätselhaft an. Dann sagte er langsam, ohne den Blickkontakt zu unterbrechen: »Aber zu deinen passt er auch gut.«

Ihr schlug das Herz schon bis zum Hals, als er zwei zögerliche Schritte auf sie zumachte.

»Äh …« Nina huschte vor ihm davon ins Wohnzimmer. »Guck dir mal meinen Esstisch an, den habe ich selbst abgeschliffen.«

Matthias kam ihr nachgeschlendert, begutachtete ihre Arbeit und strich zärtlich über das Holz. »In dir stecken wirklich viele Talente.«

Zärtlich? Hatte sie das gerade gedacht? Ja, und dabei seine Hand angestarrt, wenn sie ehrlich war.

Sie floh zurück in die Küche, packte die Törtchen und auch ein paar Getränke in ihren Picknickkorb. »Den kannst du mir ja vor den Laden stellen. Also: Viel Spaß mit Schneewittchen!«

Als Matthias den Korb entgegennahm, berührten sich ihre Finger zufällig, und Nina zitterte leicht. Was war eigentlich mit ihr los?

»Magst du nicht mitkommen?«

»Deine Kinder wollen ihren Papa sicher für sich haben«, meinte sie abwinkend. Aber er hielt ihren Blick fest.

»Die beiden springen wahrscheinlich vor der Bühne herum und sind froh, wenn sie sich nicht mit ihrem alten Vater unterhalten müssen.«

Nina schaute auf ihre Füße und überlegte. Ein entspannter Nachmittag, wo sie mal von all ihren Problemen wegkäme, würde ihr guttun. Aber mit ihm zusammen fahren? Sie hatte keine große Lust, Larissa schon wieder gegenüberzutreten. Wer weiß, was sie sich von ihr anhören müsste, wenn Matthias mit ihr im Schlepptau aufkreuzte, um die Kinder abzuholen. »Was hältst du davon, wenn ich nachkomme? Dann habt ihr ein paar Minuten allein, und ich kann hier noch einiges erledigen.«

»Wir warten auf dich!« Er strahlte sie offen an und ging.

Nina suchte den Park nach ihrer pinkfarbenen Picknickdecke ab und sah sie schon nach wenigen Sekunden rechts vor der Bühne leuchten, unter einer Buche mit ausladenden Ästen. Matthias war gerade dabei, die geblümten Teller und Becher auszupacken, und Jakob hielt die Box mit den Törtchen fest umklammert. Hoffentlich dachten die Kinder nicht gleich an die Spülmaschinenaktion, wenn sie Nina sahen. Ihr war ein wenig flau im Magen, als sie auf die kleine Familie zuging.

Bevor sie an der Decke ankam, sprang Matthias auf und lief ihr entgegen, er legte einen Arm um ihre Schulter und dirigierte sie zur Decke. »Mia, Jakob: Ihr erinnert euch sicher an Nina. Sagt Hallo.«

Jakob stürmte auf Nina zu und umarmte sie. Von Mia vernahm sie ein leises Brummen, das man bei optimistischer Interpretation als Gruß werten konnte.

»Setz dich doch. Du kannst uns auch gleich erklären, welche Schätze du uns eingepackt hast.«

Nina öffnete die Box, worauf ihr ein schokoladiger Duft entgegenströmte.

»Also: hier haben wir Walnusstörtchen, das sind zwei Schokotörtchen, das sind Petit Fours, und hier sind auch noch Zimtschnecken.«

Matthias schnupperte. »Da läuft mir das Wasser im Mund zusammen. Sucht euch ein Stück aus, in der Pause gibt es für jeden noch eins.«

Jakob griff sofort in die Box. »Ich will ein Schokotörtchen.«

Mia schaute stirnrunzelnd auf das Gebäck. »Welche haben denn die wenigsten Kalorien?«

»Nimm ein Walnusstörtchen, da ist nur ein Hauch Ahornsirup drin.« Nina lächelte. Hatte sie mit zehn Jahren auch schon Kalorien gezählt? Sie konnte sich nicht mehr erinnern.

Die beiden hatten ihre Törtchen in wenigen Sekunden aufgegessen und rannten danach zur Bühne. Nina und Matthias saßen auf der Decke und schauten den Kindern zu.

Nach einer Weile rückte Nina an den breiten Baumstamm, um sich anzulehnen und die Beine auszustrecken. Matthias holte einen Kaffee für sie beide, und als er zurückkam, setzte er sich neben sie an den Stamm, und auch sie bedienten sich aus der Box.

»Das Walnuss-Ding schmeckt traumhaft«, brummte Matthias kauend. »Ein *Traum*törtchen.«

»Ja, ich glaube, die sind ganz gut geworden.«

Ab und zu kam jemand vorbei, um mit Matthias zu plaudern, andere winkten oder grüßten von Weitem.

»Gibt es eigentlich jemanden in Kronstein, den du nicht kennst?«

Matthias legte den Kopf schräg und tat so, als müsste er angestrengt nachdenken. »Sicher zwei oder drei Leute. Dir bin ich ja auch erst jetzt über den Weg gelaufen. Und die Gräfin kannte ich auch noch nicht.«

»Kennst du die Leute alle aus der Praxis?«

»Viele, ja. Aber ich trainiere auch im Sportverein, und über die Kinder kommen natürlich auch viele Kontakte zustande.«

Nina seufzte. »Ich hab in den letzten Jahren nur gearbeitet und war so viel unterwegs, dass ich hier kaum Freunde habe.«

»Das wird sich ändern.«

Nina dachte daran, dass sie nach ihrem Start bei McCarter buchstäblich Tag und Nacht gearbeitet hatte. Am Anfang machte ihr das nichts aus, und sie fühlte sich mit den Sterne-Hotels, den First-Class-Flügen und den spannenden Projekten ausreichend belohnt. Aber der Preis dafür war hoch: Mehr als fünf Stunden Schlaf waren selten – genau wie Zeit für Freunde und Hobbys oder mehr als eine Nacht im eigenen Bett. Nina hatte ihr Leben irgendwann als zu eingeschränkt empfunden. Denn selbst an den Wochenenden war sie zu erschöpft gewesen, um ihre Freizeit zu genießen.

»Das hoffe ich.«

Nina sah auf die Bühne: Die Kinder tanzten dort und die Zuschauer klatschten dazu im Takt. Ein warmer Wind wehte ihr die Haare aus dem Gesicht. Nina war glücklich. Müßige Augenblicke wie diese hatte es in ihrer Beraterzeit kaum gegeben.

In der Pause kamen Mia und Jakob zu ihnen und stürzten sich auf die Kuchenbox. Mia wählte jetzt das zweite Schokotörtchen. Sie erzählte begeistert von dem Stück: »Schneewittchen ist ganz zickig, wisst ihr. Und sie wurde auch gar nicht von der bösen Stiefmutter vertrieben, sie ist weggelaufen, weil ihr die Stiefmutter auf die Nerven ging. Und bei den Zwergen benimmt sie sich voll blöd. Die haben jetzt genug von ihr und wollen ihr übers Internet einen Prinzen besorgen, damit sie sie loswerden.«

Jakob legte den Kopf schräg. »Aber welcher Prinz will denn eine zickige Frau?«

Nina hielt gespannt den Atem an und traute sich nicht, Matthias anzusehen.

Der ließ sich mit der Antwort ein paar Sekunden Zeit. »Vielleicht haben die Zwerge ja Glück, und der Prinz merkt vor der Hochzeit nicht, dass sie so zickig ist.«

Mia nickte ernst. »Ja, sie ist ja auch sehr schön, vielleicht lässt er sich davon blenden.«

Als die Pausenglocke läutete, sprangen die beiden auf und rannten zur Bühne.

Nina lehnte sich wieder an den Baumstamm und spürte Matthias' Schulter warm und dicht neben ihrer. Ein kleines Mädchen, das gerade Laufen lernte, tapste von der Nachbardecke aus in ihre Richtung.

Nina bemerkte, dass Matthias die Kleine liebevoll anschaute.

»In dem Alter sind sie so süß.«

»Ja, zum Klauen«, bekräftigte Nina und hätte die Kleine am liebsten in den Arm genommen und geknuddelt. »Auch wenn mir alle meine Freundinnen sagen, dass sie in der Phase besonders anstrengend sind.«

Matthias nickte. »Das sind sie, aber ich glaube, die Natur hat sie extra so süß gemacht, damit man das dann schnell wieder vergisst. Sonst würde ja niemand freiwillig ein zweites Kind bekommen. Wenn sie dich mit ihren großen Kulleraugen anschauen, denkst du nicht mehr daran, dass du drei Nächte hintereinander kaum geschlafen hast.«

Nina seufzte.

Matthias schaute zur Bühne. »Zum Glück hab ich das jetzt hinter mir.«

»Und du kannst dir nicht vorstellen, das noch einmal zu erleben?«

»Nein. Die Zeit war wunderschön, aber als Larissa und ich uns immer mehr gestritten und schließlich getrennt haben, konnte ich kaum aushalten, was wir unseren Kindern damit antun. Das ist so heftig! Du liebst deine Kinder über alles und bist doch schuld daran, dass sie unglücklich sind. Noch mal würde ich das Risiko nicht eingehen. Es gibt so einen Spruch, weißt du: Wer Kinder bekommt, hat für alle Zeit entschieden, sein Herz herzugeben und außerhalb des eigenen Körpers herumlaufen zu lassen. Das trifft es auf den Punkt. Genauso fühlt es sich an. Ich habe immer mit ihnen gelitten – und tue es auch heute noch. Abgesehen davon, dass die beiden gerade immer selbstständiger werden und ich jetzt langsam anfangen kann, an mich zu denken.«

Nina lächelte. »Man soll niemals nie sagen.«

Wie in Zeitlupe drehte er den Kopf zu ihr und schaute ihr direkt in die Augen. »In dem Punkt habe ich nie gesagt. Ich habe mich nach der Scheidung sterilisieren lassen.«

17

Es war Freitagnachmittag, das Ende einer Woche voller Renovierungsarbeiten, Behördengänge und jeder Menge Backaufträge. Sie hatte viele Stunden an der Hochzeitstorte für Constanze Suter gearbeitet, die ein voller Erfolg geworden war. Die Petit Fours in Sommerfarben waren bei den Gästen sehr gut angekommen. Und Frau Suter hatte sich bei Nina überschwänglich bedankt und erzählt, einige ihrer Freundinnen hätten nach Ninas Visitenkarte gefragt. Nina sicherte sich den letzten freien Tisch im Café Krüger in Frankfurt, am Rande des Finanzzentrums.

Sie legte ihren dünnen Baumwollmantel und ihre große braune Ledertasche auf das Samtsofa und ließ sich in die Kissen fallen. Sie liebte die Geräuschkulisse: das Zischen des Milchaufschäumers, das kurze Klopfen der Barista beim Ausleeren der Espresso-Siebe und das leise Stimmengemurmel der Gäste.

Sie hatte einen Tisch mit direktem Blick auf die Kuchentheke ergattert. So konnte sie das Angebot in Augenschein nehmen und sich dazu Notizen machen, bevor Sören und sein Star-Kreativer eintrafen. Die Riesling-Torte hatte sie schon bei ihrem letzten Besuch probiert, heute würde sie ein Stück vom Rhabarber-Baiser ordern und Sören zu einem Kastanien-Kuchen überreden.

Nina mochte dieses Café sehr und schaute hinein, wann immer sie in Frankfurt war und eine halbe Stunde Zeit hatte. Es war eine altmodische Oase am Rande einer Welt, die sich der

Effizienz und Optimierung verschrieben hatte. Man saß gemütlich auf roten Samtsofas oder auf gestreiften Polsterstühlen. Die Wände waren mit zartrosa Stofftapeten bespannt. Hier trafen sich Banker in Nadelstreifen ebenso wie Studentencliquen, Familien und Touristen. Tee und Kuchen wurde mit feinem Rosenthal-Porzellan serviert.

In Ninas Tasche piepte es. »Sorry, verspäte mich ein paar Minuten, Kuss.«

Sören hatte eigentlich vor Peter Krogmann eintreffen wollen und ihr deshalb auch nicht gesagt, wie er aussah. Nina googelte ihn rasch und fand ein Foto, auf dem er einen Werbepreis in die Höhe reckte. Es war etwas unscharf, aber sie konnte erkennen, dass er um die fünfzig Jahre alt und eher klein war, helle Haare hatte und als Kreativer klischeegemäß ein Ziegenbärtchen trug.

Sie kam sich vor wie bei einem Blind Date, da sie nun jeden hereinkommenden Mann intensiv musterte. Er war bereits zwanzig Minuten zu spät. Noch einmal schaute sie auf ihr Smartphone, aber dort war keine Nachricht eingegangen.

Sören hatte ihn schon am Anfang seiner Laufbahn kennengelernt. Krogmann hatte für ein kriselndes Unternehmen eine Anzeigenkampagne entworfen, durch die es Kultstatus erlangte und aus den roten Zahlen herauskam. Für Sören war dies der erste große Erfolg als Berater gewesen, da er diese Kampagne von Anfang an begleitet hatte. Danach betreuten sie noch öfter gemeinsam erfolgreich Projekte, und Sören half Krogmann später bei seinem Schritt in die Selbstständigkeit, als dieser aus der großen amerikanischen Werbeagentur ausstieg.

Nina griff zur Speisekarte und schaute auf die Uhr. *Wo bleiben die denn?* Sie gab es auf, ständig den Eingang im Auge zu behalten. Wenn sie sich verpassten, auch gut. Krogmanns »Freundschaftspreis« würde wahrscheinlich immer noch ihr

Budget sprengen. Leicht verärgert blätterte sie in der Speisekarte.

»Hallo. Nina Seiler?«

Nina blickte auf. Da stand der Kreative mit dem Ziegenbärtchen. »Hallo, Herr Krogmann. Danke, dass Sie sich Zeit für mich nehmen.«

Krogmann legte seine Kapuzenjacke ab und stellte seine weinrote Fahrradkuriertasche schwungvoll auf den leeren Stuhl. »Entschuldige, dass ich zu spät bin, aber ich war gerade im Flow und musste mein Konzept zu Ende bringen. Ich arbeite an der neuen Kampagne für einen großen Sportartikelhersteller, aber das habe ich dir jetzt nicht verraten«, raunte er mit einem verschwörerischen Seitenblick.

Nina reichte ihm die Karte. »Wollen wir schon mal bestellen? Ich weiß nicht, wann Sören kommt. Erfahrungsgemäß könnte es etwas dauern.«

»Was darf ich Ihnen denn bringen?« Fast geräuschlos war eine Servicekraft an ihren Tisch getreten, in der klassischen Serviererinnen-Uniform: schwarzes Kleid mit weißer Schürze. Nina musste sich auf die Zunge beißen, um sie nicht mit »Fräulein« anzusprechen.

Nina bestellte einen Cappuccino mit Sahne und ein Stück Rhabarber-Baiser. Peter Krogmann warf einen kurzen Blick in die Karte und klappte sie schnell wieder zu. »Für mich ein lauwarmes Wasser bitte, ohne Kohlensäure und mit einer Zitronenscheibe.«

»Ich würde sie gern zu einem Stück Kuchen einladen. Der ist hier wirklich hervorragend.«

»Nein, vielen Dank, seit ich komplett auf alle Zuckerarten verzichte, habe ich mein Energiedepot verdoppelt.«

»Dann einen Latte macchiato oder Cappuccino zu Ihrem Wasser?«

»Koffein und Kuhmilch, ganz schlechte Kombi.« Krogmann machte mit beiden Zeigefingern ein Kreuz, so als müsste er einen Vampir abwehren.

»Ach schade, ich hätte Ihnen gern was Gutes getan.«

»Ähm, wir duzen uns, oder?«

»Ja, klar, Peter.«

»Piet bitte, die deutsche Version mag ich gar nicht.«

»Okay. Du hast ja auch so einen schönen amerikanischen Slang. Seit wann bist du denn in Deutschland?«

Er fuhr sich durchs Haar. »Ich bin hier geboren, aber oft drüben, das färbt ab.«

Als sie nicht weiter darauf einging, holte er sein iPad heraus. »So, du willst also groß ins Coffeeshop-Business einsteigen?«

Nina schüttelte den Kopf. »Nein, nein, ich eröffne eine kleine, feine Patisserie in Kronstein. Später dann vielleicht noch eine in München.«

»Na, sag ich doch«, erwiderte er, und Nina blickte ihn irritiert an.

Ein Kreativer, der nicht zuhörte? »Ich möchte noch mal betonen …«

»Und? Steht die Kampagne schon?« Sören war an ihren Tisch getreten und begrüßte Nina mit einem Kuss, Krogmann bekam einen kurzen Handshake.

Krogmann räumte seine Sachen vom freien Stuhl und schob ihn in Richtung Sören. »Ich wollte gerade mit dem Brainstorming starten.«

Sören nahm sich die Karte. »Dann komme ich ja genau richtig. Piet hat dabei immer irre gute Ideen, weißt du.«

Krogmann nahm Ninas Hände. »Also, dann machen wir doch mal Folgendes: Schließ deine Augen und stell dir deinen Laden vor. Hast du? Jetzt führe mich durch die Räume. Wie sieht es dort aus?«

Nina dachte an Beatrix' zauberhaftes Café im Rheingau. »Wenn du die Patisserie betrittst, duftet es nach Schokolade und Kaffee. In der großen Kuchentheke sind verschiedene Cupcake-Pyramiden ausgestellt. Und in den Regalen stehen nostalgische Glasdosen mit vielen verschiedenen Cookies, zum Beispiel White-Chocolate-Kürbiskern, Cranberry-Pistazie, Ahorn-Walnuss. Dann gibt es noch ein Regal mit besonderen Marmeladen.

Die Einrichtung ist in Rosa und Weiß gehalten und hat einen, sagen wir mal, britischen Touch.«

»Ja, beschreib das doch mal genauer!«

»Also, ich sehe wunderschönes englisches Blümchenmuster, feines silbernes Teeservice und liebevoll verzierte Cupcakes auf Etageren.«

Sören unterbrach das Studium der Karte. »Englisches Muster ist prima, das gefällt mir auch.«

Krogmann legte den Kopf schief. »Britisch, das ist interessant, ja, ich denke, hier können wir ansetzen.« Er zwirbelte sein Ziegenbärtchen. »Mir schwebt da schon etwas vor.«

Nina war besänftigt. Er hatte sich ihre Vision in Ruhe angehört. »Einen guten Namen brauche ich auch noch. Ich habe selbst ein paar Ideen, aber professionelle Vorschläge von dir wären prima.«

Krogmann nickte.

Sören schnipste mit den Fingern. »Wie wär's mit dem? Sweet Nina's Bakery!«

Nina lachte. »Auf Deutsch fände ich den super.«

Krogmann schüttelte den Kopf. »Nein, denk ruhig international. Dein Laden steht am Rande einer europäischen Bankenmetropole, hier verstehen die Leute durchaus einen englischen Namen. Aber ich mache mir Gedanken. Es soll ja alles aus einem Guss sein.«

Nina schaute auf ihre To-do-Liste. »Außerdem bräuchte ich noch ein Logo und Geschäftspapiere.«

Er notierte es in seinem iPad. »Okay, damit habe ich alle Informationen, die ich für den ersten Wurf brauche.«

Sören holte sein iPad aus der Tasche. »Warte mal kurz, ich habe mir auch noch ein paar Notizen gemacht.«

Nina schaute ihn überrascht an. Ihr Ärger wegen seiner Verspätung verflog. Er hatte sich nicht nur Zeit für dieses Treffen genommen, sondern sich auch Gedanken gemacht. Ihre Mundwinkel schnellten nach oben. Sören konnte so toll sein, wenn er wollte.

Er zoomte die Datei auf. »Ach ja, Piet: Brauchst du Fotos von uns, oder möchtest du mal vorbeikommen und dir alles vor Ort anschauen?«

Krogmann schüttelte den Kopf. »Nein, ich denke, das ist nicht nötig. Schickt mir doch ein Foto von außen und eins von innen, dann kann ich mir das gut vorstellen.«

Nina lächelte. »Gut, dann hätte ich gern als Erstes einen detaillierten Kostenvoranschlag.«

»Ach, das müssen wir nicht so förmlich machen. Schau doch erst mal, ob dir meine Ideen gefallen.«

»Nein, nein. Mir ist wichtig, vorher alles korrekt abzusprechen.«

»Mach dir keine Gedanken! Du bekommst natürlich einen absoluten Sonderpreis. Sören hat mich damals total unterstützt, als ich mich selbstständig gemacht habe. Da gebe ich gern was zurück.«

Nina schüttelte den Kopf. »Schick mir trotzdem erst mal deinen Kostenvoranschlag. Bitte. Ich bestehe darauf.«

Sören legte den Arm um Ninas Schultern und zog sie an sich. »Hey, lass dir einfach von uns helfen.«

18

Nina hatte es sich an ihrem Esstisch gemütlich gemacht und verschiedene Herstellerprospekte vor sich ausgebreitet. In einer Excel-Tabelle fügte sie die Adressen der Lieferanten ihrer wichtigsten Zutaten zusammen. Da es große Unterschiede gab, konnte sie nicht alle Zutaten von einer Firma beziehen. Ihr Marzipan bezog sie zum Beispiel nur von einem kleinen feinen Familienbetrieb. Als es an ihrer Wohnungstür klingelte, überlegte sie kurz, ob sie einfach so tun sollte, als wäre sie nicht zu Hause. Sie war gerade so gut im Flow, wie *Piet* es ausdrückte. Noch leicht genervt dachte sie an sein Gehabe und lehnte sich zurück, aber leider brachte sie damit die Rattanlehne ihres Holzstuhls zum Knarzen. Seufzend stand sie auf und ging zur Wohnungstür.

Antonia streckte ihr einen Teller entgegen. »Rate mal, was das sein soll?«

Nina schaute den unförmigen Teigklumpen von allen Seiten an. »Ein unbekanntes Flugobjekt?«

»Das ist noch die nettere Interpretation. Clara meinte gerade, das sieht aus wie Hunde-Aa.«

»Und was sollte es werden?«

»Muffins für unseren Eltern-Kinder-Bastelnachmittag.«

»Wann ist der denn?«

Antonia verdrehte die Augen. »Heute um drei.«

Nina schaute auf ihre Uhr. »Also genau in anderthalb Stunden. Ich hätte noch eine Packung Kekse aus dem Feinkost da.«

Antonia schüttelte den Kopf. »Ich brauche unbedingt etwas Selbstgebackenes. In unserer Kindergartengruppe wird ganz genau registriert, wer was mitbringt.«

Nina nahm Antonia den Teller aus der Hand. »Komm doch erst mal rein.«

»Entschuldige, ich weiß, dass du gerade sehr viel zu tun hast, aber ich habe solchen Horror vor dieser Bastelveranstaltung!«

»Wegen deiner zwei linken Hände?«

»Die sind noch mein kleinstes Problem. Beim letzten T-Shirt-Malen ging es nur darum, wer die meisten Kinder hat und die wichtigsten Charity-Jobs. Und die Damen mit vier Kindern sind dann auch noch schlank wie Top-Models und bringen natürlich bei solchen Nachmittagen noch einen superlustigen selbst gebackenen Bio-Bärchenkuchen mit, auf den die Kleinen total abfahren.«

»Etwa aus frischen Bio-Bärchen?«

Antonia seufzte, musste dann aber kichern. »Was meinst du, wie blöd die mich angemacht haben, weil ich nur ein Kind habe: Ein Kind ist kein Kind. Einen Charity-Vorstandsposten kann ich auch nicht vorweisen, und dann habe ich auch noch Knabbergebäck aus der Tüte mitgebracht!«

»Das willst du dann heute wiedergutmachen?«

»Ja, an der Kinderzahl und meinen Charity-Posten konnte ich so schnell nichts drehen, aber das Rezept mit dem Vollkornmehl und dem biologischen Zuckerersatz hörte sich echt vielversprechend an. Kannst du mir helfen? Bitte!«

Nina nickte und ging in Gedanken ihre Vorräte durch.

»Wäre nur gut, wenn es nicht total professionell aussieht, sonst merken die gleich, dass es wieder nicht von mir kommt.«

»Wir brauchen ein schnelles Rezept …«

»Ich helfe dir auch mit deiner Website oder ich helfe im Laden aus, wenn du magst.«

»Wir kriegen das hin: Rühr doch bei dir drüben Zuckerguss an. Den kannst du, oder?«

»Puderzucker mit Zitronensaft, den habe sogar ich meistens hinbekommen.«

»Mach ihn so dick wie möglich, damit er schneller trocknet. Dann komm wieder zu mir und bring Clara mit.«

Nina summte vor sich hin und holte aus ihrem Vorratsschrank zwei Packungen Waffelbecher. Dieses Rezept hatte sie schon mal für eine Familienfeier gebacken, bei der sehr viele Kinder eingeladen waren. Die hatten ihre Waffelbecher-Muffins begeistert verputzt.

Sie raspelte die Möhren mit der Küchenmaschine, mixte Eier, Sonnenblumenöl, Dinkelmehl, Backpulver und braunen Zucker und hob dann vorsichtig die Möhren unter den Teig.

An ihrer Wohnungstür klingelte es kurz, und Clara und Antonia stürmten in Ninas Wohnung.

»Hast du den Zuckerguss hingekriegt?«

Antonia hielt ihr eine Schüssel hin. »Ich finde, er ist sogar fast sehr gut geworden. Und was machen wir jetzt damit?«

»Stell ihn erst mal zur Seite. Ihr beide könnt mir jetzt helfen, den Muffinteig in die Waffelbecher zu füllen.«

»Backen die Muffins in den Bechern? Gehen die nicht kaputt?«

»Wir backen sie bei niedriger Hitze.«

»Aber läuft die Schokoladenglasur nicht aus dem Becher raus oder verbrennt?«

»Lass dich überraschen.«

Nina verteilte Teelöffel. »Füllt die Becher höchstens drei viertel voll.«

Clara naschte immer wieder heimlich vom Teig, wenn sie sich unbeobachtet glaubte. »Darf ich einen Schokobecher essen? Biiittte!«

Bevor sie nach einem mit Teig gefüllten Becher greifen konnte, gab Nina ihr schnell einen leeren. »Bitte, mein Schatz, du kannst heute Nachmittag deinen Freunden erzählen, wie toll du mit deiner Mama gebacken hast.«

Nina schob das Blech in den Ofen. »Diese Minidinger müssen jetzt nur fünfzehn Minuten backen, also ideal für Notfallaktionen.«

In der Küche breitete sich ein satter Schokoladenduft aus. Antonia schaute durch die Scheibe des Backofens. »Genial! Die Schokolade läuft ja wirklich nicht über.«

Nina atmete tief den Schokoladenduft ein. »Im Gegenteil.«

Antonia schaute auf die Uhr. »Schaffen wir es noch zu dekorieren? In einer knappen Stunde müssen wir dort sein, und ich muss mich und Clara auch noch umziehen, und wir fahren fünfzehn Minuten bis zur Kita.«

»Wir streichen den Zuckerguss ganz dünn drauf, außerdem trocknet er auch schnell, weil die Becher noch warm sind.« Nina holte ihre Box mit der Zuckerdeko aus dem Regal, und Clara suchte sich das Zuckerkonfetti aus, Antonia die Herzchen. Als sie das Blech aus dem Ofen genommen hatten, klecksten sie auf jeden Waffelbecher-Muffin ein wenig Zuckerguss und verteilten ihre Deko darauf.

»Passt auf, dass an der Seite nichts runterläuft, sonst kleben sie euch gleich im Karton zusammen.«

»Toll! Wie kleine Eisbecher.«

Der Teig war noch ein wenig aufgegangen und bildete auf jedem Becher eine Halbkugel.

Nina nahm das Blech und stellte es ans Fenster. »Jetzt habt ihr noch zehn Minuten zum Umziehen. In der Zeit föhne ich die Muffins.«

Sie schaltete ihren Föhn auf die Kaltstufe und blies mit ordentlichem Abstand vom Blech kalte Luft auf das Gebäck.

Genau zehn Minuten später stand Antonia in ihrer neuen Designer-Jeans, einer bunten Wickelbluse und passender roter Leinenjacke in Ninas Küche.

»Wenn ich es nicht besser wüsste, würde ich denken, du gehst zu einem Date.«

»Glaub mir, so sorgfältig wie heute habe ich mein Outfit bei meinen Dates nie ausgewählt.«

Nina setzte die letzten zwei Muffins in die Kuchenbox. »Was natürlich daran liegen könnte, dass du seit der Schule mit Philipp zusammen bist.«

Antonia grinste. »Frag nicht, wie aufregend der Antrittsbesuch bei seiner Mutter damals war.«

Nina gab ihr die Kuchenbox. »Übrigens, das ist ein Möhren-Muffinteig mit Bio-Möhren, Bio-Dinkelmehl und Bio-Rohrzucker.«

Antonia umarmte sie. »Bio ist die halbe Miete. Unsere Kindergartenmafia wird begeistert sein.«

»Jetzt laden Sie dich bestimmt alle zu ihren Power-Lunches oder was auch immer ein.«

»Ach drück mir einfach die Daumen, dass ich diesen Bastelnachmittag irgendwie überstehe!«

19

Nina wachte auf und lächelte zufrieden, noch ehe sie die Augen öffnete. Sie drehte sich zur Seite und spürte Sörens Körperwärme neben sich. Seine Haare waren leicht zerstrubbelt. Er schlief noch und schnarchte leise. Nina betrachtete ihn schmunzelnd. Wie ernst er im Schlaf schaute! So als ob er in seinen Träumen Projekte managte oder Firmenprobleme löste. Zu Anfang ihrer Beziehung hatte sie ihn oft damit aufgezogen, dass er nie richtig abschalten konnte.

Nina stützte sich auf dem Unterarm ab und beobachtete ihren schlafenden Freund und zukünftigen Lebensgefährten. Sie waren in letzter Zeit so selten nebeneinander aufgewacht. Sie hatte seine Nähe vermisst und auch den Sex mit ihm. Wenn sie zusammen waren, dann war alles vertraut, verlässlich, sie konnte sich bei ihm fallen lassen.

Nur, dass sie eben sehr selten zusammen waren. Als sie einmal mit Antonia darüber gesprochen hatte, meinte diese: »Wenn ihr jetzt schon nur dreimal im Jahr Sex habt, möchte ich mir gar nicht vorstellen, wie es dann aussieht, wenn ihr verheiratet seid und Kinder habt.«

Und sie selbst erwiderte seufzend: »Wahrscheinlich wird er dann seine Sekretärin bitten, uns dafür einmal im Quartal einen Termin freizuschaufeln.«

Nina schob ihre negativen Gedanken zur Seite: Sie würde dafür kämpfen, dass sich ihre Beziehung normalisierte und festigte. Sonst würde sie während der Übergangsphase, wo Sören schon in München wohnte, zerbrechen. Sie mussten sich regelmäßig sehen und einen gemeinsamen Alltag leben, so wie andere Paare auch. Das musste sie Sören irgendwie begreiflich machen.

War es denn zu viel verlangt, die Abende miteinander zu verbringen, Sorgen und Probleme zu besprechen und morgens gemeinsam aufzuwachen? Oder hing sie vielleicht einer veralteten Vorstellung von Partnerschaft nach?

War das in der Generation ihrer Eltern eigentlich auch so gewesen? Ihr Vater führte damals eine Konditorei, stand lange vor dem ersten Hahnenschrei in der Backstube und ging abends sehr früh zu Bett. Ihre Mutter setzte ein paar Jahre mit dem Arbeiten aus, um sich um ihre kleine Tochter zu kümmern, und arbeitete bald wieder vormittags im Verkauf, einschließlich samstags. Dazu kam der Kuchenverkauf an den Sonntagen. Wenn sie es recht bedachte, hatten die beiden auch nicht viel Zeit gehabt, um ihre Beziehung zu genießen.

Die Anforderungen des Geschäfts bestimmten auch damals ganz selbstverständlich den Familienalltag.

Nein, ich will das nicht!, dachte Nina. Eigentlich hat es doch jeder in der Hand, sein Leben zu gestalten, Prioritäten zu setzen.

Wenn Sören wenigstens die Arbeit loslassen könnte, sobald das bisschen Freizeit begann!

Vielleicht sollte sie ihm dabei helfen, ihm einfach zeigen, wie schön echtes Zusammenleben sein konnte. Und sie glaubte, dass jetzt die Zeit reif war, um Nägel mit Köpfen zu machen.

Nina schwang die Füße aus dem Bett: Sie wollte sofort mit ihren Vorsätzen beginnen, und zwar mit einem romantischen Frühstück. Nina gab Dinkelmehl in eine Schüssel, rührte Hefe in lauwarmer Milch an und ließ die Küchenmaschine das Ganze ein paar Minuten durchkneten. Sie hackte getrocknete Tomaten, frischen Rosmarin und Pinienkerne und gab diese

Mischung zum Teig. Nachdem sie kleine Kugeln daraus geformt und das Backblech in den Ofen geschoben hatte, breitete sich ein Duft aus, der an ihren Provence-Urlaub erinnerte. Sie holte die Garnelen und den Lachs aus dem Kühlschrank, die sie extra für Sören eingekauft hatte, und rührte dazu noch einen Frischkäse-Mango-Aufstrich an. Sie belud ihr großes Holztablett mit dem rustikalen blauen französischen Geschirr und ihrem alten Silberbesteck und trug alles zum Esstisch.

Gerade als sie die Espressomaschine anwerfen wollte, kam er in die Küche geschlurft. Er lehnte sich an den Türrahmen und schaute sie mit nur einem geöffneten Auge an. »Was riecht denn hier so gut?«

»Lass dich überraschen.«

Er umarmte sie zärtlich. »Wenn es zu dem Zeug, das hier so lecker duftet, noch einen doppelten Espresso gibt, bin ich glücklich.«

Nina lächelte. »Vielleicht kannst du im Bad einen Schnelldurchgang einlegen: in zehn Minuten ist das Frühstück fertig.«

»Perfekt.«

Schließlich saßen sie am Esstisch und ließen sich die mediterranen Dinkelbrötchen schmecken. Sie hatten jeder einen Teil der Sonntagszeitung vor sich: Sören den Wirtschaftsteil und Nina das Feuilleton.

Es war wunderbar still. Nina liebte die Sonntagsruhe, wenn man nur die Vögel zwitschern hörte und selten ein Auto vorbeifuhr. Auch Sören schien das gern schweigend zu genießen. Ab und zu raschelte die Zeitung, klirrte ein Löffel beim Umrühren oder knarrte eine Stuhllehne.

Nina war gerade in den Artikel über eine Schauspielerin vertieft, die sie sehr bewunderte, als sie Sörens Blick auf sich spürte. Er schaute ihr direkt in die Augen. »Es ist schön, mit dir zu frühstücken.«

Nina sah ihn an und spürte ein warmes Kribbeln im Bauch. Mit seinen noch verwuschelten blonden Haaren, dem Polo-Hemd und der Jeans sah er so anders aus als in der Firma. Sie musste zugeben, so gefiel er ihr noch besser. Und sie würde ihre Ladeneinrichtung darauf verwetten, dass einige Kolleginnen bei McCarter einiges anstellen würden, um ihn auch mal bei sich am Frühstückstisch zu haben. Die trickreichen Larissas dieser Welt sahen in ihm eine gute Partie.

»Mit dir auch«, sagte sie stolz.

Sören nahm ihre Hand. »Lass uns das öfter machen.«

Nina lächelte ihn an und versuchte, diesen Moment festzuhalten. So sollte es immer sein.

Sören legte die Zeitung zur Seite und schaute auf sein Smartphone. »Ich habe mir heute die Mittagsstunden für Piets Präsentation freigehalten. Da will ich auf jeden Fall dabei sein.«

Nina spürte ein Kribbeln von den Zehen bis zum Bauch. In einer Stunde würde ihr Traumladen von einem Star-Kreativen eine Gestalt bekommen.

Mittlerweile hatte sie ihre Skepsis beiseitegeschoben und freute sich auf die Vorschläge. Krogmann würde schon nicht umsonst so gefragt sein.

Schön, dass Sören mitkam, vielleicht könnten sie gleich einen der Vorschläge aussuchen. Die Zeit drängte. Krogmann hatte den Termin für die Präsentation zweimal verschoben, weshalb Nina darauf vertrauen musste, dass er gleich mit dem ersten Wurf einen überzeugenden Namen und ein passendes Konzept entwickelt hatte. Denn spätestens übermorgen musste sie das Ladenschild in Auftrag geben, wenn sie ihren Eröffnungstermin halten wollte.

Die Agentur lag in Fechenheim, von Kronstein aus gesehen genau auf der anderen Seite von Frankfurt. Dank ihres Navis fand Nina das Gewerbegebiet auf Anhieb und parkte ihren Polo vor der Halle eines Schnäppchenmarkts.

Als sie aus dem Auto stieg, wurde ihr unbehaglich. Die Müllcontainer auf dem Parkplatz quollen über, zerbrochene Flaschen lagen auf dem Gehweg. Weit und breit war kein Mensch zu sehen, nicht mal ein anderes Auto. Ihre Schritte hallten auf dem Beton. In der Woche herrschte hier sicher viel Betrieb, aber sonntags wurden Gewerbegebiete zur Geisterstadt.

Sie atmete auf, als sie Sörens Auto um die Ecke biegen sah. Normalerweise war sie nicht so ängstlich, es musste an ihrer Aufregung liegen. Sie waren mit getrennten Autos gefahren, da Sören nach diesem Termin gleich weiter zum Flughafen musste, mit kurzem Zwischenstopp in seiner Wohnung. Sie trafen sich vor der Eingangstür.

Die Agentur war nicht zu verfehlen: Krogmanns Gesicht blickte seinen Kunden von einem riesigen Ladenschild entgegen.

Sören gab ihr einen Kuss und strich ihr ermutigend über den Rücken. »Das wird erstklassig! Du wirst schon sehen.«

Bevor Nina den Klingelknopf drücken konnte, ging die Tür mit einem Schwung auf, und eine zwanzigjährige Frau mit Nerdbrille, Latzrock, Ringelstrumpfhose und Ballerina-Schuhen ließ sie herein.

»Hallo, ich bin Jasmin. Piet bereitet gerade noch die Präsentation vor, aber kommen Sie doch schon rein.«

Jasmin führte Nina und Sören in einen verdunkelten Raum und zeigte ihnen, wo sie Platz nehmen konnten. Nina fühlte sich wie in einem klitzekleinen Kino. Sie kuschelte sich an Sören und wartete gespannt. Er pustete ihr eine Strähne aus der Stirn. »Nervös?«, fragte er flüsternd.

Plötzlich ertönte »O Fortuna« aus Carmina Burana. Nina erschauerte, sie liebte dieses Stück. Mit der Musik gingen Strahler an, die den Raum violett und orange ausleuchteten.

Peter Krogmann kam herein und drehte die Musik leiser. »Als Erstes zeige ich kurz, wie der Markt in und um Kronstein aussieht.«

Er klickte auf eine Fernbedienung und warf eine Fotomontage an die Wand, die die Cafés aus Kronstein und Umgebung zeigten.

»Die Mitbewerber sind vor allem klassisch konservativ ausgerichtet und sprechen hauptsächlich eine Zielgruppe an, die wir mit Siebzig plus definieren. Die Generation Y wird hier überhaupt nicht anvisiert. Dazu kommt, dass Kronstein einer der Orte mit der höchsten Kaufkraft in Deutschland ist. Die Mittdreißiger bis Mittfünfziger wohnen hier in Häusern ab achthundertausend Euro aufwärts und wollen in ihrer Freizeit in angesagten exquisiten Locations konsumieren. Ein weiterer Punkt: Kronstein ist international, hier sprechen die meisten Leute ein exzellentes Englisch. Soweit der Markt und die Mitbewerber.«

Krogmann blickte Nina und Sören an und schwieg ein paar Sekunden.

»Wir haben ein Konzept entwickelt, das sich von den anderen Patisserien und Cafés der Gegend abhebt und ein absolutes Alleinstellungsmerkmal vorweist. Ein angelsächsisches Konzept, das auf die Internationalität des Standortes einzahlt und den Leuten unter siebzig ein einmaliges Einkaufserlebnis bietet: The Candy Warehouse. Der Claim des Ladens ist ›Trick or Treat‹, oder auch auf Deutsch ›Süßes oder Saures‹.«

Krogmann präsentierte einen Raum, der in Schockfarben gestaltet und mit Halloween-Motiven dekoriert war. »So ungefähr stellen wir uns den Laden vor.«

Nina war zuerst verwirrt, dann fassungslos, dann fiel ihr ein, was sie als Unternehmensberaterin bei einigen Präsentationen von Werbern erfahren hatte: Es war üblich, drei verschiedene Ideen vorzustellen, und meistens wurde eine Variante zum Abschießen eingebaut, damit der Kunde sich klar für die favorisierte Idee entschied.

Dennoch wunderte sie sich: Warum präsentierte Krogmann die Abschussidee als Erste? Das war ja wohl total ungeschickt.

Krogmann klickte weiter, und man sah einen Flyer mit Fledermäusen und Gespenstern. »Und so könnte zum Beispiel der Flyer aussehen.«

Sören klatschte. »Die sind ja cool.«

Nina schloss die Augen. »Nein!« Sie wusste nicht, ob sie das nur gedacht oder laut geschrien hatte. Da Krogmann weiterredete, wahrscheinlich Ersteres.

Auf der nächsten Folie war eine Galerie abstrakter Bilder zu sehen. »Und wenn ihr noch ein bisschen Budget übrig habt, könntet ihr ein paar Bilder von E. C. Jones in den Laden integrieren, der würde konzeptionell hervorragend passen. Aber wie gesagt, das solltet ihr nach Budget entscheiden, so ein Bild von ihm kostet ab zwanzigtausend Euro. Kann man vielleicht auch später noch ergänzen.«

Jasmin schaltete das Licht ein.

Sören sprang auf und streckte die Arme in Peter Krogmanns Richtung. »Piet, Hut ab! Ich wusste, dass du wieder eine geniale Idee hervorzauberst.«

Er schaute Nina an. »Nur die Bilder finde ich too much, vor allem preismäßig. Was meinst du?«

»Lasst uns doch erst mal die anderen Ideen anschauen und dann am Schluss diskutieren.«

Krogmann setzte sich auf den Tisch neben den Beamer. »Wir haben uns auf diesen Ansatz fokussiert, der ist so stimmig.«

Im Ernst? Das war alles? Ninas Herz klopfte wie verrückt. Sie atmete tief ein und langsam aus, um einen Ruhepuls zu bekommen. Und noch einmal holte sie tief Luft und atmete möglichst langsam aus. »Du hast keinen zweiten oder dritten Ansatz, den du präsentieren möchtest?«

»Nein, diese Halloween-Idee hatte ich schon ziemlich früh, Jasmin und ich waren uns einig, dass die nicht zu toppen ist und wir keine weiteren Ansätze mehr verfolgen sollten. Das hätte diese starke Idee nur verwässert.«

Sören nahm die Fernbedienung und klickte zum Bild des Flyers zurück. »Ich finde diese Motivik so stark … absolut genial.«

Nina blickte Sören entgeistert an. Er war dabei gewesen, als sie Krogmann im Café Krüger ihre Vision schilderte. Wieso sah er nicht, wie daneben der Vorschlag war?

»Also, ich fürchte, das ist nicht mein Konzept.«

Krogmann klickte eine Folie zurück auf das Bild des Ladens. »Ja, für den Laien erschließt sich die Idee vielleicht nicht auf Anhieb, aber wie gesagt, unsere Marktforschung …«

»Ich bin kein Laie, ich war einige Jahre Unternehmensberaterin, und zwar eine erfolgreiche …«

Sören unterbrach sie. »Schatz, das bestreitet ja auch niemand, aber …«

»… und außerdem verfüge ich über gesunden Menschenverstand. Diese Marktforschung hätte ich ohne Recherche in fünf Minuten zusammenschreiben können. Und du irrst dich in zwei Punkten: Erstens mögen auch Leute unter siebzig ein klassisches oder meinetwegen auch plüschiges Ambiente und zweitens will ich unbedingt, dass auch die Leute über siebzig bei mir einkaufen. In Kronstein gibt es allein vier Seniorenstifte. Das ist eine riesengroße Zielgruppe.«

»Schatz, du weißt doch, wie das ist: Du musst das Konzept

jetzt nicht eins zu eins übernehmen. Piet kann es etwas modifizieren. Sag einfach, wo er ansetzen soll.«

Nina war grundsätzlich ein eher harmoniebedürftiger Mensch, aber in ihrer Zeit als Unternehmensberaterin hatte sie gelernt, dass es manchmal besser für alle Beteiligten ist, eine unmissverständliche Ansage zu machen. »Nein. Bedauere, *Peter«*, sagte sie betont und sah dabei Sören an. »Da kann man absolut nichts überarbeiten, es passt einfach grundsätzlich nicht. Tut mir leid, wenn du unnötig Zeit investiert hast.«

Krogmann schaltete den Beamer aus. »Normalerweise vertrauen meine Klienten meiner Beratung – und fahren sehr gut damit.«

Nina holte tief Luft. »Kreativ ist die Idee, keine Frage. Bei einer Coffee-Shop-Kette oder auch einer internationalen Backshop-Kette mag der Auftritt passen, aber für meine kleine Patisserie ist er völlig fehldimensioniert.«

Nina nahm ihre Tasche und wollte nur noch weg. Sören hielt sie am Arm fest. »Schatz, du kannst doch diese Idee nicht einfach verwerfen.«

»Hier geht es um meinen Laden, um meinen Traum.«

»Willst du etwa mit deinen selbstgebastelten rosa Zetteln werben?«

»Ja, genau das habe ich vor.« Sie hob das Kinn und sah ihn still hoffend an. Eine letzte Chance …

Sören schüttelte den Kopf. »Aber du weißt selbst, dass jeder Unternehmer professionelles Marketing braucht.«

Nina wandte sich Krogmann zu. »Wie gesagt, es tut mir sehr leid, wenn du unnötig Zeit investiert hast, schick mir einfach eine Rechnung über deine geleisteten Stunden.«

Sören ließ ihren Arm los. »Wir besprechen das morgen noch mal, du bist jetzt einfach zu emotional.«

»Mist.« Nina versuchte gerade zum zweiten Mal, das Bildbearbeitungsprogramm der örtlichen Druckerei auf ihrem alten Notebook zu installieren. Seit sie ihren Firmenrechner abgegeben hatte, arbeitete sie wieder mit ihrem vom technischen Fortschritt längst abgehängten kleinen Rechner. Für Geschäftsbriefe war er ausreichend, aber nicht um ihre eigenen Werbematerialien zu entwerfen.

Ganz langsam zog sie mit der Mouse den Text für ihr Ladenschild in das vorgegeben Textfeld: »Traumtörtchen«. So hatte Matthias beim Picknick ihre Walnusstörtchen genannt, und seitdem hatte sie mit dem Namen geliebäugelt.

Sie seufzte. *Hätte ich mal gleich auf meine Intuition vertraut, dann wäre das Schild schon fertig, und ich müsste nicht die fehlinvestierte Zeit von Peter Krogmann bezahlen.*

Der Text saß an der richtigen Stelle, und nun konnte sie noch die Farbe auswählen: ein knalliges Pink. In der Zwischenzeit hatte sie sich einigermaßen beruhigt. Nach der missglückten Präsentation war sie dermaßen enttäuscht gewesen. Vor allem von Sören.

Wie konnte er Krogmanns Vorschlag gut finden? Wieso fand er, dass diese abgefahrene Idee zu ihrem Laden passte? Kannte er sie so wenig? Und worüber wollte er morgen mit ihr reden? *Du bist jetzt einfach zu emotional …* Das war wirklich die Höhe! Das war so herablassend! Und er hatte das in Krogmanns Beisein zu ihr gesagt.

Sie war nicht nur enttäuscht, sondern auch stocksauer.

Sie atmete tief ein und aus und tippte auf »Senden«. So, das Ladenschild wäre bestellt, morgen würde sie bei der Druckerei anrufen und nachfragen, ob mit der Terminplanung alles klarging.

20

In zwei Wochen würde Nina ihre Patisserie eröffnen, und es gab noch viel zu tun. Sie musste dekorieren, einkaufen und backen und die fertigen Waren hübsch präsentieren. Zu guter Letzt würde sie das Ladenschild an der Hauswand anbringen, das erst einen Tag vor der Eröffnung fertig sein würde.

Nun buken in allen drei Backöfen Bleche mit Cookies, die sie nach dem Abkühlen in Tüten abfüllen würde: ihre ersten Produkte im Regal. In der Zwischenzeit packte sie die gelieferte Wanddekoration aus. Sie hatte Fotos von ihren besten Tortenkreationen auf Fotoleinwänden entwickeln lassen.

Lächelnd schaute sie auf das Bild mit Beas Hochzeitstorte. Man sah einen Teil der Hochzeitsornamente und einen Teil der Motive aus dem Alltag. Nach der Feier damals wurde sie von Anfragen überhäuft und konnte kaum welche annehmen, weil ihr der Beraterjob keine Zeit zum Backen ließ.

Plötzlich spürte sie ein Kribbeln im Rücken. Eine Sekunde später klopfte es. Matthias stand vor der Tür. Seit dem Picknick vor drei Wochen hatte sie ihn nur zweimal von Weitem kurz winken sehen.

Nina schloss die Tür auf und war noch befangener als bei seinem vorigen Spontanbesuch.

»Was riecht denn hier so gut?« Er kam lässig hereingeschlendert und schaute sich im Laden um.

»Walnuss- und White-Chocolate-Kürbiskern-Cookies.«

Matthias musterte Nina. »Wie geht's? Kommst du voran?«

»Ich wollte gerade meine Bilder aufhängen.«

»Ich hätte noch eine Stunde Zeit, bis die nächsten Patienten kommen. Da dachte ich, ich kann dir vielleicht helfen – und einen Espresso schnorren.«

Er schaute auf die ausgepackten Bilder und über die leeren Wände und schien schon zu überlegen, wo man welches hinhängen könnte. Seine entspannte Hilfsbereitschaft tat gut. Er opferte eine freie Stunde für sie und strahlte doch keinerlei Druck aus. So als wäre er nur für sie da.

Gemeinsam schauten sie die Fotoleinwände durch und trafen eine Auswahl. Die zehn, die sie aufhängen wollten, legten sie auf einen Stapel.

Matthias befestigte die Aufhängungen an den Rahmen, dann maßen sie aus. Die Bilder waren unterschiedlich groß.

»Wir könnten den unteren Rand an einer imaginären Linie ausrichten.« Das taten sie probehalber auf dem Boden, wobei Matthias einen Zollstock auseinandergeklappt anlegte.

»Das gefällt mir. Sieht aus wie in einer Galerie.«

»Hat mir auch ein Galerist verraten, dessen Kinder bei mir in Behandlung sind.« Matthias zwinkerte ihr zu.

Sie zeichneten die Linie hauchdünn mit Bleistift auf die Tapete und legten die Abstände fest. Nach einer halben Stunde hingen alle Bilder.

Nina betrachtete die Wand von der Ladentür und von der Theke aus mit den Augen des Kunden. »Erstaunlich, was ein paar Bilder so ausmachen.«

Matthias stellte sich neben sie und legte einen Arm um ihre Schulter. »Hey, wir sind ein tolles Team.«

Ja, dachte sie. Wie ruhig man mit ihm zusammenarbeiten kann! Und nie wird er herablassend.

»Wie wäre es jetzt mit einem Espresso? Und die Cookies müssten inzwischen auch abgekühlt sein.«

Nina richtete einen Teller an und brühte zwei Espressi. Damit setzen sie sich an den Bistrotisch, und Matthias probierte alle Cookies durch.

»Oh Mann, die schmecken wieder traumhaft. Warum wollte dein Freund noch mal nicht mit dir zusammenziehen? Hat er Diabetes oder ist er auf Dauerdiät?«

»Ach, frag nicht. Zurzeit ist dieses Thema für mich in weite Ferne gerückt.«

Matthias schaute sie schräg von der Seite an. »Stress im Paradies?«

»Mittlerweile scheint mir, dass wir völlig unterschiedliche Vorstellungen haben – in vielen Bereichen.« Nina seufzte leise. »Und dass er mich eigentlich kaum kennt.«

»Und das nach drei Jahren?«

»Ja …«, murmelte sie bedrückt und schwieg eine Weile.

»Also, ich muss jetzt wieder rüber.« Er sah sie ernst an, zögerte einen Moment lang und stand dann auf. »Danke für die Köstlichkeiten.«

»Danke für deine Hilfe.« Verlegen sah sie auf ihre Füße. »Ich meine, insgesamt …« Weiter wusste sie nicht. Ihr Kopf war plötzlich wie leergefegt.

»Gern geschehen. Also, mach's gut«, sagte er noch und ging.

Nina sah ihm nach, bis er durch die Praxistür verschwand.

Als sie sich ihrem Laden wieder zuwandte und die Bilderwand sah, wurde ihr vor Freude ganz warm.

Sie machte ein Foto und schickte es an ihre Mutter. »Schau mal, Ma, mein Laden nimmt Gestalt an.«

Zehn Sekunden später klingelte ihr Smartphone. »Wir sind so stolz auf dich.«

»Dir auch einen schönen guten Morgen.«

»Ninalein, dein Vater und ich werden vor der Eröffnung nach Kronstein kommen und dir zur Hand gehen.«

Nina liebte ihre Eltern über alles, aber mit ihnen zu dritt in ihrer kleinen Wohnung, wenn sie sowieso schon wegen der Eröffnung aufgeregt war … allein der Gedanke daran stresste sie.

»Aber Papas Rücken und deine Schulter … ich will nicht, dass ihr mit eurer angeschlagenen Gesundheit …«

»Ach, Papperlapapp, wenn unsere einzige Tochter ihre eigene Patisserie eröffnet, sind wir natürlich zur Stelle.«

»Dann frage ich mal hier in der Pension nach, ob sie noch ein schönes Zimmer für euch haben.«

»Bitte bemüh dich nicht. Wir übernachten natürlich bei dir, wir wollen ja schließlich so viel Zeit wie möglich mit dir verbringen.«

»Mama, an den Tagen vor der Eröffnung werde ich sehr wenig Zeit für euch haben.«

»Dann unterhalten wir uns eben mit Sören. Wir haben ihn ja bisher kaum zu Gesicht bekommen. Dein Papa freut sich schon darauf, mit ihm über Politik zu diskutieren.«

»Das kann ich euch nicht versprechen.«

»Wir kommen ja auch, um zu helfen. Weder du noch Sören müsst uns unterhalten.«

»Es ist noch nicht raus, ob Sören überhaupt da sein wird.«

»Ich glaube, ich muss mal ein ernstes Wort mit ihm reden. Er kann sich doch wohl für deine Eröffnung ein paar Tage freinehmen …«

»Zurzeit reden wir gar nicht miteinander.«

Ihre Mutter schwieg einen Moment lang, und Nina dachte daran, wie sie Sören nach dem Krogmann-Desaster wütend stehen gelassen hatte. Dabei empfand sie eine ungewohnte Leere.

»Nun, wir sind jedenfalls da, Nina. Auf uns kannst du dich verlassen.«

Nach dem Telefonat musste Nina sich erst einmal sammeln. Dabei schaute sie sich um: Die Leinwandfotos ihrer Motiv-

und Hochzeitstorten hingen bereits und setzten bunte Tupfer an den weiß-rosa Wänden. Die Glasvitrine musste noch in Betrieb genommen werden, zwei Regale an der Wand warteten darauf, befüllt zu werden. Fehlten noch die Törtchen, Kekse … und das Ladenschild. *Ladenschild? Oh, ich muss unbedingt die Druckerei anrufen.*

»Ich sag mal, wenn nichts dazwischenkommt, sollte der Termin klappen.«

»Ich brauche Ihre hundertprozentige Zusage, sonst muss ich bei einer anderen Druckerei anfragen.«

»Na von unserer Seite läuft es ja immer glatt, aber wissen Sie, was ich hier schon alles erlebt habe. Im Sommer hat eine Dame den Namen ihrer Boutique fünf Mal geändert, und immer als wir schon die Druckvorlagen produziert hatten. Und als das Schild endlich fertig war, hat sie gemerkt, dass sie keine Rechte an dem Namen hat.«

Nina wurde es siedend heiß: die Rechte. die hatte sich ihren Namen nicht schützen lassen. Wie peinlich! Zum Glück wusste der Drucker nicht, dass sie mal Unternehmensberaterin war. Wie hatte sie das übersehen können?

Der Beziehungsstress mit Sören – trotz seiner Zusicherungen hatte sie ständig das Gefühl, als hinge die gemeinsame Zukunft in der Schwebe – machte sie offenbar unkonzentriert.

»Ähm, wie lange können Sie denn den Druck noch auf Hold lassen, wenn wir den Ersten als Eröffnungstermin halten wollen?«

»Soll ich jetzt doch nicht loslegen?«

»Mir fällt gerade ein, dass ich auch noch was klären muss.«

»Na Mädel, dann machen Sie das mal, aber übermorgen brauche ich ihre Druckfreigabe, sonst wird das nichts mit dem Termin.«

»Kronsteiner Traumtörtchen klingt sogar viel besser.«

Nina schaute vom Rechner auf und lächelte Antonia an. »Danke, dass du mich aufmuntern willst.«

»Die Druckerei kriegt das bestimmt noch hin.«

»Mit ›übermorgen‹ meinte der gute Mann sicherlich ›übermorgen während der Arbeitszeit‹. Und jetzt ist es kurz vor Mitternacht.«

»Kannst du doch nichts dafür, wenn das Patentamt so lange braucht.«

»Ne, ich hätte mich eher darum kümmern müssen. Aber nach der schrecklichen Präsentation von Krogmann war ich wohl zu aufgewühlt.«

»Diese Cookies sind übrigens köstlich. Die würde ich dann zum nächsten Bastelnachmittag mitnehmen.« Antonia biss gerade in ihren vierten Walnuss-Cookie.

»Ich kann dir auch das Rezept für die Muffins im Waffelbecher geben.«

»Oh nein«, meinte Antonia zwinkernd. »Ich habe jetzt einen Ruf als grandiose Biobäckerin zu verlieren. Wenn ich jedes Mal dasselbe mitbringe, fliege ich auf.«

»Solange du mir deinen Super-Rechner leihst, kannst du so viele Cookies von mir haben, wie du magst.«

»Wäre es denn nicht einfacher, wenn du dir selbst einen neuen zulegst?«

»Ja, ich muss mir unbedingt einen kaufen, aber die Liste meiner ungeplanten Ausgaben wird gerade immer länger. Noch weiß ich nicht, wie viel mir der Krogmann in Rechnung stellt.«

»Das wird doch Sören regeln. Er wird doch aufpassen, dass der da nur einen Mini-Freundschaftspreis berechnet.«

»Ich weiß es nicht, wir reden seitdem nicht mehr miteinander.«

»Kann dir doch egal sein, ob der sogenannte Star-Kreative noch mit dir redet.«

»Nein, Sören redet nicht mehr mit mir.«

Nina schaute auf den Bildschirm. Im Textfeld stand jetzt »Kronsteiner Traumtörtchen«, und sie stimmte Antonia zu: der Name war super. Sie drückte auf Senden und nahm sich vor, gleich morgen früh den Drucker anzurufen. Notfalls zahlte sie auch einen Expresszuschlag.

Antonia schüttelte den Kopf. »Ich weiß nicht, was mit deinem Sören los ist. Er sollte dich gerade jetzt wo es geht unterstützen.«

»Ja, das war auch meine naive Vorstellung.«

»Vielleicht wartet er darauf, dass du den ersten Schritt machst?«

»Ich habe ihm nach dem Termin eine SMS geschickt, mehrmals angerufen, auf die Mailbox gesprochen, aber er geht nicht ran und ruft nicht zurück.«

»Dann versuche es noch mal, das ist ja kein Zustand.«

»Er hat natürlich immer die supertolle Ausrede, dass er gerade beim Kunden sitzt und nicht telefonieren kann.«

»Jetzt?«

»Nein, jetzt schläft er entweder oder er sitzt am Rechner und wird bloß wieder keine Zeit haben.«

Antonia reichte Nina ihr Smartphone. »Klingel einfach durch. Ich gehe solange raus.«

Nina seufzte schwer, aber nachdem Antonia die Küchentür hinter sich geschlossen hatte, tippte sie Sörens Mobilnummer an.

»Krause.«

»Ich bin's.«

»Hallo.«

»Habe ich dich geweckt?

»Ich wollte gerade ins Bett gehen.«

»Warum hast du mich nicht zurückgerufen?«

»Warum beleidigst du meinen Geschäftskontakt?«

»Auch wenn es ein Kontakt von dir ist, darf ich ja wohl meine eigene Meinung haben.« Sie wurde schon wieder wütend.

»Du hast völlig überzogen reagiert.«

»Hier geht es um mein Geschäft. Letztendlich muss ich doch entscheiden, was passt und was nicht.«

»Aber du solltest auch Hilfe annehmen.«

»Und du solltest mich unterstützen.«

»Ich kann dein unprofessionelles Verhalten gegenüber meinen Geschäftsfreunden nicht einfach so hinnehmen. Das hat mich doch sehr getroffen.«

Ihn getroffen? Unfassbar! Sie wusste gar nicht so schnell, was sie darauf erwidern könnte. Aber sollte sie jetzt mit ihm streiten? Dann wäre es endgültig vorbei, das spürte sie. Also gut.

»Am ersten August ist die Eröffnung. Sehen wir uns dann?«

»Wahrscheinlich komme ich hier nicht weg.«

»Wie wahrscheinlich?«

»Sehr.«

»Ich sag dir eins: Wenn du nicht kommst, dann war's das mit uns. Nein!«, unterbrach sie, sowie er Luft holte. »Ich bin es satt, an letzter Stelle zu kommen, noch hinter deinen Reinigungsterminen, und dann auch noch herablassend behandelt zu werden!« Damit legte sie auf.

Antonia stürmte zur Tür herein und nahm Nina das Smartphone aus der Hand: »Wirf es nicht gegen die Wand, das Ding war sauteuer.«

Nina seufzte.

»Sorry, ich wollte nicht lauschen, aber du warst nicht zu überhören.«

»Ich verstehe ihn nicht.«

»Männer!« Antonia verdrehte die Augen.

»Er ist völlig beleidigt, weil ich die Idee von seinem tollen Werber schlecht finde.«

»Vielleicht kann er einfach mit der neuen Rollenverteilung nicht umgehen. Immerhin ist er jetzt nicht mehr dein Chef, und du wirst Unternehmerin.«

»Ich weiß überhaupt nicht mehr, was ich denken soll. Ich müsste mich jetzt eigentlich auf mein Geschäft konzentrieren.«

Antonia umarmte Nina. »Und das machst du jetzt auch. Falls Sören zur Eröffnung nicht auftaucht, solltest du deine Beziehung zu ihm ernsthaft überdenken.«

»Das tut so weh.«

»Nicht dass ich die Männerexpertin wäre, aber wenn er dich jetzt hängen lässt, zeigt er auch, wie er in Zukunft mit Konflikten umgeht.« Antonia seufzte. »Und glaub mir, wenn du Kinder hast, hast du Konflikte.«

21

»Bis jetzt dachte ich immer, dass Vanille-Kipferl meine Lieblingskekse wären, aber diese hier hängen alle anderen ab.«

Ninas Vater nahm ein Macaron, drehte es bedächtig hin und her und schnupperte daran. »Dieser Mandelduft! Und die Cremefüllung ist ein Traum. Warum hatten wir die damals eigentlich nicht in unserem Sortiment?«

Er biss ein Stück davon ab. »Kann es sein, dass da ein klitzekleines bisschen Alkohol drin ist?«

»Ja, Papa, das ist Champagner-Ganache.«

»Wenn ich mal sterbe, legt mir bitte eine Packung davon ins Grab.«

Ninas Mutter verdrehte die Augen. »Wolfgang, die haben wir schon mal in Venedig auf dem Markusplatz gegessen, in vier verschiedenen Farben.«

»Aber die haben bei Weitem nicht so gut geschmeckt.« Schnell griff er sich ein weiteres Macaron.

»Dabei waren sie dreimal so teuer.« Ninas Mutter nahm die große Macaron-Packung und stellte sie zur Seite.

»Papa, da ist ziemlich viel Puderzucker drin. Mehr als drei am Tag solltest du nicht essen.«

»Von den kleinen Dingern werde ich schon keinen Herzinfarkt bekommen.«

»Wir sind nicht hier, um Ninas Kekse wegzuessen. Und ich bräuchte neue Aufkleber.«

Ninas Eltern halfen, die vielen Macarons, die Nina am Vortag gebacken hatte, in kleine Schachteln zu verpacken. Ninas

Mutter sortierte je eine der fünf Sorten in die Schachteln ein, und ihr Vater sollte eigentlich die Etiketten ausdrucken und draufkleben.

»Ich wette, jeder Kunde, der am Ersten hier reinschaut, nimmt so eine Schachtel mit.«

»Hoffen wir's. Ich bekomme langsam Herzrasen, wenn ich an die Eröffnung denke.«

»Hast du Werbung geschaltet?«

»Ja, ich habe im *Kronsteiner Boten* eine große Textanzeige veröffentlicht und Flyer verteilt.«

In dem Moment klingelte ihr Handy. Nina erkannte auf dem Display Matthias' Nummer. Sie merkte, dass ihre Wangen augenblicklich zu glühen anfingen, und drehte sich weg, in der Hoffnung, dass ihre Eltern es nicht bemerkt hatten.

»Sag mal, könntest du noch ein antikes Sofa für deinen Laden gebrauchen?

Nina musste lächeln. »Joggst du wieder?«

»Ja, und wenn du Interesse hast, würde ich hier warten und es verteidigen.«

Nina notierte sich die Adresse, schnappte sich ihre Jacke und ihre Autoschlüssel. »Kommt ihr kurz ohne mich klar? Ich will mir mal eben was anschauen.«

Ihre Mutter schaute eine Sekunde zu lang auf ihre geröteten Wangen und sagte: »Wir haben hier noch eine Weile zu tun.«

Nina eilte zu ihrem Auto und gab auf dem Weg zur Friedrichstraße deutlich mehr Gas als sonst. Sie dachte gerade noch daran, vor dem fest installierten Blitzer abzubremsen.

Ihr Herz schlug höher, als sie Matthias von Weitem sah. Er stand neben einem antiken roten Samtsofa. »Es ist wunderschön.« Nina konnte es sich sehr gut in ihrer Patisserie vorstellen. Es war so lang, dass zwei der Tische davorpassten.

»Die Holzbeine müsste man erneuern, die sind hinüber.« Er hob das Sofa, damit sie darunterschauen konnten.

»Die Polsterung ist noch völlig intakt, mit ein bisschen Textilspray sieht es aus wie neu.«

»Kennst du einen guten Tischler?«

»Die Beine kann ich dir auswechseln. Übermorgen ist Eröffnung, oder?«

»Ja, aber das kann ich nicht annehmen. Du hast doch genug zu tun, du musst für mich keine Nachtschichten einlegen.«

Matthias schaute sie an, und Nina fühlte wieder dieses Kribbeln und dazu noch etwas anderes: ein tiefes Einverständnis, so als ob sie sich schon viel länger als ein paar Wochen kannten.

»Wenn du hier zehn Minuten aufpasst, hole ich meinen Wagen. In deinen Polo dürfte es nicht reinpassen.«

»Es ist perfekt!« Sie strahlte ihn an und sah seine Augen aufleuchten.

»Ich bringe es dir morgen Abend vorbei, als Geschenk zu deiner Eröffnung.«

Nina hatte in der letzten Nacht kaum ein Auge zugetan. Das ließe sich darauf schieben, dass sie auf ihrem Sofa schlechter schlief als in ihrem Bett, denn natürlich hatte sie ihren Eltern ihr Schlafzimmer überlassen. In Wirklichkeit aber lag es an ihrer Aufregung. Sie hatte ihre Gedanken nicht abschalten können.

Würden viele Leute zur Eröffnung kommen? Würde sich der Laden tragen? Könnte sie wirklich davon leben? Sie hatte zwar alles sorgfältig durchkalkuliert, aber letztendlich hing der Erfolg von vielen unwägbaren Faktoren ab. Und auch wenn sie wusste, dass ihre Törtchen wunderbar schmeckten, war noch nicht gesagt, dass die Kronsteiner dies genauso sahen – und dazu noch bereit waren, Geld dafür auszugeben.

Aber zunächst einmal war sie mit dem Ergebnis ihrer Arbeit zufrieden: Die Patisserie konnte sich sehen lassen.

Das rote Sofa machte sich in der Ecke mit zwei Tischen davor sehr hübsch. Es lud förmlich zum Verweilen ein. Nina bekam ein warmes Gefühl im Bauch. Matthias musste einiges an Arbeit investiert haben. Dem Möbelstück war nicht mehr anzusehen, dass sie es vom Sperrmüll geholt hatten. Man würde sofort an ein Antiquitätengeschäft denken.

An den Wänden hingen Fotos ihrer besten Kreationen, ihre Regale waren mit Tüten voller Cookies, klassischen Keksen und mit kleinen Macaron-Packungen gefüllt. Ein paar Marmeladensorten hatte sie probeweise auch hingestellt. In der Glasvitrine standen verschiedene Cupcakes und Torten bereit.

Ihr Vater öffnete die erste Sektflasche, ihre Mutter schenkte die Gläser ein. Auf einem zweiten Tablett arrangierte sie alkoholfreie Holunderblüten-Cocktails. Auf einer silbernen Platte hatten sie verschiedene Sorten der Macarons drapiert. Antonia hatte sich hinter der Kasse postiert, und Nina sollte die Gäste in Empfang nehmen und sie beraten.

Was für ein gutes Gefühl, dass ihre Eltern und Antonia ihr zur Seite standen! Dafür war sie ungeheuer dankbar.

Um Punkt zehn Uhr atmete sie tief durch und schaute in die Runde. Ihre Mutter nickte ihr zu, ihr Vater nestelte an dem Verschluss der zweiten Flasche und Antonia strahlte sie an. »Dann mal los.« Nina schloss die Ladentür auf. Ihr Vater drückte ihnen ein Sektglas in die Hand. »Bevor die ersten Kunden den Laden stürmen, lasst uns anstoßen.«

»Auf dich, mein Kind!«, sagte ihre Mutter mit Tränen in den Augen. »Dein Vater und ich sind stolz darauf, dass du die Familientradition fortführst.«

Antonia legte einen Arm um Nina. »Auf deinen Erfolg! Wenn sich erst mal rumgesprochen hat, wie gut deine Kreationen sind, wirst du dich vor Kundschaft nicht retten können.«

Draußen bog der Postbote auf seinem gelben Fahrrad um die Hausecke und hielt auf ihren Eingang zu.

»Ich habe hier ein paar Briefe für Sie. Also weiß ich jetzt endlich, wem ich die Post übergeben kann. Sie haben ja noch keinen Briefkasten angebracht.«

Oje! Er hatte ihr die Post zweimal unter der Ladentür durchgeschoben, und trotzdem hatte sie an einen Briefkasten nicht gedacht.

»Möchten Sie ein Glas Sekt trinken? Sie sind unser erster Kunde.« Ninas Vater reichte dem Briefträger ein Glas vom Tablett und bot ihm noch die Platte mit den Macarons an.

Der stürzte das Glas in einem Zug runter, winkte bei den Macarons aber ab. »Danke, das ist nett, aber mit dem Süßkram habe ich nicht so viel am Hut.«

Nina setzte den Briefkasten in Gedanken auf die Liste der Anschaffungen.

Nachdem die Herren Ewaldt und Leistner von der Volksbank kurz vorbeigeschaut hatten, kam die Gräfin mit ihren Teefreundinnen im Schlepptau vorbei. Antonias Wangen nahmen Farbe an, als die Damen eintraten, aber sie schaffte es, die Freundinnen ihrer Schwiegermutter trotz der Stripszene von neulich freundlich zu begrüßen und Ninas Produkte anzupreisen.

Als die Damen wieder abgerauscht waren, öffnete Ninas Vater die nächste Flasche Sekt. »Na bitte, wenn alle Kunden so kauffreudig sind, musst du dir um deine Zukunft keine Gedanken machen.«

Die nächste Kundin war eine junge, dunkelblonde, sportliche Frau, die sich interessiert im Laden umschaute. Ninas Vater drückte ihr ein Glas Sekt in die Hand.

»Ich würde gern die Geschäftsführerin sprechen.«

»Bea!«

Nina eilte auf ihre Freundin zu und umarmte sie.

»Dein Laden ist toll geworden, herzlichen Glückwunsch!« Sie überreichte Nina einen Blumenstrauß.«

Antonia kam kurz hinter der Kuchentheke hervor, um sie zu begrüßen. »Schön, dass du da bist. Ich denke noch oft an unseren Ausflug in den Rheingau.«

»Grüß doch bitte deine Schwiegermutter von mir. Das Kräuter-Teerezept, das sie mir gegeben hat, ist echt genial.«

»Die Gräfin war noch mal bei dir im Café?«

»Ja, sie ist doch inzwischen eine meiner liebsten Stammkundinnen.«

»Ach so?«

Bea nahm Nina beiseite und raunte. »Wo ist Sören?«

»Er hat mich voll im Stich gelassen. Aber das erzähle ich dir später.«

»Nur zu gerne«, sagte Bea lächelnd. »Ich habe mir heute einen Tag freigenommen. Alexander kann das Café auch mal alleine schmeißen.« Dann stellte sie sich wie selbstverständlich zu Antonia hinter die Theke und packte ein, während die kassierte.

Mittags stand Matthias mit einem großen Blumenstrauß in der Tür. Er war auf die Farben des Ladens abgestimmt: rot, wie ihr Sofa und die Holzbalken an der Decke, pink und weiß wie die Wände und viele bunte Tupfen dazwischen.

Matthias küsste sie auf die Wange. »Viel Glück, Nina! Das wird sicher ein voller Erfolg.«

»Darf ich euch meinen Nachbarn Matthias Fischer vorstellen?« Nina sah Antonias Augen interessiert aufleuchten und wusste schon, dass sie sie später über ihn ausfragen würde. Von Bea ganz zu schweigen. Nina grinste im Stillen und freute sich schon darauf, nach Geschäftsschluss mit den beiden auf das rote Sofa zu sinken, mit einem Glas Sekt auf die Eröffnung anzustoßen und zu quatschen.

Ihre Eltern eilten auf ihn zu und drückten ihm ein Glas Sekt in die Hand.

»Ich muss leider gleich wieder in die Praxis, mein Warteraum ist heute total überfüllt. Aber wenn du heute Abend noch Hilfe brauchst, melde dich doch. Ab 19 Uhr hätte ich Zeit.« Er küsste sie noch mal auf die Wange.

»Kannst du Briefkästen andübeln?«

Er lachte sie an. »Alles, was du willst.«

Jetzt erst fiel ihr auf, dass eine Abordnung des Philosophischen Kreises hereingekommen war. Larissa Fischer starrte sie und Matthias an, der ihnen darauf zunickte und ging.

Hoffentlich interpretiert sie in den Wangenkuss nicht allzu viel hinein, dachte Nina.

Larissa und die drei anderen Damen nahmen jede ein Glas Sekt, lehnten die Macarons aber ab. »Um Gottes willen, da ist viel zu viel Zucker drin.« Sie nippten kurz an ihren Gläsern schauten sich die Regale und die Kuchenvitrine an und warfen sich Blicke zu, bei denen sie die Augenbrauen hochzogen. Nach fünf Minuten stellten sie alle ihre fast vollen Sektgläser zurück aufs Tablett und verabschiedeten sich. Nina hörte, wie Larissa Fischer im Hinausgehen zu ihren Freundinnen sagte: »Ich gebe ihr drei Monate.«

Eine andere Dame hakte sich kopfschüttelnd bei ihr unter. »Sogar der Sekt war ungenießbar.«

Nina blieb keine Zeit, um sich mit der Bemerkung zu befassen, denn sie sah ihre alten Kollegen von McCarter über den Hof kommen, die offensichtlich ihre Mittagspause hierher verlegt hatten. Sie schüttelte das schlechte Gefühl ab, das die vier hochphilosophischen Damen bei ihr hinterlassen hatten, und riss die Ladentür auf, um durchzulüften und die Kollegen herzlich zu begrüßen.

Andrea umarmte sie und überreichte ein riesiges Blumengesteck. »Toi, toi, toi und liebe Grüße von der ganzen Mannschaft. Wir vermissen dich.«

Ninas Mutter bereitete schnell ein paar Lachshäppchen zu, die ihr die Kollegen aus der Hand rissen, danach verputzten sie zwei Tabletts mit Macarons.

»Ich weiß jetzt, wo ich ab heute meine Mittagspausen verbringe«, verkündete Markus.

»Welche Mittagspausen?« Die Gruppe johlte.

»Kannst ja mal am Wochenende vorbeikommen.«

»Welche Wochenenden?«

Nina stimmte in das Lachen ein. »Jetzt weiß ich wieder, warum ich gekündigt habe.«

»Komm, so schlimm ist es nun auch wieder nicht. Heute haben wir es ja auch geschafft, mittags rauszugehen.«

»Ja, aber nur weil unser Chef nicht da ist.«

»Schade, dass sich Sörens Wellness-Urlaub nicht mehr verschieben ließ.« Andrea schaute sie mitleidig an.

Also wussten doch alle Bescheid, dachte Nina, aber das nur nebenbei. Denn der eigentliche Hammer war der zweite Subtext. Sie schaffte es, unverbindlich zu lächeln. »Wellness kann sehr schön sein.«

»Ja, besonders in der Schweiz.«

»War es nicht St. Moritz, in diesem super-duper Parkhotel?

Andrea nickte. »Auf jeden Fall ist es deshalb bei uns diese Woche etwas ruhiger.«

Danach sprachen sie über unverfängliche Themen, und Nina überstand die Situation irgendwie.

Nachdem ihre Kollegen gegangen waren, nahm Antonia sie in den Arm. Ihre Mutter warf einen Blick auf Nina und zerrte dann ihren Vater förmlich aus den Laden. »Wolfgang, ich glaube, wir drehen mal eine Runde um den Block.«

Nina schaffte es, ihre Tränen zurückzuhalten, bis beide die Tür hinter sich geschlossen hatten. »Es reicht jetzt wirklich. Im Grunde habe ich nicht mit ihm gerechnet, aber … Wellness, Fünf Sterne, Schweiz … verflixt noch mal!«

Antonia behielt die Ladentür im Auge, während sie Nina tröstete. »Ich will dich nicht belügen: Wenn er sich heute lieber in die Nobel-Sauna legt, statt dich zu unterstützen, ist er kein Mann, auf den du in Zukunft zählen kannst.«

»Wahrscheinlich weiß ich das schon länger und wollte es nur nicht wahrhaben.

Beatrix schüttelte den Kopf. »Nicht mal Blumen geschickt hat er.«

Endlich war es 18 Uhr, und Nina schloss den Laden ab. Ihre Eltern verabschiedeten sich, weil sie an diesem Abend wieder zurück nach Bad Treibach fahren wollten.

Antonia nahm eine der ungeöffneten Sektflaschen aus dem Kühlschrank und stellte sie zusammen mit ein paar Käsekrackern auf den Bistrotisch. »So Mädels, lasst uns auf den heutigen Tag anstoßen.«

Die drei warfen sich auf das rote Sofa, und Beatrix hob ihr Glas. »Auf deinen Erfolg!«

Nina war erledigt, sie fühlte sich ausgelaugt und merkte, wie die Anspannung der letzten Wochen von ihr abfiel. Kraftlos lächelnd stieß sie mit den beiden an und ließ sich gegen die Polsterlehne sinken.

Aber Ruhe war ihr nicht vergönnt, denn Bea schaute sie kritisch von der Seite an. »Ich finde, wir sollten über deine Urteilsfähigkeit in puncto Männer reden.« Ihre Stimme klang höher als sonst. Das war immer so, wenn sie sich in Rage redete.

»Was ist denn das für ein Typ, der dich an deiner Eröffnung im Stich lässt und nach St. Moritz zum Wellness fährt?«

Nina nickte und spürte Tränen aufsteigen, die sie gerade noch wegblinzeln konnte.

Antonia nahm sie in den Arm. »Ich weiß, es tut weh. Aber spätestens heute hat er gezeigt, wie unzuverlässig er ist.«

Bea schnaubte und sprang auf. »Der soll mir mal unter die Augen kommen, da kann er was erleben.« Sie ging mit einer Energie vor der Kuchentheke auf und ab, als machte sie sich für einen Sparringspartner bereit.

Nina war so froh, die beiden an ihrer Seite zu haben. Auf sie war Verlass. Und sie wollten beide nur ihr Bestes. Aber so einfach konnte Nina ihren Freund nicht abhaken. »Ihr habt ja recht. Aber wisst ihr, wenn ich mit ihm Schluss mache, habe ich kaum noch Zeit, jemand kennenzulernen, mit dem ich eine Familie gründen kann.«

Und die Zeit verging wie im Fluge. Ehe man sich's versah, war wieder ein Jahr vergangen. Im Hinterkopf lauerte ständig die Angst, eines Tages festzustellen, dass der Zug unbemerkt abgefahren war. Ganz rational betrachtet war Sören vielleicht ihre letzte Chance, Kinder zu bekommen.

Denn selbst wenn sie sich jetzt sofort auf den Single-Markt stürzte – wie realistisch war denn die Hoffnung, bald einen Mann zu finden, mit dem sie sich eine gemeinsame Zukunft vorstellen konnte? Und dann müsste sich die Beziehung erst noch im Alltag bewähren.

Antonia schüttelte den Kopf. »Aber Nina, stell dir nur mal vor, wie das weitergeht. Mit einem Mann, der so wenig konfliktfähig ist, darfst du keine Familie gründen.«

»Der wird dich jedes Mal auflaufen lassen, wenn er beleidigt ist«, bekräftigte Bea auf ihre unverblümte Art.

Nina nickte gedankenverloren. Sie sah sich mit zwei kleinen

Kindern am Frühstückstisch sitzen und einen schweigenden Gatten mit versteinertem Gesicht vorbeimarschieren, weil sie ihm in irgendeiner Erziehungsfrage widersprochen hatte …

Andere Bilder schoben sich in ihre Gedanken: Matthias, der mit ihr in Ruhe über schwierige persönliche Themen redete, der mit seinen Kindern auf der Picknickdecke saß und ihnen zuhörte, mit ihnen joggen ging oder herumalberte.

Sie sah es jetzt in aller Klarheit: er war ihr Traummann. Mit ihm könnte sie sich ein gemeinsames Leben vorstellen – und eine Familie gründen. Aber das sollte sie sich am besten gleich aus dem Kopf schlagen.

Bea setzte sich wieder zu ihnen. »Übrigens, kann ich heute bei dir übernachten? Dann kann ich mir jetzt noch ein Gläschen genehmigen.«

»Auf jeden Fall. Und wir können endlich mal wieder zusammen frühstücken.« Nina grinste. »Weißt du noch, damals in der harten Lernphase?«

»Und ob. Jeden Morgen eine Kanne Kaffee im Bett. Anders kamen wir nicht mehr auf Touren. Wir konnten kaum noch geradeaus gucken und haben wie oft den Kaffee auf der Bettdecke verkleckert.«

»Du mindestens fünf Mal.«

»Bei dir habe ich gar nicht mehr mitgezählt.« Sie lachten und stießen sich an.

Antonia schmunzelte mit sehnsüchtig verträumtem Blick. »Anfangs haben Philipp und ich auch oft im Bett gefrühstückt. Aber wir haben den Kaffee aus anderen Gründen verschüttet.« Sie johlten und ließen die Gläser noch mal klirren.

Bea schenkte allen nach und ging gnadenlos zum nächsten Punkt über. »Und jetzt mal raus mit der Sprache: Wer war dieser nette, hilfsbereite *und* gut aussehende Nachbar, bei dem du knallrot geworden bist?«

Antonia seufzte: »Er sieht ein wenig aus wie Florian David Fitz in *Doctor's Diary*. Nur ein bisschen älter.«

Nina seufzte ebenfalls und senkte verführerisch die Stimme. »Und du hast ihn noch nicht in seinem Arztkittel gesehen.«

Die drei quietschten los.

Nina schaute von einer Freundin zur anderen. War ja klar. Die würden sie jetzt nicht vom Haken lassen. »Mir ist auch schon aufgefallen, dass er toll ist.«

»Auch schon aufgefallen, hm?«, wiederholte Antonia nickend und zog eine Augenbraue hoch. »Sieh mal einer an!«

Nina versuchte, ernst zu werden, aber bei Antonias ironischem Gesichtsausdruck fing sie immer wieder an zu lachen. Schließlich guckte sie stur geradeaus, bis der Lachdrang verebbt war. »Also, was ich sagen wollte: Bis vor Kurzem hatte ich den Plan, mit Sören eine Familie zu gründen, deshalb habe ich mir nicht erlaubt, darüber nachzudenken, ob Matthias ein Mann für mich wäre. Und leider kommt er nicht infrage, denn er will erstens keine neue Beziehung und zweitens keine Kinder mehr. Er hat schon zwei und ist geschieden und will das alles nicht noch mal durchmachen.«

»Ich denke, du unterschätzt deine Wirkung gewaltig«, widersprach Bea.

»Und willst du etwa eine Familie um jeden Preis, auch wenn du mit dem Mann unglücklich wirst?«

»Hey, das ist kein Business-Projekt. Hör auf dein Herz.«

In dem Moment, da Nina zu einer Erwiderung ansetzen wollte, klopfte es an der Ladentür. Sie sprang auf und fühlte die Wirkung des Sektes. Die Kuchentheke schwankte ein bisschen.

»Hey, da steht Florian David Fitz«, meinten Antonia und Bea wie aus einem Mund.

Mit einem Kribbeln im Bauch schloss Nina die Tür auf.

Matthias erfasste mit einem Blick die drei angeheiterten Damen und grinste sie an.

»Sieht nicht so aus, als ob ihr im Laden noch Hilfe braucht …«

Die drei kicherten.

»Aber soll ich die Damen vielleicht nach Hause fahren?«

Nachdem alle ihre Jacken und Taschen zusammengeklaubt hatten, beeilten sich Bea und Antonia hinten in Matthias' Volvo einzusteigen, sodass für Nina der Platz auf dem Beifahrersitz übrig blieb. Kaum saß sie, spürte sie die entspannende Wirkung seiner Ruhe. Und sie beschloss, sich heute keine Gedanken mehr um Sören zu machen. Sie schaute Matthias von der Seite an und versank einen Augenblick zu lang in seinem Profil. Schnell räusperte sie sich. »Danke, echt nett, dass du uns fährst.«

»Immer zu deinen Diensten.« Matthias grinste und schaute ihr einen Augenblick länger als nötig in die Augen.

Vom Rücksitz hörte man ein zweistimmiges lautes Seufzen.

22

Nina hatte ihr Bett längst wieder, aber inzwischen schlief sie schlecht. Sie vermisste ihre Eltern, ihr Vertrauen, ihren Zuspruch. Die Patisserie war seit zwei Wochen geöffnet, und eine gewisse Routine hatte sich schon entwickelt. Nina stand um fünf Uhr auf, buk mit ihren drei Backöfen verschiedene Kreationen des Tages und hatte alles fertig, wenn Antonia um zehn Uhr auf der Matte stand, um den Laden zu öffnen. Sie hatte angeboten, ihr jeden Tag von zehn bis zwölf auszuhelfen. In diesen beiden Stunden konnte Nina das Warenangebot planen, dafür einkaufen, Werbung entwerfen, Behördengänge erledigen und an guten Tagen sogar zehn Minuten die Füße hochlegen. Von 12 bis 18 Uhr übernahm sie den Laden selbst. Eine ganztägige Verkaufshilfe konnte sie sich noch nicht leisten.

Nina parkte so dicht wie möglich an der Tür, um ihre Einkäufe auszuladen. Ihren Polo hatte sie inzwischen zum Mini-Lieferwagen umfunktioniert. Die Rücksitze waren dauerhaft umgeklappt, damit sie genug Transportfläche hatte. Gerade öffnete sie den Kofferraum, als sie hinter sich Schritte hörte.

»Hallo, schöne Frau, lass mich mal tragen.« Matthias nahm ihr den Karton mit der Bio-Milch ab. Es war nicht das erste Mal, dass er ihr beim Ausladen half.

»Hast du keine Patienten?«

Nina freute sich wie immer, ihn zu sehen. Mit ihm Zeit zu verbringen war so unkompliziert. Warum hatte es so nicht zwischen Sören und ihr sein können?

»Doch. Mein Wartezimmer ist voll, aber ich kann Prioritäten setzen.« Er zwinkerte ihr zu und verschwand nach dem Ausladen wieder in Richtung Praxis.

»Gut, dass diese Larissa deinen Blick nicht sieht.« Antonia tat so, als müsste sie sich Luft zufächeln. »Du hast ihn angeschmachtet wie ein Diabetiker ein Schokotörtchen. Oder sollte ich sagen: Sahneschnitte?«

Nina drehte sich seufzend zu ihr um. »Wenn das doch nicht alles so kompliziert wäre.«

»Wieso? Was meinst du?«

»Mir scheint, dass Larissa wieder ihre Netze nach ihm auswirft. Oder zumindest gönnt sie ihm keine neue Freundin.«

»Ja, ich habe bei der Eröffnung ihren Blick gesehen, als ihr beide zusammenstandet. Er wird doch hoffentlich nicht noch mal auf sie hereinfallen.«

»Sie haben immerhin zwei Kinder miteinander.« Nina ging in die Küche, um die Waren zu verstauen, und Antonia gesellte sich zu ihr, solange keine Kunden kamen.

»Laufen die Geschäfte ihres Immobilienmaklers so schlecht oder warum sollte sie wieder zurückwollen?«

»Wenn ich alles richtig interpretiere, ist bei Larissa und Hubertus einfach nur der Alltag eingekehrt.«

»Ja, irgendwann hat man auch mal alle Fünf-Sterne-Wellnessressorts abgeklappert und muss sich um so profane Themen wie den Abwasch kümmern.«

»Vor allem, wenn Kinder im Spiel sind.«

»Trotzdem glaube ich, dass ihr beide ein tolles Paar wärt.«

Nina seufzte. »Aber wir haben leider unterschiedliche Lebenspläne.«

»Vielleicht ist einfach nicht alles im Leben planbar.«

»Meinst du?«

»Ich weiß es sogar.«

Nachdenklich schob Nina den letzten Liter Bio-Milch in den Kühlschrank und dachte an Sören. Geplant hatte sie drei volle Jahre lang, ohne dass etwas dabei herumgekommen war. Und als es endlich wieder konkret wurde und die Verwirklichung nahte, ging die Beziehung plötzlich in die Brüche.

Schweigend gingen sie in den Verkaufsraum zurück, und Antonia übergab ihr die Abrechnung. Nina warf einen Blick darauf und spürte ein flaues Gefühl im Magen. »Wieder nur zwanzig Euro.«

Antonia nahm ihre Jacke. »Anlaufschwierigkeiten sind ganz normal. Wirb doch noch ein wenig intensiver.«

»Ein halbes Jahr reichen meine Ersparnisse noch, aber dann muss sich der Laden tragen. Wenn nicht, weiß ich nicht, was ich tun soll.«

»Was hältst du von einem Aufsteller vorn an der Straße, damit uns auch kein Laufkunde durch die Lappen geht?«

»Gute Idee. Außerdem wollte ich noch recherchieren, welche Großkunden wir an Land ziehen können: Cafés, Caterer oder auch Kantinen.«

Nachdem Antonia sich verabschiedet hatte, zog Nina ihre Backschürze an, wusch die Hände und zog sich Einweghandschuhe über. Sie hatte es sich angewöhnt, in ihrer Zeit im Laden nebenbei zu backen oder Marmeladen einzukochen. Solange noch nicht so viel los war, ließ sich diese Zeit gut nutzen. Morgens hatte sie schon etliche Cupcakes und Tarteletts produziert. Die meisten davon standen allerdings noch in der Glasvitrine. Deshalb wollte sie nun haltbare Waren backen. Sie hatte heute Zutaten für Käsecracker gekauft.

Sie mischte das Mehl mit dem Backpulver und einer Messerspitze Salz und krümelte den Käse in die Schüssel. Dann verquirlte sie die Eier mit der Milch und dem Olivenöl, gab das Gemisch auf das Mehl und ließ alles von der Maschine durchkneten. Den Teig rollte sie auf ihrer Arbeitsfläche so dünn wie möglich aus und stach kleine runde Plätzchen aus.

Schon kurz nachdem sie die Cracker in den Ofen geschoben hatte, verbreitete sich in der Küche ein leckerer Käseduft. Sie schloss die Augen und dachte an die fröhlichen Raclette-Abende mit ihren Eltern und ein paar Freundinnen, die sie dazu einladen durfte. Mit zwölf Jahren konnten sie ohne Ende über die Käsefäden kichern und damit Unsinn treiben. Grinsend zog sie die Handschuhe aus, legte ihre Backschürze ab und öffnete die Ladentür. Vielleicht konnte sie mit dem Duft von gebackenem Käse ja Laufkundschaft anlocken.

Nach fünfzehn Minuten nahm sie die Bleche heraus. Die Cracker waren perfekt gelungen. Nina nahm sich einen, um zu kosten. Beim Hineinbeißen knackte er ein wenig und entfaltete dann das volle Käsearoma auf der Zunge.

Aus dem Verkaufsraum hörte sie Schritte und ging nachsehen.

»Ich habe hier ein Einschreiben für Sie.« Der Briefträger hielt ihr ein Gerät zum Unterschreiben hin und nickte ihr kurz zu. Seit der große Briefkasten am Haus angebracht war, begegnete ihr der Mann ein wenig freundlicher als am Tag der Eröffnung.

»Süßes brauche ich Ihnen ja nicht anzubieten, aber möchten Sie ein paar Käsecracker probieren?« Nina hielt ihm einen Teller hin, und er aß ihn innerhalb einer Minute leer. Sie lächelte erfreut und winkte ihm, als er sein Fahrrad weiterschob.

Dann schaute sie auf das Einschreiben, und ihr Lächeln verflog. Der Absender war Peter Krogmann.

Sie schnappte sich ein Messer von der Kücheninsel und schlitzte den Umschlag auf. Ihr Herz klopfte heftig, sie spürte, wie sie vor Aufregung heiße Wangen bekam. Einerseits war sie froh, dass sie nun endlich mit dem Verlust durch seine Kampagne kalkulieren konnte, andererseits hatte sie auch Angst davor, welche Summe er verlangte. Sie erinnerte sich noch an seinen Gesichtsausdruck, als sie seinen Entwurf ablehnte: Den hatte sie zuletzt bei einem Kollegen gesehen, als sie befördert wurde und er nicht. So sah verletzter männlicher Stolz aus.

Sehr geehrte Frau Seiler,

hiermit erlaube ich mir, Ihnen für die Kampagne »The Candy Warehouse« insgesamt 15000 Euro in Rechnung zu stellen. Der Betrag umfasst:

- Konzeption
- Ausarbeitung
- Präsentation und
- Projektmanagement.

Ich bitte Sie, den Betrag innerhalb von 14 Tagen auf mein Konto zu überweisen.

Mit freundlichen Grüßen
Peter Krogmann

Nina wurde schwarz vor Augen. Sie tastete nach einem Stuhl, um sich hinzusetzen. Diese Summe übertraf ihre schlimmsten Erwartungen. Sie hatte höchstens mit dreitausend Euro gerechnet. Soeben hatte sich ihr finanzieller Puffer halbiert. Der Laden musste nun schneller Gewinn abwerfen, oder sie konnte ihren Traum vergessen. Sie schüttelte den Kopf: Warum nur hatte sie nicht auf einem Kostenvoranschlag bestanden? Als Unternehmensberaterin wäre ihr das nie passiert. Warum hatte sie hier die professionellen Prinzipien außer Acht gelassen?

Weil sie Sören vor Krogmann nicht kritisieren wollte? Ja,

das auch. Sie dachte an die Situation im Café Krüger zurück und musste sich eingestehen, dass das nicht der einzige Grund war.

Hey, lass dir einfach von uns helfen – das war der Satz gewesen, bei dem sie eingeknickt war. Und jetzt wurde ihr klar, was dabei in ihr vorgegangen war: Unbewusst hatte sie sich Sören gegenüber kleingemacht. Und zwar schon immer. Warum? Das hätte sie eigentlich gar nicht nötig. Fachlich war sie ausgezeichnet. Bei Kunden von McCarter war sie immer selbstbewusst aufgetreten, freundlich, aber bestimmt, mit erhobenem Haupt und direktem Blick.

Warum nicht bei Sören?

Die Antwort erschreckte sie: Um ihn als ihren Zukünftigen halten zu können. Demnach hatte sie immer gespürt, dass er ihr in ihrer Partnerschaft nicht auf Augenhöhe begegnete. Seine Herablassung! Die hatte sie ständig hingenommen, sich vielleicht mal darüber beschwert, ihn aber keine Konsequenzen spüren lassen.

Wie klar sie das auf einmal sah! Und Konsequenzen wären ja nicht einmal nötig, wenn sie an ihn von vornherein dieselben Signale ausgesandt hätte wie an die McCarter-Kunden.

Sie seufzte schwer, denn daraus ergab sich noch eine bittere Frage: Hätte sie das getan, wären sie dann je ein Paar geworden?

»Geht es dir nicht gut?«

»Sollen wir einen Arzt rufen?«

»Oder den Papa?«

Nina schreckte hoch und sah Mia und Jakob im Verkaufsraum stehen, die sie beide durch die offene Tür zur Küche anstarrten.

Unauffällig versuchte sie, die Tränen wegzuwischen, und ging zu den beiden.

»Ich habe nur gerade eine schlechte Nachricht bekommen.«

»Ist jemand gestorben?«

Nina schüttelte den Kopf. »Zum Glück nicht. Aber schön, dass ihr mich mal besucht. Möchtet ihr einen Cupcake, oder Mia ein Obsttörtchen?«

»Darf ich den mit Schoko?« Jakob strahlte übers ganze Gesicht.

Die Kinder setzten sich an einen Tisch. Mia rutschte unruhig auf ihrem Platz hin und her und blickte ständig zur Tür.

»Weiß euer Papa, dass ihr hier seid?«

»Mama hat uns gerade vor der Praxis abgesetzt. Wir gehen gleich zu ihm.«

Mia schob die Zuckerdose auf dem Tisch umher. »Wir wollten … also, ich wollte dich was fragen …«

»Ja?«

»Gibst du vielleicht auch Backkurse?

Nina schüttelte den Kopf. »Nein, das habe ich nicht geplant.«

Mias Unterlippe begann zu zittern. »Ach so.«

Während Jakob schon fast den Schoko-Cupcake aufgegessen hatte, nahm Mia nur einen kleinen Bissen von ihrem Obsttörtchen.

»Erzähl mir doch einfach, warum du gefragt hast.«

Mia seufzte. »Meine Mama will meine Geburtstagsparty in der Villa Schwarz feiern.«

Nina schaffte es, ein neutrales Gesicht zu wahren. »Oh, dort ist es ziemlich vornehm, da könnt ihr euch mal so richtig schick anziehen.«

»Sie will, dass ich mit meinen Freundinnen dort einen Knigge-Kurs mache.«

»Einen Benimmkurs?« Nina versuchte, ihre Gesichtszüge unter Kontrolle zu behalten.

Jakob hielt seine Kuchengabel nach oben. »Da lernt man, mit Messer und Gabel zu essen.«

»Und daran hättest du keinen Spaß?«

»Das wäre voll peinlich!«

»Was würdest du denn gern machen?«

»Ich war letztes Jahr bei meiner Freundin Isabel eingeladen, da hat ihre Mutter mit uns gebacken und Cupcakes dekoriert. Das hat Spaß gemacht.«

»Und deine Mama mag das nicht mit euch tun?«

»Sie kann doch gar nicht backen, und sie will auch nicht, dass so viele Kinder bei uns rumtoben.«

»Und dein Papa?«

»Er weiß noch gar nichts davon, und ich will nicht, dass die beiden dann wieder streiten.«

»Und da hast du überlegt, dir ein eigenes Programm zu organisieren?«

»Dagegen kann Mama ja nichts sagen.«

Nina seufzte. Sie würde Mia gern helfen, auch wenn sie dafür ihren einzigen freien Tag in der Woche opfern müsste. Aber sollte sie sich da einmischen? Das wäre eine Gelegenheit, Larissa einmal sachlich freundlich die Stirn zu bieten. Ja, sie würde es tun, sie wollte Mia nicht hängen lassen. Auf einen Benimmkurs zum Kindergeburtstag konnte nur Larissa Fischer kommen.

»Ich bin dazu bereit. Sag deinen Eltern, ihr könnt hier einen Backkurs machen. Er kostet auch nichts. Damit hast du ein unschlagbares Argument.«

»Du willst gar kein Geld dafür?«

Nina konnte sich damit endlich mal bei Matthias ein klein wenig für seine Hilfe revanchieren. Aber das behielt sie lieber für sich. »Nein. Immerhin habe ich auch etwas davon: Ich kann mit euch ausprobieren, was bei Kindern gut ankommt.«

Nachdem die beiden gegangen waren, füllte Nina die frisch gebackenen Cracker in bunte Keksschachteln ab und etikettierte sie. Die Kinder hatten sie kurz von ihren Sorgen abgelenkt, aber diese Rechnung ließ sich leider nicht einfach ignorieren. Sie würde sie auf jeden Fall anfechten. Aber vorher musste sie mit Sören reden, auch wenn sie im Moment nicht mal seine Stimme hören wollte.

»Hallo?«

Vor lauter Grübeln hatte sie die Ladenglocke nicht gehört. Im Verkaufsraum stand eine Frau mit einem blauen Nadelstreifenkostüm und halbhohen Pumps und blätterte interessiert in Ninas Ordner, in dem die Motivtorten und andere Meisterwerke abgebildet waren.

»Diese Prinzessinnen-Cupcakes sind ja stark, und die Einhorntorte, super.«

Nina lächelte. »Ich schätze mal, bei Ihnen steht ein Mädchengeburtstag an?«

»Genau.«

»Wie alt ist ihre Tochter denn?«

»Sie wird fünf. Aber es ist leider nicht meine Tochter, sondern die meines Chefs.«

»Das ist ja nett, dass sie ihn dabei unterstützen.«

»Na ja, mit nett hat das nichts zu tun. Eingestellt bin ich als Assistentin des Geschäftsführers, aber in Wirklichkeit bin ich die seiner Frau.«

Sie seufzte. »Meinen BWL-Abschluss und meine Fremdsprachenkenntnisse kann ich da prima einbringen. Ich muss allerdings zugeben, dass ich Kindergeburtstage sehr gern organisiere.«

»Vielleicht sollten Sie sich damit selbstständig machen?«

»Wissen Sie was? Das habe ich auch schon überlegt. Ach, die sind ja eine geniale Idee.« Jetzt hatte sie die Muffins im Waffelbecher entdeckt. »Mit denen kann ich mir eine ganze Pyramide vorstellen.«

Nina holte noch weitere Fotos von Torten mit Kindermotiven aus dem Schubfach, die sie im Ordner nicht mehr unterbekommen hatte.

»Die Fee ist ja zuckersüß. Sagen Sie mal, können Sie auch das komplette Kuchenbüfett übernehmen? Für circa dreißig Personen?«

»Mit entsprechendem Vorlauf.«

»Dann lassen Sie uns einen Prinzessinnengeburtstag planen. Ach, ich habe mich noch gar nicht vorgestellt: Stefanie Beckmann.«

Nina gab ihr die Hand. »Freut mich, Frau Beckmann. Wollen wir uns auf das Sofa setzen?«

Nina zeigte ihr das Foto einer Prinzessinnentorte mit einer Barbiepuppe als Prunkstück, die Reifröcke aus übereinandergestapelten Gugelhupfs trug. »Diese Torte könnte ich mir als Mittelpunkt des Büfetts vorstellen.«

»Wunderbar. Und diese Cupcake-Pyramide nehme ich auch.«

»Wir können Erdbeer-Cupcakes nehmen und auf die hellrosa Creme pinkfarbene Sterne setzen. Als Etagere kann ich von unserem Lieferanten ein Schloss besorgen.«

»Und die Muffins im Waffelbecher sind super originell, die möchte ich unbedingt.«

»Ich würde sie mit Möhrenkuchenteig füllen und mit silbernen Sternchen verzieren. Wie viele Kinder sind denn eingeladen – und wie viele Erwachsene?«

»Zehn Kinder, zwanzig Erwachsene.«

»Also sollten wir auch etwas für die Erwachsenen planen. Diese Walnuss-Torte mit Frischkäsecreme kommt zum Beispiel immer gut an. Dem Party-Motto entsprechend würde ich die Creme rosa einfärben und mit Himbeeren dekorieren.«

»Gekauft. Haben Sie auch etwas Herzhaftes?«

»Kleine Quiches und Käsecracker. Und ich könnte aus kleinen Partybrötchen einen Drachen backen und mit Spießchen bestücken, Käse-Trauben oder Mozzarella-Tomate.«

»Könnte ich von dem Drachen ein Foto sehen?«

»Das maile ich Ihnen. Den habe ich mal für die Tochter meiner Freundin gebacken, kam sehr gut an.«

Stefanie Beckmann gab ihr eine Visitenkarte. »Ich würde sagen, wir sind im Geschäft. Bis jetzt habe ich immer mit verschiedenen Konditoreien zusammengearbeitet, aber eine so liebevolle Auswahl hatte ich noch nie.«

»Wie viele Kinder hat ihr Chef denn?«

»Vier. Wenn es gut läuft, komme ich innerhalb der nächsten zwölf Monate noch drei weitere Mal auf Sie zu.«

23

Matthias wohnte in einem modernen Reihenhaus. Sein größter Traum sei es, ein historisches Fachwerkhaus zu renovieren, oder einen alten Bauernhof, das hatte er ihr mal erzählt. Aber dafür sei damals, als er ein Haus für seine Familie kaufte, keine Zeit gewesen. Nina stand vor dem Klingelknopf und atmete tief durch. Es passte ihr gar nicht, dass sie so nervös war. Schließlich war das so etwas wie ein Geschäftstermin, oder?

Larissa Fischer öffnete die Tür in einer engen Reithose, einem Top mit außergewöhnlich tiefem Dekolleté und High Heels. Nina kam sich mit ihrem Sweatshirt und der Jeans underdressed vor. Aber warum eigentlich? Sie musste hier niemanden beeindrucken, nur einen Kindergeburtstag planen.

»Schön, dass Sie Zeit haben.« Sie lächelte Nina an, aber ihr Blick blieb kühl. Dann ging sie voraus in die Küche und ließ Nina hinter sich herkommen.

Den Mittelpunkt des großen, hellen Raumes bildete ein weißer Esstisch mit gedrechselten Beinen. An der Seite standen die aufgearbeiteten Küchenschränke aus massivem Holz, von denen Matthias gesprochen hatte, daneben ein supermoderner Herd und der besagte Nostalgiekühlschrank.

Larissa zeigte auf den Esstisch. »Nehmen Sie doch schon mal Platz. Ich schaue nur schnell, wo mein Mann und die Kinder bleiben.«

Ihre High Heels klackten über die Küchenfliesen und dann die Treppe hinauf in die zweite Etage. Kurz darauf hörte Nina zwei Paar Füße die Treppe heruntertrampeln und mit einem

Sprung im Flur landen, dann wieder die High Heels und danach gemessene Schritte. Jakob und Mia erschienen in der Küchentür, dicht gefolgt von Matthias, bei dem sich Larissa soeben unterhakte. Matthias löste sich sogleich von ihr, um Nina zur Begrüßung zu umarmen. »Danke, dass du gekommen bist.« Er schaute Larissa an. »Wo bleibt Hubertus? Hat er sich schon gemeldet?«

Larissa nahm ein Tablett mit einer Wasserkaraffe und Gläsern und stellte es auf den Tisch. »Das ist ein Thema für die Kernfamilie. Wir müssen nicht auf ihn warten.« Darauf setzte sie sich und schaute Nina an. »Wie haben Sie sich Ihren Kurs denn vorgestellt? Mia meinte, Sie wollen probieren, was bei Kindern gut ankommt?«

»Das ist nur ein Nebeneffekt für mich. In erster Linie geht es um Mias Party.« Ohne eine Reaktion abzuwarten, fragte sie Mia: »Wie würde es dir gefallen, wenn wir neben dem Backen auch kleine Kartons gestalten, in die dann jeder seine Cupcakes mit nach Hause nehmen kann? Hättet ihr darauf Lust, Mia?«

Matthias stand vom Tisch auf und zog eine Schublade auf. »Ich hol mal etwas zum Schreiben, damit wir nichts vergessen.«

Mia nickte. »Au ja! Und darf ich mir überlegen, was wir dort draufmalen?«

»Klar.« Nina zwinkerte ihr zu. »Gut, dann planen wir mal von Anfang an: Wann soll es losgehen?«

Larissa schaute auf ihr Smartphone. »Der Kurs in der Villa Schwarz hätte um 13.00 Uhr begonnen. Wir können für dieselbe Zeit einladen.«

Matthias schüttelte den Kopf. »Das ist zu früh, da sind einige vielleicht noch beim Mittagessen.«

»Dann meinetwegen 14.30 Uhr.«

Nina holte ihr Smartphone heraus und öffnete eine neue Notizenseite. »Okay, also um 14.30 Uhr. Ich habe vorher dann schon eingedeckt und dekoriert.«

»Dabei helfe ich dir natürlich.« Matthias lächelte sie an, worauf sich in Ninas Bauch eine wohlige Wärme ausbreitete – und Larissa eine Braue hochzog.

Nina verzog keine Miene, sondern wandte sich erneut an Mia. »Wollt ihr euch erst mal an den Tisch setzen, Tee trinken, Kekse essen und die Geschenke auspacken?«

»Ja, genau!«

»Gut, danach waschen sich alle die Hände, und wir können losbacken.«

»Haben Sie keine Einweghandschuhe da?«

»Natürlich, immer. Die gibt es danach zusätzlich, Frau Fischer.«

Nina wurde von der Türklingel unterbrochen. Larissa schaute auf ihre Uhr. »Wird ja auch Zeit.« Sie machte keine Anstalten, aufzustehen, aber Jakob stürmte zur Tür und ließ Hubertus herein.

Der kam mit wehendem Mantel und einer Aktentasche unterm Arm in die Küche gestürmt. »Tut mir leid, ich hatte gerade noch eine Besichtigung.«

Er beugte sich in einem ungünstigen Winkel zu Larissa hinunter und gab ihr einen Kuss auf die Wange, was sie mit einem starren Blick geradeaus über sich ergehen ließ.

Matthias holte aus dem Wohnzimmer einen Stuhl. »Setz dich doch. Wir haben schon mal angefangen.«

Nina tippte auf ihrem Smartphone. »Wir haben 14.30 Uhr als Start festgelegt, und die Mädchen möchten zunächst Tee trinken und Geschenke auspacken. Nun sollten wir überlegen, was ihr backen wollt, Mia.«

»Cupcakes.«

Larissa zog die Stirn kraus. »Aber ohne chemische Zusätze.«

»Ich verwende nie chemische Zusätze für meine Backwaren«, versicherte Nina mit professionellem Lächeln.

»Wenn Sie meinen.«

Sie quittierte die ungezogene Erwiderung mit einem ernsten Blick. »Aber gewiss, Frau Fischer. Darauf können Sie sich verlassen.«

Mia hatte sich von Matthias einen Zettel geholt und schrieb nun auch mit. »Können wir die Walnuss-Törtchen backen, die wir beim Picknick gegessen haben?«

Jakob rieb sich seinen Bauch. »Und die Schokotörtchen!«

Larissas Mund wurde schmal wie ein Strich. »Ihr wart zusammen picknicken? Warum weiß ich denn davon nichts?«

Matthias ignorierte die Frage. Zum Ausgleich nahm Hubertus sie in den Arm. »Liebling, ich denke nicht, dass uns das etwas angeht.«

»Natürlich geht es mich was an, mit wem meine Kinder ihre Freizeit verbringen«, widersprach sie entrüstet.

Matthias schaute sie kurz an und deutete mit dezenter Kopfbewegung auf die Kinder. »Lass uns später darüber sprechen.«

Derweil nahm Hubertus den Faden freundlich wieder auf. »Schoko-Cupcakes machen sich bestimmt sehr gut.«

»Da ist viel zu viel Zucker drin.« Larissas Lippen waren immer noch schmal. Kerzengerade saß sie auf ihrem Stuhl und lehnte sich nicht einmal an.

»Mama!«

»Wenn du erwachsen bist, bereust du jede einzelne Süßigkeit. Wenn sie erst mal an der Hüfte sitzen, ist es nämlich zu spät.«

Matthias schlug auf den Tisch. »Larissa!«

Die zuckte zusammen und hob entrüstet das Kinn, sagte aber nichts.

Nina schaute in die Runde. »So, ich besorge die Zutaten und ein paar schöne Dekos für die Cupcakes. Wie lange soll die Party dauern?«

Matthias zückte seinen Stift. »Grob überschlagen: Geschenke auspacken, Tee trinken, dann Teig vorbereiten, in die Förmchen füllen, backen, in der Zwischenzeit bemalt ihr eure Kartons …«

»Die Creme bereite ich am besten schon vor, und ihr könnt sie nach dem Backen auf die Törtchen spritzen und zum Schluss nach Lust und Laune verzieren.«

»Dann sind wir bei … sagen wir mal 17.30 oder 18.00 Uhr.«

Hubertus räusperte sich. »Larissa, du denkst daran, dass wir um 16.00 Uhr unseren Tanzkurs haben?«

Larissa seufzte, aber sie antwortete nicht.

»Was ist denn jetzt schon wieder los?« Hubertus hatte sichtlich Mühe, nicht laut zu werden.

»Ach, mir ist so gar nicht mehr nach diesem Tanzkurs.«

Matthias holte genervt Luft. »Könnt ihr das bitte unter vier Augen klären?«

Larissa funkelte ihn an. »Dich interessiert wohl gar nicht, ob ich glücklich bin?«

Matthias schüttelte den Kopf und antwortete ihr nicht.

Larissa zuckte mit den Schultern. »Wir haben eben eine Krise und gehen offen damit um. Den Tanzkurs haben wir gebucht, um exklusive Pärchenzeit zu haben. Wir wollten dabei das Kribbeln wiederfinden. Das wissen die Kinder.«

Matthias stützte den Kopf in die Hände. »Aber ich muss das nicht so genau wissen.«

»Wer weiß, ob das überhaupt noch einen Sinn hat.« Larissa griff sich melodramatisch an die Stirn.

»Bitte Larissa, lass das.« Hubertus stand auf und ging in der Küche auf und ab.

»Stopp, Leute!« Matthias hob die Hände. »Ihr klärt das unter euch, und wir planen jetzt bitte Mias Party.« Er schaute in die Runde, worauf alle nickten. »Also 17.30 Uhr Ende, und ihr beide bleibt bis 15.30 Uhr, in Ordnung?«

Hubertus kam zum Tisch zurück. »Es reicht ja, wenn Larissa und ich beim Empfang der Gäste und beim Teetrinken dabei sind.«

»Und dann ist sie die Gastgeberin an Matthias' Seite, oder was?«, zischte Larissa.

Nina kochte innerlich. Aber sie würde sich vor Larissa keine Blöße geben. Sie würde sich nicht auf ihr Niveau herunterziehen lassen. Demonstrativ schaute sie auf die Uhr und stand ruhig auf. »Wenn Sie mich jetzt entschuldigen würden, ich habe gleich noch einen anderen Termin. Ich schlage vor, Sie klären untereinander die restlichen Details und setzen mich per E-Mail davon in Kenntnis. Das Gleiche gilt für die endgültige Zeitplanung.«

Auf dem Weg hinaus hielt sie bei Mia inne und raunte ihr ins Ohr: »Wir machen eine tolle Party daraus, versprochen.« Dann ging sie zu Matthias und küsste ihn auf die Wange. »Tschüss, wir sehen uns ja dann morgen.« Erhobenen Hauptes eilte sie zur Haustür. Gerade als sie die Klinke herunterdrücken wollte, spürte sie eine Hand auf der Schulter. Matthias stand hinter ihr. »Tut mir leid, dass sie sich so blöd benimmt.« Er flüsterte und nahm dabei ihre Hand. »Seit die beiden eine Krise haben, ist sie unausstehlich.«

»Mach dir keine Gedanken, ich kann das gut ignorieren. Bis morgen also?«

Matthias zwinkerte ihr zu. »Auf jeden Fall.«

Nina lächelte und drehte sich zur Tür.

»Nina!«

»Ja?«

»Ich freue mich darauf.«

Nina ging einen Schritt auf ihn zu, beugte sich zu ihm und gab ihm einen federleichten Kuss auf den Mund.

24

»Wir möchten gern eine besondere Torte bei Ihnen bestellen. Für unsere Silberhochzeit.« Eine Frau von Mitte fünfzig stand vor Ninas Glasvitrine und schaute sich die Cupcakes an. Ihr Mann hatte sich, gleich nachdem sie den Laden betreten hatten, auf das rote Samtsofa gesetzt und checkte Nachrichten in seinem Smartphone. Früher haben Silberhochzeitspaare anders ausgehen, dachte Nina. Die Frau trug eine hautenge Jeans mit Swarowski-Kristallen und dazu ein kurzes weißes Jeansjäckchen, er einen Hoodie von Abercrombie und eine Jeans mit zerrissenen Knien.

»Klaus, nun leg doch mal das Ding weg.«

Ihr Mann hob entschuldigend die Schultern – »Sorry, hier muss ich gleich mal zurückrufen« – und eilte zur Tür.

»Du wirst dir doch mal zehn Minuten Zeit für unsere Silberhochzeit nehmen können.«

Er hielt inne, kam zurück und küsste seine Frau zärtlich auf den Mund. »Liebste, ich muss hier wirklich ganz dringend zurückrufen. Danach nehme ich mir alle Zeit der Welt.«

Nina sah den liebevollen Blick, mit dem er seine Frau bedachte, und wurde wehmütig. Die beiden wirkten nicht wie ein Paar kurz vor der Silberhochzeit, sondern als wären sie in den Flitterwochen. Solch eine Ehe wünschte sie sich auch. Und sie sollte auch so lange halten.

Sie fasste sich an den Mund, wo sie noch immer Matthias' Lippen zu spüren meinte. Lautlos seufzend gab sie der zukünftigen Silberbraut den Ordner mit den Fotos ihrer Torten. »Schauen Sie doch schon mal, welche in etwa Ihrem Geschmack entspricht, oder lassen Sie sich zu eigenen Ideen anregen. Wir können uns auch gern gemeinsam etwas überlegen.«

Die Silberbraut blickte sie entschuldigend an. »Der Klaus arbeitet beim Fernsehen, da ist alles immer superdringend. Heiraten Sie bloß keinen Mann aus der Medienbranche.«

Nina lächelte. »Ich werde es mir merken.«

Ihr Mann kam wieder in den Laden und blätterte nun gemeinsam mit seiner Frau durch den Ordner. Er schielte immer wieder auf Ninas Glasvitrine. »Mir läuft die ganze Zeit das Wasser im Mund zusammen. Geben Sie uns doch mal zwei Cupcakes mit Baiser zu kosten.«

Seine Frau lächelte ihn an. »Eine gute Wahl.«

Die beiden entschieden sich letztendlich für eine Pyramide mit verschiedenen Heidelbeer-, Erdbeer- und Vanille-Cupcakes und einer kleinen Torte obendrauf, jeweils mit laktose- und glutenfreien Varianten.

Sie verabschiedeten sich herzlich. Nina brachte sie zur Tür und schaute ihnen nach, bis sie schließlich ins Leere starrte und ihre Gedanken wanderten.

Könnte sie mit einem Mann glücklich werden, der mit ihr keine Kinder haben wollte? Der Gedanke zerriss ihr das Herz. Sie dachte an Sören. Der wollte mit ihr eine Familie gründen, konnte aber offensichtlich keinen Konflikt durchstehen.

Vielleicht ist nicht alles im Leben planbar, hörte sie im Geiste Antonia sagen und musste plötzlich schmunzeln. Sie hätte nie gedacht, dass sie sich mal an einem Satz festhalten würde, der für den Verzicht auf Garantien plädierte.

Mit neuem Schwung wandte sie sich von der Tür ab. Es war Zeit, die Prinzessinnentorte fertigzustellen. Die Gugelhupfs dafür hatte sie schon am Vortag gebacken. Die stellte sie nun aufeinander, umwickelte den unteren Teil einer Barbiepuppe mit Alufolie und steckte die Puppe in die Mitte. Dann legte sie die rosa eingefärbte Marzipandecke um die Barbie und über den Kuchen. Aus hauchdünnem, weißem Marzipan fertigte sie ein Spitzenmuster und verzierte das Kleid zum Schluss mit Glitzerperlen. Es sah perfekt aus. Am liebsten hätte sie die Torte im Schaufenster präsentiert. Stattdessen stellte sie sie in den Kühlschrank.

Nina schaute auf die Uhr. Sie lag gut im Plan. Die Käsecracker hatte sie schon vor Tagen gebacken, die Walnuss-Torte mit der rosa Frischkäsecreme stand seit gestern im Kühlschrank und konnte dort gut durchziehen. Morgen würde sie nur noch die frischen Himbeeren auflegen. Nina schaute auf ihren Zettel. Für heute standen noch die Quiches, die Cupcakes und die Muffins im Waffelbecher auf dem Programm. Verzieren würde sie alles morgen.

Es klopfte an der Ladentür. Nina ging nachsehen und fühlte ihre Knie weich werden. Matthias stand davor.

In der Nacht hatte sie immer wieder wach gelegen und sich gefragt, ob sie ihn mit dem Kuss vielleicht verschreckt hatte, und jetzt strahlte er sie an.

»Magst du mit mir den neuen Sushi-Laden ausprobieren?«

Nina schüttelte den Kopf. »Ich liefere morgen ein Kuchenbuffet für einen Prinzessinnengeburtstag aus und habe noch zu tun.«

Ihr Magen knurrte laut, worauf er grinsend den Kopf zur Seite neigte. »Damit bist du überstimmt.«

Sie gab sich lachend geschlagen. »Zwei Stunden bin ich hier aber noch beschäftigt.«

»Dann hole ich uns das Sushi hierher und leiste dir ein wenig Gesellschaft. Was hältst du davon?«

»Sehr viel.«

Matthias beugte sich vor und küsste sie auf die Wange. »Nicht weglaufen!«

Nina pfiff vor sich hin, während sie den Teig für die Cupcakes in die Papierförmchen füllte. Sie arbeitete wie am Fließband, und der Schwung jedes einzelnen Löffels saß. In der Rekordgeschwindigkeit von zehn Minuten hatte sie zwei Bleche mit Förmchen befüllt. Danach stellte sie die Küchenmaschine an und ließ sie den Möhrenteig für die Waffelbecher zusammenrühren. In der zweiten Maschine rührte sie den Knetteig für die Quiches an, der über Nacht im Kühlschrank ruhen sollte. Morgen früh würde sie ihn in die Formen drücken, mit Schinken, Gemüse und Käse belegen und mit der Eier-Sahne-Masse übergießen. Den Möhrenteig löffelte sie schnell in die Waffelbecher und schob sie gleich in den Backofen.

Matthias kam eine halbe Stunde vor der Zeit, als hätte er geahnt, wie sehr sie sich beeilte. Mit fliegenden Händen band sie sich die Schürze ab. Er stellte die Sushi-Schalen auf einen Tisch am Sofa und setzte sich schräg in eine Ecke. Einen Arm über die Rückenlehne gestreckt, beobachtete er jede ihrer Bewegungen.

»Ich liebe Sushi!« Nina setzte sich in die Sofamitte und griff nach seiner Box, um sie ihm zu öffnen. Aber er nahm sie ihr aus der Hand, klappte bei beiden die Deckel ab und reichte ihr ein Paar Stäbchen. Jetzt saß er dicht neben ihr und rückte auch nicht wieder weg. Während des Essens berührten sich ihre Beine wie zufällig, und Nina spürte seine Wärme.

»Und ich möchte gerade nirgendwo anders sein.«

Nina und Matthias schauten sich minutenlang an, und sie erkannte die Frage in seinem Blick.

Er legte den Arm um ihre Schultern. »Ich habe lange mit keiner Frau geflirtet.«

»Und ich bin eigentlich noch in einer Beziehung mit einem Mann, der sich seit Wochen nicht bei mir meldet und nicht für mich zu erreichen ist.«

Er nickte und schien zu zögern. »Ich sage das nicht ganz uneigennützig, aber es ist krass, dass ich ihn noch nie in deiner Patisserie gesehen habe.«

»Ja. Krass trifft es ziemlich gut. Wahrscheinlich lernt man in solchen Ausnahmesituationen den anderen erst richtig kennen.«

»Aus Erfahrung kann ich nur sagen, besser vor der Hochzeit als danach.«

»Auch deshalb habe ich kein schlechtes Gewissen, hier mit dir zu sitzen.« Aber den traurigen Beiklang hörte sie selbst.

Er schaute sie aufmerksam an. »Liebst du ihn noch?«

Nina schüttelte kaum merklich den Kopf und sah weg. »Inzwischen bin ich mir gar nicht sicher, ob ich ihn überhaupt je geliebt habe.«

Sie dachte an das Wochenende auf Sylt und wie sie ihn damals im Büro anschmachtete. Ja, sie hatte ihn bewundert, sich geschmeichelt gefühlt, weil er von all den interessierten Frauen nur sie haben wollte. Und sie musste sich eingestehen, dass sie sich von seiner Souveränität, die er im Berufsleben ausstrahlte, hatte blenden lassen. In ihrer Beziehung war es damit im Grunde nicht weit her, sonst hätte er ihre Meinung über Krogmanns Konzept locker anerkennen können.

Sie hob den Kopf, sah Matthias' Blick und versank in seinen Augen.

»Was denkst du gerade?«

»Fragen das nicht immer die Frauen?«

Er lächelte breit. »Und was würdest du denken, wenn ich dich jetzt küsse?«

Nina nahm sein Gesicht zwischen ihre Hände und kam ihm

zuvor. Matthias hielt sie fest, als sie sich zurückziehen wollte und strich sanft über ihren Rücken. »Wie lange, sagst du, hast du hier noch zu tun?« Seine Stimme klang rau.

»Ich bin mit den Vorbereitungen fertig.«

»Magst du auf einen Absacker mit zu mir kommen?«

Nina schaute ihn an und brauchte nicht lange zu überlegen. Sie schmiegte sich an ihn und seufzte leise. Auf einmal fühlte sie eine Erleichterung, bei der ihr die Tränen kamen.

Eng umschlungen gingen sie den Weg zu Matthias' Haus. Ninas Herz klopfte heftig. Sie fühlte eine wohlige Wärme im ganzen Körper und merkte, dass sie das Strahlen in ihrem Gesicht kaum noch steuern konnte. Sie war glücklich. Eine Weile waren nur ihre und seine Schritte in den nächtlichen Straßen zu hören.

Als sein Haus in Sicht kam, bemerkte Nina ein Licht im oberen Stockwerk. »Sind deine Kinder zu Hause?«

Er drückte sie an sich. »Nein, an unserem ersten Abend zu zweit wollte ich ganz mit dir allein sein.«

Nina durchströmte ein Kribbeln, bei dem ihr kurz die Sicht verschwamm.

Als Matthias die Haustür aufschloss, sah sie seine Hand zittern. Sie schaute ihn fragend an.

»Wie gesagt, ich nehme nicht jede Woche eine Frau mit nach Hause.«

Ohne Licht zu machen, hängte er ihre Jacke auf und zog Nina an sich. Er hielt sie an der Taille fest und strich mit den Lippen über ihren Hals. Langsam schob er die Daumen unter ihren Pullover. Sie spürte sie auf der Haut, genoss den sanften Druck. Sie fasste um seinen Nacken und küsste ihn. Gerade als er die Hände ganz unter ihren Pulli schob, polterte es hinter ihnen. Ninas Herz setzte aus. Larissa stand in der Tür zum Wohnzimmer und schaute die beiden wie ein Racheengel an.

Nina verbarg ihren Kopf an Matthias' Brust und flüsterte: »Sie hat einen Schlüssel von dir?« In der einen Sekunde der Entdeckung hatte sie auch registriert, dass Larissa mit einem tief ausgeschnittenen T-Shirt und einer hautengen Leggins bekleidet war, außerdem barfuß ging und auf ihren knallroten Zehennägeln kleine Strasspunkte leuchteten.

Matthias fand die Sprache wieder. »Was soll das, Larissa?«, fragte er laut und mit einer Härte, die Nina an ihm noch nicht erlebt hatte. Und dabei ließ er sie keineswegs los.

»Ich hätte dringend einige Schulthemen mit dir zu besprechen.« Larissas Stimme überschlug sich fast.

»Nimm deine Sachen und verschwinde.«

»Mia wird wahrscheinlich keine Empfehlung fürs Gymnasium bekommen.« Sie kam zwei Schritte auf Matthias zu und wiegte sich dabei in den Hüften.

Nina löste sich von Matthias, um unauffällig ihre Kleidung zurechtzuzupfen. »Ich habe morgen einen anstrengenden Tag.«

Matthias hielt sie fest. »Bleib bitte.«

Sie schüttelte den Kopf. Auf keinen Fall wollte sie Larissa noch länger so erleben und womöglich mit ansehen, wie sie zu voller Form auflief. »Klärt das erst mal.« Nina drehte sich um und setzte darauf, dass Matthias mit ihr fertigwerden würde.

25

Nina betrat um fünf Uhr früh ihre Backstube, um für das Kindergeburtstagsbuffet zu backen. Sie hatte sich die halbe Nacht im Bett hin und her gewälzt und immer wieder Larissa in Matthias' Flur stehen sehen, mit ihrer aufreizenden Kleidung und ihrer distanzlosen Emotionalität. Irgendwann hatte sie dann beschlossen, die Zeit sinnvoller zu nutzen, und war zu ihrem Laden gefahren. Als Erstes holte sie die Prinzessinnentorte aus dem Kühlschrank, um sie noch einmal prüfend zu betrachten. Gut geworden, dachte sie, machte schnell ein Foto und stellte sie wieder kalt.

Sie fror vor Müdigkeit, aber bei der Arbeit würde ihr schon noch warm werden.

Sie begann mit der Füllung der Quiche.

War es wirklich erst wenige Stunden her, dass sie mit ihm auf dem roten Sofa gesessen hatte? Sie hatte sich so wohl gefühlt, obwohl sie auch über Unerfreuliches sprachen. Eine Kombination, die bei Sören undenkbar war. Sie seufzte. Und er war noch kein einziges Mal in ihrer Patisserie gewesen. Was Matthias »krass« fand.

So, die Quiches konnten schon mal in den Backofen. Als Nächstes standen die Erdbeer-Cupcakes auf ihrem Plan.

Aber seine Ex war ja wohl auch ziemlich krass. Er hatte scharf reagiert. Wie schon bei der Planung von Mias Geburtstag. Aber nützte das etwas? Nein! Larissa verhielt sich noch offensiver. Sie wüsste ja gern, was sich da noch abgespielt hatte. Oder lieber doch nicht? Nein, lieber doch nicht. Solche Larissas lebten davon, dass sie anderen an den Nerven zehrten. Ja, sie war froh, dass sie gleich gegangen war. Diese Auseinandersetzung musste Matthias allein gewinnen.

Die Cupcakes buken nun ebenfalls. Jetzt noch den Zuckerguss für die Waffelbecher-Muffins …

Nachdem schließlich auch der Drache aus Partybrötchen gebacken war, schaute sie auf die Uhr. Da sie so früh aufgestanden war, konnte sie sich jetzt ein ausgiebiges Frühstück gönnen. Dafür briet sie den restlichen Schinkenspeck in der Pfanne und schlug zwei Eier dazu. Nach diesem aufregenden Abend und der schlaflosen Nacht brauchte sie Energie. Sie machte sich einen Latte macchiato und setzte sich mit ihrem Teller auf das Sofa.

Beim Essen ertappte sie sich ein paar Mal, wie sie mit den Fingerspitzen über den Platz strich, wo Matthias gesessen hatte. Konnte aus ihnen etwas werden? Sie atmete tief durch. Das hing jetzt erst mal von ihm ab.

Zwei Stunden blieben ihr noch, bis Antonia sie ablösen und den Laden öffnen würde. Heute hatte sie für den Verkauf ein besonderes Highlight geplant: Mohn-Törtchen mit Erdbeer-Buttercreme. Das Rezept war ihr letztens wieder eingefallen. Die Mohnbiskuit-Torte mit Erdbeercreme war die Spezialität der Konditorei ihrer Großeltern gewesen.

Nachdem sie das Eiweiß für den Biskuitteig geschlagen hatte und gerade den Mohn unterrührte, hörte sie ein energisches Klopfen an der Ladentür. Ihr Herz schlug plötzlich wie wild. Einen Moment lang stand sie starr da, dann ließ sie den Löffel los und eilte nach vorn in den Verkaufsraum.

Vor der Tür stand Matthias mit einem großen Blumenstrauß.

»Woher bekommst du denn so früh am Morgen Blumen?«

»Die Kinder der Blumenhändlerin sind Stammkunden bei

mir. Ich habe ihr erklärt, dass es sich um einen Notfall handelt.«

Nina nahm den Strauß entgegen und betrachtete die Blüten. Hortensien, Ehrenpreis und Lisianthus.

»Sie sind wunderschön.«

»Ich weiß, dass ich damit den gestrigen Abend nicht wiedergutmachen kann.«

Sie drehte sich um und schaute Matthias an. Ein paar Atemzüge lang sprachen beide kein Wort. Er nahm ihre Hände, dann zog er sie an sich und flüsterte: »Es tut mir total leid.«

Sie spürte seine Wärme und ein klopfendes Herz. Ihres? Oder seins?

»Ich möchte dich gern morgen Abend zu mir nach Hause zum Essen einladen.«

»Wer kommt noch?«

Matthias sah ihr in die Augen. »Nur wir zwei, versprochen.«

Sie lehnte den Kopf an seine Brust und hielt sich ganz still. Die zwei Minuten kann er ruhig zappeln, dachte sie.

Als er genauso still dastand und ruhig auf ihre Antwort wartete, fing sie an zu lächeln. Ihre Freude machte das Stillhalten echt schwer. Dann hielt sie es nicht mehr aus. Sie hob den Kopf und strahlte ihn an. »Okay. Nach Ladenschluss?«

»Ich erwarte dich.«

Nachdem Matthias sich verabschiedet hatte, stellte Nina die Mohntörtchen fertig.

Sowie sie in der Vitrine standen, schoss sie ein Foto und schickte es an ihre Eltern. »Habe Oma und Opas Spezialität etwas abgewandelt.«

Jetzt blieb gerade noch Zeit, die Spuren ihrer Backorgie zu beseitigen, bevor Antonia käme, um während des Vormittags die Stellung zu halten.

Um zehn Uhr war die Küche gewienert, der Verkaufsraum

glänzte, und Nina nahm sich vor, sich ausnahmsweise mal drei Stunden hinzulegen. Nach der schlaflosen Nacht und der vielen Backerei war sie fix und fertig.

Merkwürdig: Sonst war Antonia immer die Pünktlichkeit in Person und kam eher ein paar Minuten zu früh als zu spät. Ihr Smartphone piepte. »Verspäte mich leider, sorry.« Nina öffnete den Laden und wartete. Kurz vor elf kam eine sehr blasse Antonia hereingeschlichen. »Es tut mir total leid. Mir geht's nicht so gut.«

»Dann setz dich doch erst mal. Soll ich dir einen Tee kochen? Oder magst du lieber wieder nach Hause gehen? Wenn's dir nicht gut geht, halte ich hier die Stellung.«

Antonia lehnte sich an den Verkaufstresen. »Wenn du ein Glas Wasser für mich hast, geht's mir gleich wieder gut.«

»Mensch, du siehst aus wie ein Gespenst. Warum hast du mich denn nicht angerufen und einfach abgesagt? Wenn du krank bist, bist du krank.«

»Das legt sich gleich wieder. Alles gut.«

»Nicht, dass du irgendwas verschleppst und dann ganz umkippst …«

»Nein, glaub mir, alles im grünen Bereich.«

»Grün trifft es ganz gut.«

Antonia musste lachen. »Du alte Glucke. Das ist wirklich normal in den ersten Wochen. So ging es mir bei Clara auch.«

»Du bist schwanger?«

Antonia nickte.

Nina flog in ihren Arm. »Herzlichen Glückwunsch! Ich weiß ja, wie sehr du es dir gewünscht hast.« Sie strahlte Antonia an, und gleichzeitig liefen ihr die Tränen übers Gesicht. »Entschuldige, ich freue mich wirklich total für dich.«

Antonia lächelte. »Ach Mensch, bei dir klappt das auch noch, nur ein wenig später.«

»Ich glaube langsam nicht mehr dran. Erst mal bräuchte ich ja einen Mann dafür.«

»Das mit dir und dem sexy Kinderzahnarzt wird schon noch, glaub mir.«

»Aber er will keine Kinder mehr. Er ist sogar sterilisiert.«

»Ach du je. Aber streng genommen kann man daraus nur schließen, wie ernst es ihm mit der Entscheidung *war*. Ob das so bleibt, ist nicht gesagt. Warte es ab, und erst mal hast du ja deine Patisserie.«

»Wer weiß, wie lange noch. Ich habe Sören nicht erreicht. Darum gehe ich jetzt rechtlich gegen die Rechnung von Krogmann vor. Im schlimmsten Fall habe ich dann zu seinem horrenden Honorar noch saftige Anwaltskosten zu tragen.«

»Es läuft doch langsam an. Das Geburtstagsbuffet heute bringt dir sicher eine Menge Folgeaufträge.«

»Du hast recht, aber manchmal lässt mich diese blöde Rechnung nicht schlafen.«

Nina zuckte mit den Schultern. »Die Prinzessinnentorte ist übrigens ziemlich toll geworden.« Sie ging zum Kühlschrank und holte sie vorsichtig heraus.

»Sieh dir diesen Reifrock an, wow! Wie hast du denn diese Spitze hinbekommen? Ist die echt?«

»Nein, die habe ich auch aus Marzipan geschnitten.«

»Wahnsinn. Ich würde ausrasten, wenn ich so eine Torte zum Geburtstag bekäme.«

»Ich mache dir gern auch eine. Aber sag mal, ich habe ein ganz schlechtes Gewissen, wenn du heute wegen des Buffets länger arbeitest. Ich kann den Laden auch zumachen, während ich es ausliefere.«

»Nein, kein Problem. Die Gräfin holt Clara vom Kindergarten ab, und mir geht's schon wieder gut.«

»Wirklich? Dein Baby hat jetzt absolute Priorität.«

»Glaub mir, mir geht's wirklich nur morgens schlecht, ansonsten bin ich topfit.«

Nina umarmte Antonia zum Abschied. »Okay, dann bis später. Das sind wirklich tolle Nachrichten. Ich freue mich so für euch.«

Nachdem Nina fast zwei Stunden wie ein Stein geschlafen hatte, fuhr sie zum Laden zurück, um ihren Wagen zu beladen. Ihr erster Großauftrag. Hoffentlich zeigten sich das Geburtstagskind und seine Mutter ebenso begeistert wie Stefanie Beckmann. Mit der würde sie sich gleich treffen und gemeinsam das Buffet aufbauen. Stefanie war in den letzten zwei Wochen mehrmals in die Patisserie gekommen, um noch ein paar Details zu ändern, und dabei hatten sie sich ein wenig angefreundet.

Nina ging noch mal ihre Liste durch und hakte die Bestandteile ab. Alles da, alles fertig, alle Glitzerperlen in der richtigen Farbe. Sie schrieb Stefanie eine SMS: »Fahre jetzt los.«

Ihr Navi führte sie zum Millionärshügel von Kronstein, zu einem großen weißen Haus mit Glasfront. Stefanie erwartete sie vor dem Tor. »Toll, dass du pünktlich bist. Hier liegen die Nerven schon blank.«

Sie öffnete ihr das elektrische Tor der Auffahrt. »Fahr am besten hinters Haus, dann können wir dort direkt neben der Küche ausladen.«

Nina und Stefanie arbeiteten sehr effizient. Sie platzierten alles an der vorgesehenen Stelle, Tortenboxen wurden gleich ausgespült und Papier entsorgt, nicht der kleinste Krümel hatte auf dem Buffet eine Chance. Innerhalb einer halben Stunde war alles aufgebaut. Sie standen davor und atmeten tief durch. »Wunderbar.«

Die Prinzessinnentorte bildete den Mittelpunkt des Buffets, links daneben standen die Schloss-Etagere mit den Erdbeer-

Cupcakes und der Drache aus Partybrötchen sowie eine silberne Etagere mit den Muffins im Waffelbecher. Rechts von der Prinzessin befanden sich die Leckereien für die Erwachsenen: die Walnuss-Torte mit Frischkäsecreme und Himbeeren, kleine Quiches und jede Menge Käsecracker.

Nina machte wie gewohnt ein paar Fotos. »Das kommt in meinen Ordner.«

Stefanie nickte bewundernd. »Lass mir doch ein paar Flyer von dir da, die gehen bestimmt reißend weg. Ich hole jetzt mal meine Chefin und das Geburtstagskind.«

»Frau Beckmann, da haben Sie sich ja wieder selbst übertroffen.« Vor Nina stand eine blonde Mittvierzigerin in einem pinkfarbenen Seidenkleid. »Ach, und Sie müssen die neue Konditorin sein.«

Nina lächelte. »Vielen Dank für den Auftrag.«

»Und herzlichen Glückwunsch!« Sie beugte sich zu dem kleinen Mädchen hinunter und bewunderte gebührend das rosa Prinzessinnenkostüm und die dazu passenden rosa Seidenpumps mit Keilabsatz. »Soll ich dir mal zeigen, was es bei deiner Party alles gibt?«

Das Mädchen nickte.

»Also schau mal, hier liegt der Drache, der bewacht den ganzen Kuchen. Hier steht das Schloss mit vielen kleinen Erdbeertörtchen – und hier trara – thront die Prinzessin.«

Die Mutter ging nah heran, um sich die Marzipanspitze genauer anzusehen. »Das Kleid ist ja wunderschön geworden, so filigran.«

»Aber … das ist gar keine …« Die Kleine stampfte mit dem Fuß auf.

Die Mutter drehte sich zu ihr um. »Ja, mein Schatz?«

»Das ist gar keine Prinzessin!«

»Wieso denn nicht?«

»Sie hat keine Krone auf!«

Nina wurde abwechselnd heiß und kalt. Das Mädchen hatte recht: die Barbie hatte keine Krone auf.

Augenblicklich warf sich die Kleine auf den Boden und trommelte mit den Fäusten aufs Parkett. »Ich will eine richtige Prinzessin.«

Die Mutter schaute Nina groß an. »Sie haben sicherlich keine eigenen Kinder?«

»Nein, aber ich wüsste nicht, was …«

»Das erklärt es durchaus«, beschied sie kühl und stellte sich im nächsten Atemzug dicht vor Stefanie. »Bringen Sie das in Ordnung, und zwar schnell! In ein paar Minuten kommen die Gäste.« Hastig hob sie ihre weinende Tochter vom Boden auf und trug sie hinaus.

Nina wurde es einen Moment lang schwarz vor Augen. Jetzt machte sich der Schlafmangel bemerkbar, ausgerechnet zum blödesten Zeitpunkt.

»Es tut mir so leid.«

»Ich habe in dieser Familie schon ganz andere Dramen erlebt.« Stefanie und Nina luden am Tag nach der Party die Tortenboxen, Kühlboxen und Etageren aus und verstauten sie in der Ladenküche.

»Danke, dass du das in Ordnung gebracht hast.«

»Das war eine Sache von Minuten und guter Alufolie.«

»Hat sich deine Chefin denn wieder beruhigt?«

Stefanie verdrehte die Augen. »Die Frau meines Chefs. Ja, die hat sich schnell wieder eingekriegt und den ganzen Nachmittag Komplimente für das tolle Kuchenbuffet entgegengenommen.«

»Und das Geburtstagskind?«

»Fand die silberne Krone super.«

»Das war ein echter Patzer. Hätte nicht passieren dürfen.«

»Sieh es positiv: Du bist nicht auf das Buffet gefallen.«

»Ha, ha!«

»Übrigens sind deine Flyer alle weggegangen.«

»Danke!«

»Und in vier Wochen steht der nächste Kindergeburtstag an, dann stehe ich wieder auf der Matte.«

»Weißt du schon das Motto?«

»Pferdeparty.«

»Da fallen mir spontan Hufeisenkekse ein.«

Stefanie umarmte sie zum Abschied. »Danke noch mal für alles. Wahrscheinlich komme ich vorher schon vorbei. Deine Törtchen sahen nämlich nicht nur sensationell aus, sie haben auch sensationell geschmeckt.«

Nina schaute ihr hinterher und seufzte: »Das muss sich dann nur noch herumsprechen.«

Nina stand mit Jeans, High Heels und BH vor ihrem Kleiderschrank und probierte Blusen und T-Shirts durch. Ungefähr zwanzig Oberteile lagen schon auf einem Haufen und waren abgelehnt. Die meisten Blusen sahen nach Business aus, das ging auf keinen Fall. Sie zog sich ein leuchtend orangefarbenes T-Shirt an, das sie sich mal in London gekauft und dann nie getragen hatte. Bisher hatte sie der tiefe Ausschnitt immer im letzten Moment davon abgehalten. Aber heute ging es schließlich um etwas.

Gerade als sie vor dem Spiegel ihre Wimpern tuschte, klingelte ihr Smartphone. Auf dem Display leuchtete ein Name auf, den sie dort wochenlang nicht gesehen hatte: Sören. »Mist.«

Nina atmete tief durch und drückte auf den grünen Hörer. »Sieh an. Wo warst du denn untergetaucht?«

»Frag nicht, ich war wochenlang auf einem total stressigen Projekt.«

»Ja, Wellness kann furchtbar anstrengend sein. Du Ärmster.«

Sören schwieg überrascht. »Was meinst du?«

»Lass es, Sören!«

»Was denn? Was ist denn?«

»Zuerst lügst du mich an, dann tust du ahnungslos, um dich gleich auf ein Missverständnis herauszureden. Ich kenne das zur Genüge. Falls du dich erinnerst, wir waren drei Jahre lang zusammen.«

»Ja eben, Nina. Hör zu, ich muss unbedingt mit dir reden.«

»Über die Nobelherberge in St. Moritz? In die du dich sang- und klanglos verzogen hast, weil ich es gewagt habe, anderer Meinung zu sein als du?«

»Nein. Ja. Auch. Aber du bist schon wieder so emotional, da …«

»Ja. Zu Recht. Ich lasse mir von dir nichts mehr bieten. Und vor allem: Lüg mich nie wieder an!«

Damit legte sie auf.

Mit zitternder Hand griff sie zur Mascara. Wow. Drei Sätze von Sören, und sie hatte schon wieder so einen Ausbruch. *Lüg mich nie wieder an.* Ha! Sie hatte sich nicht von seiner wendigen Art einwickeln lassen.

Dann stutzte sie. Aber sie hatte ihm glasklar zu verstehen gegeben, dass er noch Chancen auf eine Zukunft mit ihr hatte. Nachdenklich tuschte sie ihre Wimpern zu Ende und trug einen Hauch Lipgloss auf. Hastig schnappte sie sich Jacke, Handtasche und Schlüssel. Sie würde jetzt mit dem Auto fahren, dann konnte sie die Zeit aufholen, die sie beim Telefonieren verloren hatte.

Kurz bevor sie den Motor anließ, hielt sie inne. Tat sie das Richtige? Konnte sie zu Matthias fahren, ohne dass die Sache mit Sören geklärt war? Für den schien die Beziehung auch nicht abgehakt zu sein.

Sie startete den Wagen und fuhr los.

Sören wollte sie noch. Und sie? Sie konnte sich von ihrem Kinderwunsch einfach nicht verabschieden. Die Sehnsucht schmerzte ungeheuer. Sowie sie begriffen hatte, dass Antonia schwanger war, strömten die Tränen. Das hatte sie überhaupt nicht im Griff gehabt.

Am Ende der Straße merkte sie, dass sie noch immer im Schritttempo fuhr. Sie schaute in den Rückspiegel und gab ein bisschen mehr Gas. Trotzdem kam sie höchstens auf vierzig Stundenkilometer und starrte wie benommen durch die Windschutzscheibe. Zum Glück war außer ihr kaum jemand unterwegs.

Als sie schließlich vor Matthias' Haus stand, klopfte ihr das Herz bis zum Hals. Sie hatte das Gefühl, kaum noch atmen zu können. Den Finger schon über dem Klingelknopf zögerte sie. Eine innere Stimme riet ihr, umzukehren. Sie nahm die Hand vom Knopf. Was würde Matthias denken, wenn sie ihm eine SMS schrieb, dass sie krank sei?

Er würde sie für feige halten.

Und dann?

Dann müsste sie ihm reinen Wein einschenken.

Und wie sähe der aus? *Ich bin zwar total glücklich mit dir, aber ich kriege lieber ein paar Kinder mit einem herablassenden wendigen Lügner, der fast nie zu Hause ist und mich eigentlich nicht ernst nimmt?* Wow! Das Ausmaß dieser Kränkung erschütterte sie. Wenn sie das auch nur andeutungsweise durchblicken ließe, wäre Matthias für sie ein für alle Mal verloren.

Jetzt musste sie erst mal in sich gehen. Und das hieß, nach Hause fahren. Sie drehte sich um und ging die drei Treppenstufen nach unten. Gerade als sie unten angekommen war, wurde die Haustür geöffnet. Matthias stand vor ihr und sah sie einfach nur an.

»Komm!«, sagte er dann.

Wie von einem Magneten angezogen, ging Nina die Stufen wieder nach oben. Matthias nahm ihre Hand, zog sie ins Haus, und ohne sie einen Moment loszulassen, schloss er die Tür. Sie spürte seine Wärme und ließ es geschehen.

Matthias nahm ihr die Jacke ab und zog sie sofort an sich. »Ich war mir nicht sicher, ob du kommen würdest.«

»Ehrlich gesagt, ich auch nicht.«

»Dann freue ich mich umso mehr, dass du da bist.«

Nina lehnte sich an ihn und genoss die Nähe. Langsam streichelte er sie am Rücken, und ihr ging ein Schauder nach dem anderen durch den Leib. Als er die Hände unter ihr T-Shirt schob, merkte sie, wie ihre Vernunft unterzugehen drohte.

Nina lehnte sich zurück und sah ihm in die Augen. »Sören hat gerade angerufen.«

»Okay.«

»Nach drei Sätzen von ihm war ich schon wütend, und er hat mich angelogen, und ich habe einfach aufgelegt.« Das sprudelte aus ihr hervor, dann wusste sie nicht mehr weiter.

Matthias küsste sie federleicht auf den Mund. »Und ich habe Larissa Hausverbot erteilt. Sie darf hier nur rein, wenn sie die Kinder bringt und wir es vorher abgesprochen haben.«

Er streichelte weiter ihren Rücken, aber bereits unter dem T-Shirt, und Nina konnte nicht anders, sie schob die Hände unter sein Hemd. Er fühlte sich so gut an. Ein wenig rau. Richtig gut! Und seine Hände erst!

»Vielleicht sollten wir uns einen bequemeren Platz suchen?«

»Nur wenn der nicht allzu weit weg ist.«

Matthias griff um ihre Kniekehlen, hob sie hoch und trug sie ins Wohnzimmer. So setzte er sich auf die Couch und behielt sie auf dem Schoß.

»Ist es gut so für dich?«

»Es ist perfekt.«

26

Ninas Polo fuhr auf der Autobahn Richtung Rheingau, am Horizont kamen schon die ersten Weinberge in Sicht. Bei ihrer Tour mit Antonia und der Gräfin hatten die Reben noch nicht mal geblüht, heute hingen die vollen Trauben in den Weinstöcken und würden bald geerntet werden. Und sie konnte heute ordentlich Gas geben, da Kira nicht bei ihr im Auto saß.

Im Kofferraum befanden sich gut verpackt und gekühlt hundert Cupcakes und eine altrosa Torte mit weißen Perlen. Ihr Ziel war die Gutsschenke in Erbach, dort würde das jung gebliebene Silberhochzeitspaar feiern.

Als sie von der Autobahn abfuhr und in den Ort einbog, kurbelte sie ihre Fenster nach unten. Es war ein wunderbarer warmer Spätsommertag. Sie schlängelte sich mit ihrem Polo durch die mittelalterlichen Gassen des Weinstädtchens, wo in den Blumenkübeln Astern und Rosenstämmchen in prachtvollen Farben blühten. Dann fuhr sie auf den Schlosshof und hielt direkt neben der Schenke. Die große Terrasse war mit weißen Stehtischen und Heizpilzen ausgestattet. Nina öffnete ihren Kofferraum und nahm die Etagere für die Cupcake-Pyramide heraus.

Eine Kellnerin deckte die Stehtische ein und arrangierte die Tischdekoration: Gestecke aus Rosen und Hölzern. Neben ihr stand ein Mann mit einer Kamera und filmte sie dabei. Ein Reporter hielt ihr ein Mikrofon unter die Nase. »Warum ist die Dekoration so wichtig für eine gute Feier?«

Nina wartete die Antwort der Kellnerin nicht ab und versuchte, so leise und unauffällig wie möglich am Kamerateam vorbeizukommen. Drinnen war niemand zu sehen. Sie schaute sich um und war überrascht. Das war keine typische rustikale Gutsschenke mit Weinfässern und einem Mobiliar aus dunklem Holz, sondern ein hell gestalteter Raum, in dem sich antike und moderne Möbel ergänzten. An den Wänden hingen viele gerahmte Fotos. An großen runden Holztischen standen bunt durcheinander gewürfelte antike Stühle. Die Tische waren mit Blumengestecken eingedeckt, Tischdecken waren nur in der Mitte drapiert, rings herum standen antike Leuchter und antike Gläser. Nina schloss die Augen und seufzte. Hier würde ich sofort heiraten.

Sie schlenderte wieder nach draußen. Das Kamerateam wandte sich gerade von der Kellnerin ab, weshalb Nina zu ihr ging. »Ich bringe die Hochzeitstorte. Wo kann ich sie denn aufbauen?«

»Ich gebe Ihnen erst mal einen Servierwagen zum Aufbauen, und dann rollen wir sie in den Kühlraum.«

Nina platzierte die Cupcakes bunt durcheinander auf den unteren vier Etagen und verzierte sie mit Beerenfrüchten, stellte dann die kleine Torte mit den weißen Perlen oben auf die Etagere und steckte zu guter Letzt essbare Blüten zwischen die Cupcakes.

»Wow!«

Nina hob den Kopf und guckte direkt in das Objektiv einer Fernsehkamera. Offenbar war sie beim Verzieren gefilmt worden. Das Team und die Kellnerin applaudierten. In diesem Augenblick kam das Silberhochzeitspaar in den Raum und steuerte auf Nina zu. Als die Braut die Cupcake-Pyramide sah, liefen ihr Tränen übers Gesicht.

»Die ist ja noch schöner als unsere Hochzeitstorte.« Sie umarmte Nina spontan.

Neben Nina räusperte sich ein Mann mit Kochschürze über

dem Bierbauch. »Ich bin der Geschäftsführer. Lassen Sie uns unbedingt eine Visitenkarte da, dann bieten wir Ihre Kreationen bei Feiern gern mit an.« Er ging um die Pyramide herum und machte ein paar Fotos mit seinem Smartphone. »Sensationell.«

Noch einmal applaudierten alle. Dann schwenkte die Kamera zum Silberhochzeitspaar, und der Redakteur hielt den beiden das Mikrofon hin. »Wie schafft man es, 25 Jahre glücklich verheiratet zu bleiben?«

Indem man sich selbst und den Partner wertschätzt, dachte Nina spontan. Sich selbst kleinzumachen war auch kein guter Beitrag für eine gelingende Partnerschaft gewesen, das musste sie sich eingestehen.

Sie sollte noch mal ein klärendes Gespräch mit Sören führen. Zum Abschluss. Aber aus irgendeinem Grund machte ihr das Angst.

Sie atmete einmal tief durch, dann ging sie mit federnden Schritten aus dem Raum und lud ihre leeren Kisten wieder in den Polo.

Als sie vom Hof fuhr, knurrte ihr der Magen. Wann hatte sie eigentlich das letzte Mal etwas gegessen? Da Antonia auch die Nachmittagsschicht übernommen hatte, blieben ihr ein paar Stunden Zeit. Das war die Gelegenheit für eine kleine Stärkung bei Beatrix.

Nina lenkte ihren Wagen Richtung Kiedrich und parkte dort auf dem Besucherparkplatz. Den Weg zur Schwanenpassage kannte sie inzwischen gut. Als sie in Beas Café hineinging, fühlte sie sich von Neuem wie verzaubert. »Klein & Süß« war ein absolut treffender Name. Sie blieb kurz in der Tür stehen und sog den Schokoladenduft ein, und ihr Magen knurrte noch einmal vernehmlich.

»Na, junge Frau, wollen Sie wieder die Konkurrenz ausspionieren?« Beatrix war hinter dem Tresen hervorgeeilt und umarmte sie.

»Nein, ich bräuchte eher dringend was zu essen. Hast du vielleicht etwas Herzhaftes?«

»Ich könnte dir ein Tartine mit Avocado und Tomate belegen.«

»Das hast du auch noch im Angebot?«

»Nur am Wochenende.«

»Fein. Ich setz mich schon mal da hinten in die Ecke.«

Fünf Minuten später stellte Beatrix ihr eine Scheibe knusprig geröstetes, leicht mit Olivenöl bestrichenes Landbrot auf den Tisch. Beim ersten Bissen erwachten ihre Lebensgeister wieder.

»Perfekt.« Nina schnitt das nächste Stück ab und schloss die Augen. »Zitrone und Minze sind auch drin, oder?«

Beatrix nickte. In dem Moment kamen neue Gäste ins Café, und sie schaute zur Tür. »Ah, noch ein paar Lieblingsgäste, ich muss mal nach vorn.«

Nina schaute ihr hinterher und sah sie ein Seniorenpaar begrüßen. Die beiden älteren Herrschaften hielten sich an den Händen. Ach, die Glücklichen, dachte sie und hörte sich selbst seufzen. Das tue ich ziemlich oft in letzter Zeit.

Der Mann war hochgewachsen und hielt sich sehr gerade, er hatte graues, gepflegtes Haar, eine moderne Brille und ein dunkelgrünes Leinen-Sakko an, das auf den ersten Blick einfach aussah, aber teures Understatement ausstrahlte.

Nina lehnte sich zurück. Schön, dass sie heute mal Muße hatte, im Café zu sitzen und Leute zu beobachten. Die dazugehörige Frau sah sie nur von hinten. Eine richtige Dame: perfekt frisierte blonde Haare, eine schmale Hose mit Bügelfalten und ein heller Trenchcoat. So einen trug die Gräfin auch. Überhaupt erinnerte die Dame sehr an die Gräfin. Die beiden inspizierten die Kuchenvitrine, wobei der ältere Herr sich zu seiner Partnerin beugte und ihr etwas ins Ohr flüsterte, das ihr ein heiteres perlendes Lachen entlockte.

Nina schmolz dahin. Was für ein süßes Pärchen! Die beiden nahmen ihr Kuchenpaket in Empfang und wandten sich dem Ausgang zu. Moment! Die Frau sah nicht nur aus wie die Gräfin, das war die Gräfin. Nina hatte sie noch nie so glücklich gesehen. Ob ihr Sohn davon wusste? Und Antonia?

Nina blieb unbemerkt, und das war ihr gerade recht. Sie aß in Ruhe ihr Tartine auf und trank noch einen Milchkaffee dazu. Während einer Kundenflaute setzte sich Bea zu ihr an den Tisch.

»Sag mal, war das gerade die Gräfin?«

»Sind die beiden nicht süß?«

»Ja, sie sahen sehr glücklich aus.«

Nina schaute wehmütig zur Tür, durch die die beiden vor ein paar Minuten verschwunden waren. »Wenn nur nicht alles so kompliziert wäre«, meinte sie.

Bea rückte näher an sie heran und senkte die Stimme. »Hast du dich denn nun mit Sören ausgesprochen?«

»Nicht wirklich. Er hat mich vor ein paar Tagen angerufen – und mich direkt angelogen. Er wollte mir weismachen, dass er nicht zur Eröffnung kommen konnte, weil sein Projekt so stressig war.« Nina spürte sofort wieder Wut in sich aufsteigen. Für wie blöd hielt Sören sie eigentlich?

»Das ist ja das Allerletzte. Du hast ihm hoffentlich klar und deutlich gesagt, dass er bleiben kann, wo der Pfeffer wächst?«

»Dazu bin ich nicht mehr gekommen, ich war so wütend, ich habe nach drei Sätzen aufgelegt. Und außerdem war ich gerade auf dem Weg zu einem Date mit Matthias. Ich konnte ihm ja schwer zwischen Tür und Angel zurufen: Übrigens, das war's dann für mich.«

Beatrix lachte und stupste sie an. »Aha! Der sexy Kinderzahnarzt. Erzähl doch mal, wie war's? Ich bin ganz aufgeregt. Habt ihr euch geküsst?«

Nina sah augenblicklich das Gesicht von Matthias vor sich. Sofort spürte sie ein Kribbeln vom Bauch bis in die Zehenspitzen. Sie merkte, dass ihre Mundwinkel automatisch nach oben schnellten und sie Bea wie ein Honigkuchenpferd angrinste. Sie flüsterte so leise es ging: »Ich habe mit ihm geschlafen.« Sie seufzte. »Und es war unglaublich.«

Nun seufzte auch Bea. »Hach, junge Liebe.«

»Aber was mache ich denn jetzt? Ich bin auf dem besten Wege, mich in ihn zu verlieben, aber er will keine Familie mehr.«

»Und Sören?«

»Es hat einfach keinen Zweck mit ihm. Und ich liebe ihn nicht. Ich muss ihm das nur noch klar und deutlich sagen. Und davor habe ich Angst.«

»Ich bin heilfroh, dass du ihn endlich abschießt. Du wärst mit ihm kreuzunglücklich geworden.« Bea schaute sie einen Moment lang ernst an. Dann fragte sie zögernd: »Und dein Kinderwunsch?«

Nina atmete tief durch und schüttelte den Kopf. »Wenn ich daran denke, könnte ich glatt verzweifeln, und weil mir das widerstrebt, hoffe ich wieder und schiebe das Problem damit auf die lange Bank. Dann denke ich daran, dass der Zug irgendwann abgefahren ist, und die Verzweiflung kommt in mir hoch. Aus diesem Kreislauf komme ich im Moment nicht raus.«

Ein ganzer Schwung Kundschaft drängte ins Café, und Bea musste zurück an die Arbeit. »Kopf hoch, Nina. Das wird sich alles finden«, sagte sie nur noch und drückte ihr aufmunternd die Schulter.

27

»Das macht dann 43,20 Euro.« Nina stand am Tisch der fünf Mütter, die in der Patisserie die Ballettstunde ihrer Töchter überbrückten. »Oder möchten Sie einzeln zahlen?«

»Nein, nein, ich bin diese Woche dran. Eine große, schlanke Mittdreißigerin kramte in ihrer Tasche und holte nach längerer Suche ihre Geldbörse hervor. Machen Sie 47 draus, es war total lecker.«

Sie klopfte auf ihre Hüften und lachte. »Obwohl ich heute Abend dafür eine Stunde auf dem Stepper büßen muss.« Die Mutter neben ihr verdrehte die Augen. »Da ist ja nun wirklich kein einziges Gramm Fett an deinen Hüften. Deine Probleme hätte ich gern.« Sie wandte sich ab und schaute Nina an. »Können wir für nächste Woche für die gleiche Zeit reservieren? Dann wissen wir endlich, wo wir die Zeit der Ballettstunden verbringen können.«

Eine andere Mutter pickte mit der Kuchengabel die letzten Krümel von ihrem Teller. »Wenn unsere Mädchen rauskriegen, dass wir hier die leckersten Törtchen in uns reinschaufeln, während sie sich von ihrer strengen Ballett-Trainerin malträtieren lassen, bekommen wir Ärger.«

Die Mittdreißigerin schaute in die Runde. »Das muss unser Geheimnis bleiben. Frau Seiler, wir waren nie hier.«

Nina grinste. »Alles klar, ich kenne Sie nicht, und falls wir uns auf der Straße begegnen, schaue ich weg.«

Gackernd verließ die Gruppe den Laden.

Nina räumte das schmutzige Geschirr von den Bistrotischen

und stellte es in ihre Spülmaschine. Nur noch eine Stunde bis Ladenschluss. Sie spürte ihre Beine schwer werden. Wenn die Maschine lief, würde sie sich mal fünf Minuten hinsetzen und ein Glas Wasser trinken. Heute war endlich ein guter Tag gewesen: viel Laufkundschaft, einige Bestellungen für Motivtorten und ein paar Gäste, die auf einen Latte macchiato blieben. Nina konnte zufrieden sein.

Sie setzte sich auf ihren Küchenstuhl und nahm einen Schluck Wasser, dann sah sie von der Küche in den Verkaufsraum. Unter den Bistrotischen lag ein breitgetretener Krümelhaufen. Nina sprang vom Stuhl auf, schnappte sich Besen und Kehrblech und machte sich ans Putzen.

Als sie unter dem Tisch alles zusammenkehrte, ging die Ladentür auf. Hastig kroch sie unter dem Tisch hervor und klopfte sich im Aufstehen die Krümel von der Hose.

In der Tür stand Sören, halb verdeckt von einem riesengroßen Strauß roter Rosen.

Nina schaute ihn an, ihren Verflossenen, und ihr fiel wieder einmal auf, wie gut er aussah. Heute war er leger gekleidet, mit einer Designerjeans, einem rosa Polo-Hemd und einer leichten Daunenjacke. Aber sie wusste inzwischen, dass sie sich davon nicht blenden lassen durfte.

Er kam auf sie zu, überreichte ihr den Strauß und küsste sie auf die Wange. »Ich weiß nicht, wie ich es wiedergutmachen kann.«

Nina nahm den Strauß entgegen und schaute ihn an. Das klärende Gespräch hatte sie lange genug hinausgeschoben. Jetzt oder nie. »Komm, setz dich doch erst mal.«

Während Sören seine Jacke aufhängte, suchte sie in der Küche nach einer Vase. Sie versuchte, Zeit zu schinden. Ihre Gedanken überschlugen sich, aber einer drängte sich immer wieder in den Vordergrund: *So klar und deutlich wie möglich*. Sie ließ Wasser in die Vase und straffte die Schultern. *Klar und deutlich und nicht unterbuttern lassen*.

Sie schnappte sich die Vase und ging mit aufrechter Haltung zu Sören zurück. »Danke für die Rosen, sie sind wunderschön.«

Als sie saß, ergriff Sören ihre Hände. »Mein Schatz, lass es mich wiedergutmachen und …«

Nina entzog ihm ihre Hände und stemmte sie in die Hüften. »Meinst du jetzt, dass du dich wochenlang nicht gemeldet hast und statt bei meiner Eröffnung in St. Moritz warst oder dass du mich angelogen hast?«

»Ach Nina, ich war ein Idiot, ich weiß auch nicht, wie ich das sonst erklären kann.«

Nina dachte an die Zeit vor der Eröffnung ihrer Patisserie. Wie hätte sie sich da gefreut, wenn er sie unterstützt hätte, ihr einfach mal Mut zugesprochen oder etwas zu essen vorbeigebracht oder praktische Unterstützung angeboten hätte. Stattdessen hatte er geschmollt. Hätte er da nicht mal über seinen Schatten springen können, in einer für sie so wichtigen Phase?

»Ich kann das nicht einfach abhaken. Für mich hat sich letztendlich gezeigt, dass wir einen Konflikt zwischen uns nicht lösen können. Ich habe bei Krogmann meine eigene Meinung vertreten – und daraufhin tauchst du wochenlang ab. Was wolltest du mir denn damit sagen? *Es wird gemacht, was ich sage, andernfalls rede ich nicht mehr mit dir?*«

»Ich glaube, ich bin in unserer Beziehung aus dem Job-Modus nur selten herausgekommen und zuletzt überhaupt nicht mehr. Das wird mir jetzt erst bewusst. Ich musste mich erst mal an unsere neue Situation gewöhnen.«

»Jetzt sag mal ehrlich: Findest du diese Halloween-Motive wirklich passend für meinen Laden?«

»Darüber habe ich auch lange nachgedacht. Ich fand sie wirklich cool, das muss ich zugeben. Aber ich habe mich da von Krogmann mitreißen lassen. Weder Krogmann noch ich haben deine Wünsche, deine Vorstellungen berücksichtigt. Wir haben das einfach beiseitegeschoben und dachten, wir wissen schon, was gut für dich ist.«

»Mensch Sören, wir leben im 21. Jahrhundert. Frauen dürfen heutzutage ihre eigene Meinung vertreten und in Deutschland sogar seit hundert Jahren wählen gehen.«

Sören zwinkerte. »Ich bin ein Mann und folglich manchmal ein Trottel. Lass uns nicht so schnell aufgeben. Ich habe einen großen Fehler gemacht, und dafür entschuldige ich mich. Bitte lass uns nicht unsere drei gemeinsamen Jahre wegwerfen. Gib uns noch eine Chance.«

Nina schüttelte den Kopf.

Sören nahm sein Smartphone aus dem Mantel. Tippte kurz darauf herum und hielt ihr dann das Foto von Sylt hin. »Denk doch mal an unseren Urlaub am Meer. Wie glücklich wir waren.«

Das stimmt, sie hatten ihren ersten Kurzurlaub dort verbracht und waren danach noch zweimal dagewesen. Nina sah sich mit Sören im Strandkorb kuscheln, jeder ein Glas Champagner in der Hand. Sie hatten manchmal stundenlang darin gesessen und das Rauschen des Meeres genossen. Zwischendrin war Sören zum Gosch gegangen, um für sie beide Fischbrötchen zu holen.

Nina seufzte. »Ja, Sylt war ein Traum. Das war einer meiner schönsten Urlaube.«

»Siehst du, das zeigt doch, wie gut wir harmonieren können. Mit wie vielen Menschen kannst du denn einen Tag im Strandkorb sitzen und dem Meeresrauschen zuhören, ohne dass es langweilig wird? Wir haben uns doch so oft ohne große Worte verstanden, das findest du selten, Nina. Komm gib dir einen Ruck, vergiss wie blöd ich war.«

Nina schüttelte wieder den Kopf. »Das stimmt schon, was du da sagst. Und genau deshalb habe ich dich immer als den Mann in meinem zukünftigen Leben gesehen. Aber jetzt ist mir etwas Entscheidendes klar geworden: wir hatten nie eine gleichberechtigte Beziehung. Bei aller Wertschätzung hast du mich eben immer nur als die Mutter deiner Kinder betrachtet. Das waren deine Worte.«

Sören schaute ihr in die Augen, dann starrte er auf das Bild auf seinem Smartphone und war sichtlich baff. Eine Weile sagten beide nichts.

Sie sah, wie es in ihm arbeitete, und empfand neuen Respekt. Er schien ernsthaft Rückschau zu halten und seine innere Haltung zu prüfen.

Er räusperte sich und schluckte schwer. »So habe ich es noch nie gesehen.«

Wieder schwieg er eine Weile, und sie ließ ihn. Sie spürte ihre alte Zuneigung und wollte ihm nicht wehtun, indem sie jetzt in seine Gedanken hinein die Trennung aussprach.

»Wir hätten uns viel eher aussprechen sollen«, sagte er jetzt. »Ich muss es einfach lernen, mich in unserer Beziehung mehr zurückzunehmen. Ich *will* das lernen.«

Nina schüttelte den Kopf. »Ich bin froh, dass wir uns endlich ausgesprochen haben.«

»Ich auch. Lass uns einen Schlussstrich darunter ziehen und wieder neu anfangen. Ich habe eine super Idee: Lass uns Silvester auf Sylt feiern.«

Nina atmete tief durch. »Sören, es ist zu spät. Als du abgetaucht warst, habe ich meinen Nachbarn Matthias näher kennengelernt. Tut mir leid, ich hatte das nicht geplant. Aber wir sind uns immer näher gekommen, und das war total schön. Ich konnte das nicht aufhalten. Bei ihm fühle ich mich wohl, er gibt mir Kraft, und – ich bin glücklicher mit ihm.«

Jetzt schüttelte Sören den Kopf. »Den kennst du also ganz kurz und willst uns einfach aufgeben? Nina, du bist die Frau, mit der ich eine Familie gründen will, daran hat sich für mich nichts geändert …«

Sörens letzte Worte wurden fast vom Lärm einer Seniorenwandergruppe geschluckt, die in den Laden kam. Fröhlich schnatternd liefen sie auf die Vitrine und die Regale zu.

»Junge Frau, welche Geschmacksrichtung haben denn die grünen Macarons?«

»Haben Sie die auch einzeln?«

»Ich muss mich um meine Kunden kümmern. Tut mir leid.«

Sören schaute auf seine Uhr. »Und ich muss zum Flughafen aufbrechen. Lass uns so bald wie möglich weitersprechen.«

Antonia öffnete und schaute Nina verdutzt an. »Ups, das ging ja schnell!«

»Ja, ich habe diesmal eher Schluss gemacht. Ich fühle mich völlig erledigt.«

»Na, das kann ich mir denken. Ihr wart nicht zu überhören!« Antonia lachte.

Nina riss die Augen auf. »Du hast mich und Sören gehört? Wie das?«

»Ach, du warst mit Sören zusammen? Nicht mit Matthias?«, flüsterte Antonia erschrocken.

Nina schüttelte den Kopf.

»Dann habt ihr euch aber kräftig wieder versöhnt, oder?« Antonia zwinkerte ihr zu.

Nina runzelte verwirrt die Stirn. »Magst du vielleicht ein Glas Wein mit mir trinken, dann erzähle ich dir alles.«

»Solange du auf die schlüpfrigen Details verzichtest, ähm …«

In diesem Moment hörten sie ein lautes, rhythmisches Stöhnen.

Nina schaute Antonia an und merkte, dass ihre Wangen heiß wurden. Dann blickten beide auf die Wohnungstür der Gräfin.

Antonia zog Nina schnell zur Tür herein. »Und ich dachte, das seid ihr. Entschuldige bitte. Deshalb habe ich gerade so viel Quatsch erzählt.«

Sie machte die Tür wieder einen Spalt weit auf. Sie grinsten sich an und lauschten.

»Ja, ja, jaaa …« Etwas Gläsernes fiel zu Boden und klirrte.

Antonia schloss die Tür mit einem Knall. »Oh Gott, sie sind immer noch nicht fertig.«

»Hat die Gräfin ihre Wohnung untervermietet?«

Antonia schüttelte den Kopf. »Na toll, meine siebzigjährige Schwiegermutter hat wilderen Sex als ich.«

»Ich kann dazu nur eins sagen: Das will ich im Alter auch haben!«

Antonia nickte. »Daran sollten wir ernsthaft arbeiten.«

»Aber so was von!«

Nina empfand auf einmal eine ungeheure Erleichterung. Sie war so froh, nicht wegen Sörens neuer Stelle in München auf Antonia verzichten zu müssen. »Also, was ist? Magst du zu mir rüberkommen, einen Wein trinken?«

Antonia nickte und griff nach ihrem Schlüssel. »Aber ich halte mir im Flur die Ohren zu.«

28

Mias Geburtstagsparty kann losgehen. Nina schaute noch einmal prüfend über die Bistrotische. Sie waren mit lila Gläsern und lila Tellern eingedeckt, und mit den exakt gefalteten Stoffservietten machten die silbernen Kuchengabeln von ihrer Großmutter richtig was her. Dazwischen leuchtete in einer Bowle die selbst gemachte Zitronenlimonade mit Limettenscheiben und Eiswürfeln.

Sie sah nichts, was sich noch verbessern ließe. Für das Backen hatte sie so viel wie möglich vorbereitet. Die Butter sollte inzwischen Zimmertemperatur haben, und der Pudding für die Buttercreme war schon gekocht. Sechs Paar Einweghandschuhe lagen für Mia und ihre Freundinnen bereit. Und für jede hatte sie ein kleines Rezeptheft ausgedruckt – ein Tipp von Stefanie Beckmann, die schon so viele Kinderpartys für ihren Chef organisiert hatte. Der Einband hatte ein niedliches Törtchenmuster, wirkte davon abgesehen aber nicht kindlich. Immerhin wurde Mia heute elf. Wie Nina sie kannte, fühlte sie sich schon groß und wollte damit ernst genommen werden.

Sie hoffte, Matthias würde vor den anderen eintreffen, damit sie ihm von Sörens Besuch erzählen konnte. Endlich waren beide Fronten geklärt. Wenn sie jetzt an diese drei Jahre zurückdachte, war sie froh, dass ihre Illusionen geplatzt waren. Eine gewisse Wehmut empfand sie schon noch, das merkte sie jetzt. Aber sie fühlte sich befreit. So schmerzlich eine Enttäuschung war, schuf sie doch Klarheit.

Vom Hof waren Schritte zu hören. Leider sah sie nicht Matthias, sondern Larissa und Hubertus auf ihren Laden zugehen. Larissa mit hochgezogenen Schultern, die Hände tief in den Manteltaschen vergraben, Hubertus mindestens einen Meter neben ihr, den Blick starr nach vorn gerichtet.

Nina seufzte kurz und knipste dann ihr professionelles Lächeln an, mit dem sie in ihrem früheren Job schwierige Kunden auf Distanz gehalten hatte.

»Hallo zusammen. Willkommen bei den Traumtörtchen.«

Hubertus nickte ihr freundlich zu, ließ Larissa aber den Vortritt. Die zog sofort ihren Mantel aus, um ihn Nina wortlos hinzuhalten. »Ich kenne diese Location bereits.«

Nina schaute ihr direkt in die Augen. »Die Jacken können Sie dort drüben an den Garderobenständer hängen.«

Larissa warf ihren Mantel mit einem Schwung an den Garderobenständer und setzte sich auf das rote Samtsofa, Hubertus schlenderte interessiert umher. »Erstaunlich, was Sie in den paar Monaten daraus gemacht haben.«

»Danke. Ich bin auch sehr zufrieden. Das Fachwerkhaus, das ich dank Ihrer Vermittlung bekommen habe, bietet das passende Ambiente für mein Ladenkonzept.«

Larissa zog eine Augenbraue hoch und kniff den Mund zusammen. Hubertus nickte verbindlich lächelnd, dann schaute er auf die Uhr. Es entstand ein unangenehmes Schweigen.

»Auf den Tischen liegen kleine Hefte mit den Rezepten für die Törtchen, die wir heute backen. Schauen Sie doch mal rein«, sagte Nina, um die Atmosphäre ein wenig aufzulockern.

Larissa schaute gelangweilt, nahm sich aber doch eines der Rezepthefte. »Wir sollten das Geschenkeauspacken mit einem Spiel verbinden, damit es länger dauert. Je weniger Zeit die Kinder mit dem süßen Zeug verbringen, umso besser. Ich halte das Ganze ja immer noch für eine Schnapsidee, aber ich wurde leider nicht gefragt.«

In dem Moment ging die Tür auf, und Mia und Matthias kamen herein. Er küsste Nina zur Begrüßung auf die Wange. Sie hatten sich nach ihrer gemeinsamen Nacht darauf geeinigt, ihre Beziehung langsam anzugehen – und die Kinder noch nicht einzuweihen. »Wo habt ihr denn Jakob gelassen?«

»Er ist heute bei einem Freund. Wir haben aber versprochen, ihm einen Schoko-Cupcake mitzubringen.

Mia hatte die Rezepthefte entdeckt. »Die sehen echt cool aus!«

Matthias packte ein paar Flaschen Saft und Mineralwasser aus und arrangierte sie auf dem Verkaufstresen.

Die ersten Gäste kamen über den Hof, eine Mutter und ihre Tochter. Larissa sprang auf und postierte sich an der Ladentür. »Ihr Lieben, schön, dass ihr da seid.« Die beiden Frauen begrüßten sich mit Küsschen rechts, Küsschen links, das dazugehörige Mädchen in Mias Alter stand unsicher dabei und wurde dann von ihrer Mutter in den Laden geschoben. »Nun sei doch nicht schon wieder so schüchtern, Anna-Clara, du kennst hier doch alle.«

Larissa neigte ein wenig den Kopf zu ihr und flüsterte laut genug, dass es alle hören konnten: »Ich kann dir mal die Nummer von Dr. Müller-Meirat geben, ein ganz hervorragender Kinderpsychologe.«

Mia umarmte ihre Freundin und zog sie zu einem der Tische.

Kurz darauf trafen die übrigen Gäste ein. Die Mütter wurden von Larissa mit Küsschen begrüßt, außer Isabels Mutter, die etwas alternativ gekleidet war. Als alle Mädchen abgeliefert waren und die Mütter sich wieder verabschiedet hatten, bat Matthias sie, am Tisch Platz zu nehmen. Jeder Gast bekam eine Saftschorle oder etwas von der Limonade, und gemeinsam stießen sie auf das Geburtstagskind an.

Mia packte die Geschenke aus. Zuerst ein ganz kleines, flaches Päckchen. »Cool, ein Gutschein für iTunes!« Danach wickelte sie ein pinkfarbenes Tuch aus, als Nächstes kam eine Designer-Kosmetiktasche zum Vorschein, dann zwei weitere Gutscheine. Das letzte kleine Geschenk war in Zeitungspapier verpackt.

Nina ordnete es spontan Isabel zu und merkte, wie Larissa ihren Hubertus anstupste. »Anscheinend kann man sich von einem Lehrergehalt nicht mal vernünftiges Geschenkpapier leisten.«

Hervor kam ein Lederband, an dem kleine bunte Filzkugeln baumelten. »Das ist ja schön!« Mia band es sich gleich ums Handgelenk.

»Habe ich selbst für dich gefilzt.« Isabel umarmte ihre Freundin.

»Dann liegt jetzt noch mehr Kram bei uns rum«, zischte Larissa an Hubertus' Ohr. »Wenn ich eine Geschenkliste bei Amazon anlege, kann man sich ja wohl daran halten.«

»Larissa, hilfst du mir mal eben bei den Getränken?« Matthias ging zum Verkaufstresen, und Larissa, die sich in ihrer rechtmäßigen Gastgeberrolle angesprochen fühlte, tat ihm den Gefallen. Nina sah aus dem Augenwinkel, dass er flüsternd auf seine Ex einredete, und entfernte sich ein paar Schritte.

Die Mädchen waren so mit den Geschenken und den Rezeptheften beschäftigt, dass sie davon nichts bemerkten.

Als sie ihre Gläser ausgetrunken hatten und langsam zappelig wurden, verteilte Nina die Einweghandschuhe. Hubertus ging zu Larissa und nahm sie beim Arm. »Wir müssen uns dann langsam zum Tanzkurs aufmachen.«

Sie ließ sich von ihm in den Mantel helfen, schaute dann aber noch mal zu Matthias und rief: »Du passt bitte auf, dass das hier keine Zuckerorgie wird!«

Der schüttelte nur den Kopf. »Larissa, wünsch uns einfach viel Spaß beim Backen.«

»Deine sehen echt Bombe aus.«

Laura schaute auf Isabels Cupcakes, die diese gerade mit Glitzerpulver dekoriert hatte.

Nina lehnte sich in Richtung Matthias und flüsterte: »Bombe? Muss ich mir Sorgen machen?«

Er legte ihr den Arm um die Schulter und drückt sie lachend an sich. »So geht das ständig. Ich werde praktisch jeden Tag mit neuen Ausdrücken verblüfft.«

Nina griff nach einem Spritzbeutel. »Schaut mal, Mädels, am besten haltet ihr ihn ganz senkrecht, streicht ihn oben glatt und dann drückt ihr die Creme heraus.«

Die Geburtstagsgesellschaft war jetzt in bester Stimmung. Spätestens seit Larissa und Hubertus gegangen waren, hatten alle unbefangen ihren Spaß. Die Mädchen rührten und dekorierten, was das Zeug hielt. Zwischendurch hatten sie jeder einen Kuchenkarton bemalt, in dem sie ihre Werke dann nach Hause tragen konnten. Jedes Mädchen durfte zwei seiner Backwerke vernaschen, die anderen sollten für daheim sein.

Mia kam zu Nina. »Vielen Dank. Das ist die beste Geburtstagsparty, die ich je hatte.«

Nina wurde es warm in der Brust. Sie schaute lächelnd zu Matthias, der in der Tür der Backstube lehnte und das ganze Treiben zufrieden beobachtete. Mia flüsterte: »Wenn nur meine Mama nicht so blöd drauf wäre. Seit sie Stress mit Hubertus hat, mache ich mir echt Sorgen um sie.«

»Erwachsene sind manchmal komisch. Aber du kannst mir glauben, das hat überhaupt nichts mit dir zu tun.« Nina strich ihr leicht über den Arm.

»Vielleicht kommt sie ja auch wieder mit Papa zusammen.

Letztens hat sie zu mir gesagt, sie würde am liebsten wieder zu uns ziehen.«

»Oh.« Nina riss sich zusammen, aber das war wie ein Schlag in den Bauch.

»Wer weiß, ob das gut gehen würde.« Mia schaute gequält. »Mama und Papa streiten sich ja andauernd.« Sie legte den Kopf schräg. »Vielleicht wäre es aber auch gut für Papa. Manchmal tut er mir leid, weil er jetzt ganz allein ist.«

»Und wenn er wieder eine Freundin hätte?«

»Das wäre okay. Aber nur wenn sie kein Kind bekommen.«

»Wieso denn?«

»Na, er hat ja schon uns.« Sie seufzte. »Ich hätte Angst, dass er das neue Baby dann lieber hat.«

Nina drückte ihr tröstend die Schulter. »Das kann ich mir bei ihm gar nicht vorstellen. Wie ich die Sache sehe, seid ihr beide ihm das Wichtigste auf der Welt.« Mia schien ein paar Augenblicke darüber nachzudenken. Dann nickte sie, strahlte Nina an und gesellte sich munter zu ihren Freundinnen.

Um halb sechs begannen die Mädchen, ihre Cupcakes und Törtchen in ihre bemalten Kartons zu packen. »Stellt sie ruhig noch mal kurz kalt.« Nina ging zu ihrem großen Kühlschrank und half ihnen, alles darin zu verstauen. Matthias ging mit einem Müllsack umher und sammelte die Abfälle ein. Mia räumte das Geschirr in die Spülmaschine, das ihre Freundinnen zu ihr trugen. Die silbernen Kuchengabeln spülten sie danach mit der Hand ab. Nachdem Matthias den Müll entsorgt hatte, kam er mit einer Flasche Sekt zu Nina. »Ich werde gleich die Gläser für die Eltern vorbereiten. Irgendwie hat es sich so eingebürgert, dass alle beim Abholen noch ein Gläschen Sekt miteinander trinken.«

In dem Moment klopfte es an der Ladentür. Matthias zog die Brauen hoch. »Oh, da ist jemand überpünktlich. Bleib ruhig. Ich gehe öffnen.« Mit der Flasche in der Hand verließ er die Backstube. Zwei Augenblicke später rief er nach ihr. »Da stehen Kunden für dich, Nina.«

Nina ging in den Verkaufsraum und sah ihr Silberhochzeitspärchen in der Tür stehen.

»Tut mir leid, dass wir offenbar bei einer Feier reinplatzen, aber wir haben einen Notfall!«

»Leider kann ich Ihnen heute nur Kekse oder Cracker anbieten. Cupcakes gibt's erst wieder morgen.«

»Nein, wir oder vielmehr mein Mann bräuchte Sie, und zwar übermorgen.«

Nina bat sie herein. »Worum geht es?«

»Unser Sender stellte gerade eine Live-Backshow auf die Beine und einer der Starbäcker hat sich heute beim Fußballspielen den Arm gebrochen. Damit fällt er für die Show aus. Übermorgen sind die Vorbesprechungen und in drei Wochen dann die Pilotaufzeichnung.«

Die Frau stupste Nina an. »Und da Ihre Cupcake-Pyramide für unsere Silberhochzeit so sensationell war, hat das ganze Team sofort daran gedacht, Sie zu fragen, ob Sie einspringen wollen.«

Nina klopfte das Herz. »Bei welchem Sender arbeiten Sie noch mal?«

»Hessischer Rundfunk.« Klaus gab ihr einen Zettel. »Ich habe hier die Adresse, Uhrzeit und meine Mobilnummer aufgeschrieben.«

Matthias legte den Arm um Nina. »Das wäre eine großartige Werbung für dich.«

»Können wir auf Sie zählen?«

Nina fühlte einen dicken Kloß im Hals und atmete tief durch. »Ja. Ich freue mich auf eine interessante Erfahrung.«

Mia und ihre Freundinnen, die offenbar etwas aufgeschnappt hatten, kamen angelaufen. »Du kommst ins Fernsehen?« Sie drängten sich um Nina und schauten bewundernd zwischen ihr und dem bohemienhaft gekleideten Pärchen hin und her.

»Cool!«

»Bombe!«

»Dürfen wir zugucken?«

»Wann wird das gesendet?«

Mia hängte sich an den Arm ihres Vaters. »Fahren wir mal mit ins Studio?«

Klaus guckte von Nina zu Matthias und zwinkerte dann Mia zu. »Ich kann euch gern für die Pilotaufzeichnung ein paar Plätze reservieren.«

29

Nina klingelte Sturm, unter dem Arm zwei Flaschen Sekt und in der Hand eine Box mit Schoko-Cupcakes. Sie war bei Antonias Familie zum Essen eingeladen. Sie hörte ein kurzes Trampeln, dann wurde die Tür aufgerissen. »Ninaaaa!« Die kleine Clara sprang an ihr hoch, sodass Nina Mühe hatte, ihre Flaschen festzuhalten. Clara war schon bettfertig und duftete nach Kindershampoo.

»Hallo mein kleiner Schatz, du bist ja schon im Schlafanzug!«

»Ja, aber ich darf trotzdem ganz lange aufbleiben, weil du zum Essen kommst – und die Oma.«

»Das trifft sich gut, denn, schau mal, ich habe eine Flasche Kindersekt für dich und deine Mama mitgebracht, damit wir zusammen anstoßen können.«

Clara schaute mit großen Augen auf die Flasche alkoholfreien, dann lief sie kichernd vor Nina her in die Küche. »Mama, du kriegst auch Kindersekt.«

Antonia empfing sie strahlend und strich ihrer Kleinen über die Wange. »Ja, damit es deinem Geschwisterchen gut geht.«

Sie wandte sich wieder dem Herd zu und kontrollierte mit dem Fleischthermometer den Garpunkt der Rinderfilets im Ofen. »Eine halbe Stunde noch, dann sollte es perfekt sein.«

Nina bewunderte einmal mehr die neue Einbauküche von Antonia und Philipp: eine supermoderne, beige Küche mit glänzenden Oberflächen. Zur Ausstattung gehörten ein großer Edelstahlkühlschrank mit Eiswürfelbereiter, eine vollautomatische Espressomaschine und eine Saftpresse aus Edelstahl. In der Mitte stand ein großer eleganter Glastisch mit filigranen Metallbeinen und bunten Stapelstühlen.

»Kann ich dir irgendwas helfen?«, fragte sie.

»Vielleicht das Eigelb in die Sauce Hollandaise einrühren? Mit der Temperatur kennst du dich sicher besser aus als ich.«

»Wo ist eigentlich Philipp?«

»Hilft seiner Mutter gerade, die neue Musikanlage zu programmieren – gemeinsam mit ihrem Freund.«

»Ähm, also dem von neulich?«

»Mmm, du lernst ihn gleich kennen. Er kommt auch zum Essen.«

»Ich habe ihn schon mal von Weitem gesehen, in Beas Café. Die beiden sahen sehr glücklich aus.«

»Dann hast du mir etwas voraus, ich habe ihn bisher nur gehört.«

Darauf schossen sie sich einen Seitenblick zu und mussten kichern. »Hoffentlich werde ich nicht rot, wenn ich ihn sehe, ich kann diese Geräusche schwer ausblenden.«

In diesem Moment hörten sie, wie die Wohnungstür aufgeschlossen wurde.

Philipp kam mit seiner Mutter und einem großen eleganten Herrn in die Küche.

Philipp klopfte Nina zur Begrüßung auf die Schulter. »Schön, dich mal wieder zu sehen.«

»Ja, finde ich auch. Bei mir war in letzter Zeit viel los. Da blieb leider keine Zeit für einen netten Abend mit Freunden.«

Die Gräfin trat auf Antonia zu. »Mein lieber Herbert, das ist meine Schwiegertochter, von der ich dir schon so viel erzählt habe.«

»Herbert Hambach. Schön, dass wir uns endlich kennenlernen, und vielen Dank für die Einladung.«

Antonia lächelte. »Ich habe auch schon viel von Ihnen geh…, ähm also, ich war schon sehr neugierig auf Sie.«

Er überreichte Antonia zwei Flaschen Weißwein in einer Kühltasche. »Ich hoffe, Sie mögen Riesling, das ist ein 2015er von unserem Weingut. Ich bin neugierig, wie er Ihnen schmeckt.«

»Wollen wir gleich eine Flasche zur Vorspeise trinken?«

»Sehr gern.«

Die Gräfin wandte sich zu Nina. »Und das mein lieber Herbert ist unsere überaus talentierte Mieterin Nina Seiler.«

»Herbert Hambach, sehr angenehm.« Er nahm ihre Hand und begrüßte sie mit einem kräftigen Händedruck. Nina blickte in freundliche, wache Augen und in ein zufriedenes Gesicht, dem man die Arbeit an der frischen Luft ansah. Sie mochte den Freund der Gräfin auf Anhieb.

Clara kletterte bereits auf den Stuhl, den sie sich ausgesucht hatte, denn ihre Mutter zündete die Kerzen an. »Nehmt doch schon mal alle Platz.«

Nina assistierte ihr beim Befüllen der Vorspeisenteller und servierte sie. Es gab einen Wildkräutersalat mit gratiniertem Ziegenkäse und Pflaumen im Speckmantel.

Als alle saßen, hob Philipp sein Glas. »Willkommen lieber Herr Hambach, schön, dass ihr alle da seid.«

»Auf einen schönen Abend!« Die Gläser stießen aneinander, danach hörte man nur das dezente Klappern des Bestecks.

Nach Minuten des Schweigens räusperte sich Nina. »Der Wein ist ein Gedicht, fruchtig, aber mild.«

Herbert Hambach schaute sie freundlich an. »Ich bringe Ihnen gern eine Flasche vorbei.«

»Wie ist denn Ihr Geschäft angelaufen, Nina?«, fragte die Gräfin wohlwollend interessiert.

»Bis jetzt eher mittelmäßig, aber …«

Antonia unterbrach sie. »Alle Kunden, die etwas bei dir gekauft oder in Auftrag gegeben haben, haben dich nicht nur in höchsten Tönen gelobt, sondern auch weiterempfohlen. Sei nicht immer so streng mit dir.«

»Ja, die Nachfrage könnte auch bald steigen, also vielleicht …«

Augenblicklich legten alle ihr Besteck hin, sogar die kleine Clara hatte erfasst, dass eine wichtige Ankündigung käme, und ließ ihre Gabel ruhen.

»Ich trete im Fernsehen auf. Zunächst ein Mal, wenn ich es richtig verstanden habe.«

»Wow. Welcher Sender, welches Format?«

»Es geht um eine Backshow des Hessischen Rundfunks, und sie produzieren erst mal eine Pilotsendung, danach entscheiden sie, ob sie weitergeführt wird – und mit welchen Kandidaten.«

Antonia hob ihr Glas. »Herzlichen Glückwunsch, das hast du so was von verdient.« Nina stieß reihum mit allen an, auch mit Claras Saftglas.

»Und was denken Sie, wie viele Liebesbriefe Sie nach einer Sendung bekommen werden.«

»Ach Kira, das ist nett von Ihnen, aber ich bin gerade gar nicht auf der Suche.«

»Hat sich ihr Unternehmensberater denn nun endlich erklärt?«

»Nein, und er hat mich bei meiner Unternehmensgründung im Stich gelassen. Daher scheidet er als Kandidat aus.«

»Das haben Sie richtig gemacht. Wenn er sich drei Jahre lang nicht entscheiden kann, und bei den ersten Turbulenzen abdreht, ist er nicht der Richtige. Und ich weiß auch schon, wer viel besser zu Ihnen passt. Dieser nette Kinderzahnarzt, das habe ich doch gleich gemerkt.«

Antonia verdrehte die Augen. »Kira, Nina muss hier in der Runde nicht ihr ganzes Gefühlsleben offenlegen.«

»Ach Kind, wir sind doch unter uns.«

Nina merkte, wie sich ihr Puls beim Gedanken an Matthias beschleunigte. »Das ist wirklich noch ganz frisch. Wir tasten uns gerade erst an eine Beziehung heran. Und seine Kinder wissen auch noch nicht Bescheid.«

»Na, Hauptsache, sie haben erst mal die richtige Entscheidung getroffen und auf ihr Herz gehört, und nicht auf ihren Verstand.«

Philipp drehte sich zu seiner Mutter. »Apropos, wie habt ihr euch denn eigentlich kennengelernt?«

Herbert Hambach nahm die Hand der Gräfin. »Kira war meine erste große Liebe, wir sind auf einem Weinball zusammengekommen.«

Die Gräfin seufzte. »Aber ich habe mich dann dem Druck meiner Familie gebeugt und deinen Vater geheiratet. Er hatte alle rationalen Argumente auf seiner Seite.«

Philipp schaute sie etwas verwirrt an. »Und das war nicht gut?«

»Doch, doch, mein Junge. Wir haben uns sehr gut verstanden, dein Vater und ich, und außerdem habe ich dich bekommen, Philipp. Du bist das größte Glück meines Lebens.« Ihre Stimme schwankte bewegt, und sie hob das Glas, um den Moment zu überspielen.

Nina sah Philipps Freude.

»Nicht wahr, Antonia«, fügte die Gräfin an. »Das wirst du über deine Kleine auch sagen.«

Clara kroch auf den Schoß ihrer Mutter und rollte sich ein.

»Aber weißt du«, sagte die Gräfin, »ich habe mir auch oft vorgestellt, wie mein Leben verlaufen wäre, wenn ich mich für Herbert entschieden hätte.«

»Auf jeden Fall sind wir sehr glücklich, dass wir uns jetzt wiedergetroffen haben.« Herbert Hambach hob sein Glas. »Auf dich, meine liebe Kira, und ich freue mich sehr, deine Familie heute Abend kennenzulernen.«

Als alle Gläser klirrend aneinanderstießen, summte Ninas Handy. Sie schaute unauffällig auf das Display. Matthias. »Verzeihung, hier muss ich mal ganz schnell zurückrufen.« Sie merkte, wie ihre Wangen warm wurden, schnappte sich ihr Handy und lief in den Flur.

»Hi.«

»Hi. Vielen Dank noch mal für den schönen Tag heute. Mia hat gerade wieder gesagt, dass das ihre coolste Party war.«

»Hat mir auch Spaß gemacht.«

»Ich soll dir von beiden ausrichten, dass wir gern zur ersten Sendung kommen wollen.«

»Darüber würde ich mich freuen. Schlafen sie schon?«

»Larissa hat sie gerade abgeholt.«

»Dann kannst du dich ja jetzt ein wenig ausruhen.«

»Ich wollte eigentlich fragen, ob du Lust auf einen Spaziergang hast oder ob ich bei dir vorbeikommen kann.«

»Ich bin bei Antonia zum Essen eingeladen.«

»Oh, tut mir leid, ich wollte nicht stören.«

»Nein, das passt schon. Ich bin mit dem Handy in den Flur gegangen. In einer Stunde könntest du mich hier abholen.«

»Und was machen wir dann?«

»Schauen wir mal.«

»Ich vermisse dich.

»Ich dich auch.«

»Also, bis dann.«

Nina kehrte an den Tisch zurück. Clara war auf dem Schoß ihrer Mutter eingeschlafen, obwohl die Erwachsenen munter weiterplauderten und lachten.

Als es schließlich klingelte, verabschiedete Nina sich mit gebührender Langsamkeit. Aber im Flur schnappte sie sich Jacke und Schlüssel und stürmte die Treppe hinunter.

Matthias hatte Schatten unter den Augen, das sah sie sofort. Die hatte er am Nachmittag noch nicht gehabt, oder?

»Wollen wir eine Runde um den Block drehen und danach auf meinem Sofa ein Glas Rotwein trinken?«

»Guter Plan.«

Er nahm ihre Hand und lenkte sie in den lauschigen Heckenweg, der hinter den Häusern verlief. Er schlug ein gemächliches Tempo an, als wollte er mit ihr reden. Und tatsächlich schien er mehrmals dazu anzusetzen, schwieg dann aber.

»Alles klar bei dir? Du wirkst irgendwie bedrückt.«

Matthias blieb stehen und umarmte sie. »Tut mir leid, dass ich plötzlich so schweigsam bin, obwohl ich mich freue, dich bei mir zu haben.« Er ließ sie los und schaute sie an. »Ich mache mir Sorgen um meine Kinder. Die Krise bei Larissa und Hubertus ist heute wohl eskaliert. Und Larissa hat trotzdem drauf bestanden, die beiden mit zu sich zu nehmen.«

»Hat der Tanzkurs nichts gebracht?«

»Ich fürchte, der war eine Schnapsidee. Der Alltag mit Kindern ist nun mal turbulent und mit vielen Aufgaben verbunden, durch die man zurückstecken muss. Daran hätten sie mal arbeiten sollen.«

Nina brummte nur verständnisvoll. Sie hütete sich, auch nur ein schlechtes Wort über Larissa zu äußern.

»Larissa hat mir heute beim Abholen gesagt, dass sie bei Hubertus ausziehen will. Das ist für Mia und Jakob auch wieder ein Umzug, eine neue Wohnung, eine neue Situation. Ich würde mir so wünschen, dass sie endlich zur Ruhe kommen.«

»Aber wenn dort ständig gestritten wird, finden sie es bestimmt auch nicht lustig.«

»Ausgerechnet jetzt, wo es für Mia darum geht, eine Empfehlung fürs Gymnasium zu bekommen. Das steht noch auf der Kippe. Und Jakob fängt auch schon an, abzudrehen.«

Nina dachte an ihr Gespräch mit Mia. »Was würdest du sagen, wenn Larissa wieder bei dir einziehen wollte?«

Matthias lachte, aber es klang hart. »So schlecht kann es ihr gar nicht gehen. Nein, jetzt mal ernsthaft: Das Kapitel ist für uns beide abgeschlossen.«

Bis zur nächsten Gasseneinmündung schwiegen sie.

»Komm, lass uns lieber von dir reden. Hey, du bist bald ein Fernsehstar!« Er bemühte sich um einen heiteren Ton.

Nina blieb stehen und küsste ihn leicht auf den Mund. »Eigentlich wollte ich dir noch etwas ganz anderes erzählen.« Sie schaute ihn offen an. »Sören hat mich letzten Samstag in der Patisserie besucht.«

Matthias zog sie an sich. »Ich hoffe, mir gefällt, was du mir gleich erzählst.«

»Ich denke, schon. Er hat sich bei mir entschuldigt, weil er mich nach dem Krogmann-Desaster sitzen gelassen hat. Er war auf einmal ganz anders als sonst.«

Sie gingen weiter, und sie merkte, dass Matthias sie von der Seite beobachtete. »Ich habe mich zum ersten Mal von ihm ernst genommen gefühlt.«

»Das freut mich für dich«, sagte er ein wenig heiser. Er ging noch langsamer, seine Schritte wirkten steif.

»Nein, nein, keine Sorge. Ich habe ihm gesagt, dass ich mit dir glücklich bin.«

»Ist das wirklich so?«

»Ja.« Sie sah ihm ernst in die Augen und ahnte, welche Frage er sich im Stillen stellte. »Nein, du bist kein Lückenbüßer, weil Sören mich enttäuscht hat. Und selbst wenn ich dich nicht kennengelernt hätte … nachdem er mich jahrelang hingehalten und dann aus gekränkter Eitelkeit hängen gelassen hat, als es für mich drauf ankam, kann ich ihn nicht heiraten.« Sie seufzte. »Obwohl damit meine Chancen schwinden, jemals selbst Mutter zu werden.«

Matthias nahm ihre Hand, und sie gingen schweigend ein paar Schritte. »Und zwei total pflegeleichte Patchworkkinder würden dir nicht genügen?« Er beobachtete ihr Mienenspiel genau.

Trotz der Schwere des Themas machte es sie glücklich, wie aufmerksam er auf sie achtete und wie wichtig ihm das gegenseitige Verständnis war. Sören war immer nonchalant bis grob über alles hinweggegangen.

»Ich finde deine beiden toll, bin wirklich gern mit ihnen zusammen, aber ich sehne mich nach einem eigenen Kind.«

»Das hat die Natur so eingerichtet, um möglichst viele Nachkommen zu sichern«, stellte er schmunzelnd fest.

»Ja, früher habe ich mich auch darüber lustig gemacht. Aber ich schwör's dir: Seit meinem dreißigsten Geburtstag schaue ich jedem Kinderwagen hinterher – und es wird mit jedem Tag schlimmer.«

Er grinste sie liebevoll an. »Oh Mann, wir zwei sind schon ein Pärchen.«

Sie freute sich, wie locker er diesen Gegensatz aushielt. »Ich weiß, du hast mir von Anfang an gesagt, dass du keine weiteren Kinder mehr willst.«

»Lass uns mal abwarten, wie sich alles entwickelt. Heute müssen wir doch noch nichts entscheiden.«

Antonia würde das sofort bekräftigen. Nina sah sie lebhaft vor sich. Vielleicht ist nicht alles im Leben planbar, hatte ihre Freundin gesagt. *Ja, und planen nützt sowieso nichts, wenn man nicht handelt.* Aber vielleicht ging es hier weniger ums Planen als um stures Beharren? Hat es Sinn, dem Leben die

Erfüllung seiner Wünsche abtrotzen zu wollen? Sie war mit Matthias glücklich, weil er so war, wie er eben war. Und was tat sie gerade? Sie machte ihr Glück davon abhängig, ob sie ein eigenes Kind bekäme oder nicht.

Ohne dass sie es bemerkt hatte, waren sie vor Matthias' Haus angelangt.

Er ließ ihre Hand los und stellte sich locker vor sie hin, um sie abwartend anzusehen.

Dass er ihr jeden Moment ihre Freiheit ließ, das haute sie immer wieder um.

Sie lachte ihn an, nahm seine Hand und ging mit ihm die Stufen zur Haustür hoch.

30

Nina drückte mit dem Spritzbeutel zarte lila Rosen auf die Mini-Cupcakes und platzierte die Küchlein dann auf einer hohen Tortenplatte. Antonia hatte gerade die Kuchenvitrine von Fingerspuren befreit und alle Glasflächen auf Hochglanz poliert. Nun stapelte sie mit einer Gebäckzange verschiedenfarbige Macarons in hohe Einweckgläser.

»Hast du dich schon entschieden, was du bei der Show backen wirst?«

»Ich denke, die Möhren-Walnuss-Torte mit Frischkäsecreme.«

»Für die hast du doch nach dem Prinzessinnengeburtstag körbeweise Fanpost bekommen.«

»Na ja, nicht ganz. Aber immerhin wurde sie zehnmal bestellt und scheint jetzt Trend in Kronstein zu sein. Ich weiß nur noch nicht, wie ich die Creme einfärbe. Falls die Sendung irgendein Logo hat, greife ich den Farbton auf.«

»Wir können den Redakteur ja gleich fragen.«

Nina stellte die bestückte Platte mit den Mini-Cupcakes an den vorgesehenen Platz neben die Stachelbeerbaiser-Torte in die Kuchenvitrine. Die Gläser mit den Macarons hatten sie im Regal und auf dem Verkaufstresen verteilt, ebenso die bunten Glasdosen mit den kleinen Baisers. Bei den Bistrotischen hatte sie sich für zartrosa Blümchendecken entschieden. Antike silberne Zucker- und Sahnesets standen neben dicken Gläsern, in denen ihre silbernen Kuchengabeln wie kleine Blumensträuße arrangiert waren. Ninas Blick ging zu Antonia, und die hob den

Daumen. »Ich hoffe, wir haben mit der Mädchendeko nicht übertrieben.«

»Quatsch, es sieht toll aus. Komm lass uns schnell noch unser Make-up auffrischen.« Zusammen drängelten sie sich vor dem kleinen Spiegel im Bad. »Ich habe uns Puder mitgebracht, damit die Haut bei den Aufnahmen nicht so glänzt.«

Nina nahm die Dose und betupfte sich sparsam Wangen und Nase. »Also, ich könnte mir das nicht jeden Tag ins Gesicht schmieren.«

In dem Moment hörte sie die Ladentür aufgehen, und ein Freudenschreck durchfuhr sie. »Los, hinterlassen wir einen sensationellen Eindruck«, flüsterte sie.

Aber in der Tür stand nicht das erwartete Fernsehteam, sondern Matthias. Er hatte noch seinen Zahnarztkittel an und Nina bemerkte Schatten unter seinen Augen. »Entschuldige, dass ich reinplatze. Mia ist hier nicht zufällig aufgetaucht?«

Nina schüttelte den Kopf. »Nein, was ist denn los?«

»Ich melde mich nachher. Deine Fernsehleute kommen ja gleich.«

Sie hielt ihn am Arm fest. »Hey komm, erzähle es gleich, sonst habe ich keine Ruhe.«

Er seufzte. »Sie ist weg.«

»Seit wann?«

»Seit einer Stunde. Ich kann es gar nicht glauben.«

»Vielleicht müsst ihr euch noch keine Sorgen machen.«

»Das Problem ist, sie hat heute Morgen in der Parfümerie in der Innenstadt einen Lippenstift geklaut – Larissa musste sie von der Polizeistation abholen.«

»Mia? Das kann ich mir überhaupt nicht vorstellen!«

»Nachdem Larissa ihr dann Hausarrest aufgebrummt hat, war sie weg.«

»Was passiert, wenn du auf ihrem Handy anrufst?«

»Geht sie natürlich nicht ran.«

»Ähm, Entschuldigung, wir möchten zu Nina Seiler.«

Nina bemerkte erst jetzt, dass zwei Männer in der offenen Tür standen. Der eine hielt eine Kamera in der Hand.

Matthias wandte sich zum Gehen. »Ich verschwinde, melde mich nachher.«

Nina hielt ihn nochmals am Arm fest. »Quatsch, wenn du unsere Hilfe brauchst, dann verschieben wir den Drehtermin.«

Der jüngere der beiden Fernsehmänner räusperte sich. »Also, wir haben gerade unabsichtlich ein wenig mitbekommen. Ich könnte ja mal versuchen, ihre Tochter über mein Handy zu orten.«

Matthias drehte sich zu ihm. »Das wäre großartig. Ich will auch gar nicht wissen, ob das legal ist.«

Er zog sein Smartphone aus der Hosentasche. »Ach, das machen doch alle mal.«

Matthias diktierte ihm die Mobilnummer, und gebannt schauten sie alle auf das Display.

»Feldstraße 23 in Kronstein, kennen Sie das?«

Antonia tippte die Adresse in ihr Smartphone ein. »Das ist der Jugendtreff.«

»Na, dann ist es ja gut.«

Antonia stemmte die Hände in die Hüften. »Wisst ihr, was da für Leute abhängen? Zu meiner Zeit wurden da auch Drogen vertickt.«

»Ich mache mich auf den Weg.« Matthias schüttelte dem Redakteur die Hand. »Vielen, vielen Dank!«

Er küsste Nina auf den Mund. »Und dir toi, toi, toi. Ich beeile mich besser und rede mit ihr, bevor Larissa die Polizei ruft.«

Nina schaute die beiden Fernsehleute an. »Ich würde sagen, nach der Aktion haben wir uns alle einen Espresso verdient.«

Die Herren nickten freundlich, sahen sich aber am Drehort

um und besprachen die Lichtverhältnisse und Szeneneinstellungen. »Lassen Sie uns zuerst die Aufnahmen machen, danach würden wir auch ein oder zwei Stückchen aus Ihrer Vitrine nicht ablehnen. Oder Martin?«

Der Kameramann, der altersmäßig locker der Großvater des Redakteurs sein konnte, nahm die Kamera auf die Schulter. »Jenau! Denn machen wa erst mal 'n bisschen Atmo. Ick schwenk hier durch den Laden, und danach nehm' wa die beden Damen uf.«

»Und bitte auch noch ein paar Close-ups von den Windbeuteln, den Cupcakes und diesen Keksgläsern im Regal.«

Der Kameramann schlurfte zur Vitrine. »Det jeht. Jehn Se doch mal alle kurz in die Küche, denn hab ick hier meine Ruhe.«

Nina, Antonia und der Redakteur schlossen leise die Küchentür hinter sich. »Dem Berliner Charme kann man sich nur schwer entziehen.« Nina und Antonia kicherten.

»Martin ist einer unser besten Kameramänner. Ihr Laden wird toll rüberkommen.«

»Alles gut. Ich höre den Berliner Dialekt total gern. Was sollen wir denn eigentlich tun, wenn Sie uns filmen?«

Der Redakteur schaute in sein Script. »Frau Seiler, Sie bräuchten wir in einer Backszene, am besten, wie Sie ein kompliziertes Muster auf einen Kuchen spritzen.«

»Und Sie verkaufen?«

Antonia nickte. »Ja, dummerweise ist jetzt um die Mittagszeit immer wenig los.«

»Können Sie vielleicht ein paar Freunde anrufen?

»Ich frage meine Schwiegermutter, ob sie in einer Stunde mit meiner Tochter hier sein kann.« Antonia schnappte sich ihr Smartphone und schilderte der Gräfin die Lage.

»Alles klar, in einer Stunde haben wir Kunden.«

Nina hatte noch Buttercreme von den Mini-Cupcakes übrig, und eine Nussbiskuit-Torte stand auf dem Kühlrost. Sie band sich ihre Backschürze um und legte Einweghandschuhe bereit.

»So, da drinnen hab ick jeden Krümel uffjenomm'.« Martin, der Kameramann, schaute sich in der Küche um. »Jehn Se am besten auf Seite, denn film ick vom Fenster aus.«

Nina band ihre Haare zum Zopf und streifte die Einweghandschuhe über. Der Redakteur kam schnell zu ihr und zupfte an ihrer Schürze. »Entschuldigung, ich rück das mal gerade, hinterher ärgern wir uns sonst.«

»Ich verziere am besten den Kuchen, oder?« Nina nahm den Spritzbeutel in die Hand.

»Versuchen Sie, sich auf Ihre Torte zu konzentrieren und uns auszublenden.«

Nina merkte, wie sich ihr Gesicht verkrampfte, und versuchte zu lächeln. »Leichter gesagt als getan.«

»Am besten unterhalten wir uns ein bisschen, damit sie locker werden.«

Nina nickte.

»Erzählen Sie doch mal, warum Sie Konditorin geworden sind.«

»Das war bei uns Familientradition. Meine Großeltern hatten schon eine Konditorei, die meine Eltern weitergeführt haben.«

»Dann sind Sie ja schon länger im Geschäft.«

»Mit ein paar Jahren Unterbrechung. Nach meiner Ausbildung zur Konditorin habe ich BWL studiert und dann als Unternehmensberaterin gearbeitet. Vor ein paar Monaten bin ich ausgestiegen und habe die Patisserie eröffnet.«

»Eine mutige Entscheidung. Warum haben Sie den Beruf gewechselt?«

»Ich habe das Backen vermisst, wollte es wieder jeden Tag tun dürfen. Ich habe gemerkt, dass ich eher ein kreativer Mensch bin.«

»Und was zaubern Sie dort gerade?«

»Das ist ein Biskuitboden mit Erdbeer-Buttercreme, auf den spritze ich nun viele kleine Rosen.«

»Jut, det ham wa im Kasten.« Martin nahm die Kamera von der Schulter.

»Letztendlich sind Sie in dem Einspieler nur ein paar Sekunden zu sehen, wir brauchen aber immer viel mehr Material, damit wir im Schneideraum die Auswahl haben.«

»Dann kann ich ja jetzt unsere Kunden reinlassen, die stehen alle vor der Tür.« Antonia stürmte in den Verkaufsraum und ließ Clara, die Gräfin und ihre ganze Teerunde in den Laden.

»Vielen Dank, dass Sie alle gekommen sind.« Nina freute sich über so viel spontane Unterstützung.

»So, die Damen setzen sich am besten an die Tische und die Kleine will ich in Nahaufnahme vor der Vitrine.«

Der Kameramann nahm Clara an die Hand. »Püppi, guck dir mal die tollen Kuchen an und überleg, welchen du jleich essen willst.«

Clara stellte sich vor die Vitrine und zeigte voller Begeisterung auf die Mini-Windbeutel.

»Toll haste det jemacht.«

»Jetzt mal drei Damen um die Tische setzen, die anderen drei stellen sich am Tresen an.«

Nina verteilte Espressi und Törtchen auf den Tischen, Antonia postierte sich an der Kasse und tat so, als ob sie die Einkäufe der Teerunde abkassierte.

Ab und zu schoben der Regisseur oder der Kameramann einen der Statisten an einen anderen Platz oder sie stellten einen Teller oder eine Tasse um.

»Prima.« Der Regisseur klatschte in die Hände. »Wir haben jetzt genug Material für drei Einspieler.«

Martin setzte die Kamera ab. »Jetzt ham wa uns aber och son Teil vadient.«

Nina schaute in die Runde. »Vielen Dank an Sie alle, Sie sind natürlich herzlich eingeladen. Sagen Sie mir, was ich Ihnen bringen kann. Die Herren?«

»Ick nehm son Windbeutel und noch son Muffin mit Creme.«

»Ich würde das Gleiche probieren.«

»Ich bringe Ihnen auch noch Espressi dazu.«

Antonia holte weitere Stühle aus der Küche, sodass alle an den Bistrotischen Platz fanden.

»Det is auf jeden Fall der beste Kuchen, den ick seit Langem jejessen habe.« Nina holte einen Teller, belud ihn mit Cupcakes und Mini-Windbeuteln aus der Vitrine und stellte ihn auf den Tisch. »Bitte, bedienen Sie sich.«

»Frau Seiler, wir drücken Ihnen die Daumen, dass Ihr Auftritt ein Erfolg wird.« Die Damen der Teerunde waren inzwischen jede bei ihrem zweiten Törtchen. »Ich bin so aufgeregt. Wer weiß, was sich für Sie daraus ergibt.«

»Vielleicht werden Sie ja berühmt?«

Der Regisseur lächelte. »Warum nicht. Der Einspielfilm wird auf jeden Fall super. Vielleicht rennen Ihnen die Leute bald die Bude ein.«

Nina schaute zu Antonia und seufzte. »Ein paar Kunden mehr könnte ich gut gebrauchen.«

31

»Was machst du am Sonntag?« Matthias stand in der Ladentür und lächelte Nina an. In ihrem Bauch breitete sich ein Kribbeln aus, und ihre Mundwinkel gingen wie von selbst nach oben. Der Dreh war lange vorbei und Antonia nach Hause gegangen, und sie hatte sich schon gefragt, wie der Tag für die arme Mia ausgegangen war. »Wie geht es deiner Tochter?«

»Ich habe sie wieder zu Larissa gebracht, und wir haben vereinbart, dass wir uns heute Abend zusammensetzen und mit ihr reden.«

»Ihr müsst unbedingt rausbekommen, was sie beschäftigt. Dass sie geklaut hat, war sicher ein Schrei nach Aufmerksamkeit. Ich kann es immer noch nicht glauben.«

»Ja, und wir müssen ihr beibringen, dass sie in der Schule einen Zahn zulegen muss, sonst schafft sie es nicht aufs Gymnasium.« Er seufzte. »Aber eigentlich bin ich hier, weil ich dich am Sonntag gern entführen möchte.«

»Klingt gut. Wohin denn?«

»In die Therme, mit Massage- und Kosmetikprogramm, als kleines Dankeschön für Mias Party.«

Nina schloss die Augen und sah es vor sich. »Du meinst, stundenlang faul auf irgendwelchen Liegen rumliegen und sich Drinks reichen lassen?«

»Ja, und zwischendurch können wir in die Sauna oder uns massieren lassen, und du lässt dir die Nägel verschönern oder was ihr Mädchen da immer macht.«

»Aber du musst mich nicht einladen. Du hast mir vor meiner

Geschäftseröffnung so viel geholfen, eigentlich war Mias Party als Dankeschön dafür gedacht.«

»Ich will es aber.«

Nina legte den Kopf schief und tat so, als ob sie überlegen müsste. »Okay. Ich bin dabei.«

Gerade als Nina den Laden abschließen wollte, klingelte das Telefon. »Kanzlei Gregor & Gregor, Johannes Gregor hier.«

»Ach, schön, dass Sie zurückrufen.«

»Jaaa …«

Nina hörte, wie Johannes Gregor einen Zug von seiner Zigarette nahm und langsam inhalierte.

»Also ich habe alles geprüft und mit der gegnerischen Seite verhandelt.«

»Und?«

»Pfffff … ich fasse das Ergebnis mal für Sie zusammen: An der Rechnung von Herrn Krogmann ist nichts zu rütteln. Er konnte glaubhaft machen, dass Sie ihn mündlich beauftragt haben, und er hat nachgewiesen, dass er die angegebene Leistung erbracht hat. Er hat sogar einen Videofilm von der Präsentation vorgelegt.«

»Ja, aber das Ergebnis war für mich komplett unbrauchbar.«

»Dies führt er auf schlechtes Briefing zurück.«

Nina wurde schwindelig. »Okay. Gut. Tja … dann vielen Dank für Ihre Mühe.«

»Ich schicke Ihnen in den nächsten Tagen meine Rechnung. Würde mich freuen, wenn ich Sie mal wieder vertreten darf.«

Nina legte auf und stütze den Kopf in die Hände. Sie ließ den Blick durch ihre Patisserie schweifen, über die Fotoleinwände, das rote Samtsofa, die Vitrine, die Regale mit den Keksen und Marmeladen. Alles war letztlich so, wie sie es sich erträumt hatte. Und nun war ihr Geschäft wegen dieser unsinnigen Kampagne gefährdet. Sie brauchte den finanziellen Puffer ihres Gründungskredits noch eine Weile und konnte nicht mal eben fünfzehntausend Euro abziehen. Was sollte sie nur tun?

Nina seufzte: Sören. Er musste ihr helfen. Er war der Einzige, der bei Krogmann vermitteln konnte. Was für eine blöde Situation. Schließlich hatte sie ihm gerade von sich und Matthias erzählt. Aber es ging nicht anders. Denn sie wollte auch nicht ihre Eltern um ein Darlehen bitten und im Endeffekt doch das Geld für eine unbrauchbare Leistung zahlen. Sie musste ihren Stolz überwinden, um ihre Patisserie zu retten. Bevor sie es sich anders überlegen konnte, griff sie ihr Smartphone und tippte auf Sörens Telefonnummer.

»Nina, wie schön, dass du anrufst. Ich wollte mich auch gerade bei dir melden. Wann hast du Zeit, um mit mir essen zu gehen, wir müssen uns unbedingt weiter unterhalten.«

Nina wurde es heiß und kalt. »Du, ich rufe gerade aus einem anderen Grund an, ich brauche deine Hilfe.« Sie holte kurz Luft. »Krogmann hat mir fünfzehntausend Euro für die Kampagne berechnet, ich wollte das juristisch anfechten, aber eben sagt mir mein Anwalt, dass da nichts zu machen ist. Er stellt sich stur und schiebt alles auf schlechtes Briefing.«

»Ach je …« Nina hörte Sören auf einer Tastatur tippen. »Ich suche hier gerade mal seine letzte Rechnung für die Internetkampagne … ich habe seine Preise nicht im Kopf. Okay, also bei McCarter hat er Rechnungen, die ähnlich hoch sind, eher höher.«

»Mensch Sören, ich habe eine kleine Patisserie, kein großes finanzkräftiges Unternehmen.«

»Ich weiß, das ist meine Schuld. Ich nehme das auf meine Kappe. Denn erstens habe ich nicht auf deinen Input gehört und mich zweitens bei seinen Preisen verschätzt. Unter *Sonderpreis* hätte ich maximal viertausend Euro verstanden.«

»Kannst du noch mal mit ihm reden?«

»Das hat keinen Zweck. Pass auf, ich bin schuld an der Sache, ich übernehme die Verantwortung dafür, und das heißt, dass ich die Rechnung begleiche.«

In Ninas Kopf drehte sich alles. »Das wäre großartig, auch wenn ich ein schlechtes Gewissen dabei habe. Willst du nicht doch erst mit ihm verhandeln?«

»Nein, komm, lass uns das jetzt so regeln. Mir wäre aber wichtig, dass wir uns noch mal aussprechen. Lass uns miteinander essen gehen.«

»Gern. Obwohl ich dir dann nichts anderes erzählen werde als bei unserem letzten Gespräch.«

»Nina, wir waren drei Jahre zusammen, lass uns einfach einen schönen Abend miteinander verbringen. Ich denke, wir haben uns noch einiges zu sagen.«

Sie schaute in ihren Kalender »Nächsten Dienstag, 20 Uhr?«

»In Ordnung. Ich bestelle einen Tisch im Bellinis.«

Nina hatte die Beine ausgestreckt und bewunderte ihre Zehennägel. Sie glitzerten in einem dunklen Rotton. Sie streckte die Hände und schaute auf ihre Fingernägel, die in demselben satten Rot lackiert waren.

Matthias lag auf der Liege neben ihr und schaute ebenfalls. »Warum lachst du?«

»Ich kann gar nicht glauben, dass das meine Hände sind.«

Er nahm ihre Hand und sah noch mal genau hin. »Stimmt. Hm. Wurdest du narkotisiert? Lass mal sehen. Ist die angeschraubt?«

Sie zog kichernd die Hand weg. »Den Lack muss ich morgen früh wieder abmachen, bevor ich backe, aber bis dahin spiele ich mal die Dame. Gefällt sie dir?«

»Klar. Die andere Nina aber auch.«

»Du meinst, die ungepflegte, verschwitzte, mehlbestäubte?«

»Ich habe dich noch nie ungepflegt gesehen. Nagellack oder Make-up können hübsch aussehen. Aber verschwitzt und mehlbestäubt finde ich dich erst richtig sexy.«

»Danke. Ich finde dich auch erst richtig sexy ohne Nagellack.«

Matthias grinste. »Magst du nachher noch mit uns Schlittschuhlaufen gehen?«

Nina überlegte. Es machte ihr ein wenig Sorgen, wie die Kinder reagieren würden, wenn Matthias und sie ihre Beziehung offiziell bekannt gaben. Aber noch war es ja nicht so weit.

»Die sollen auf keinen Fall denken, dass sie ihren Papa nicht mehr allein treffen können.«

»Du machst dir zu viele Gedanken. Ich finde es schön, wenn ihr drei euch noch ein bisschen besser kennenlernt, denn ich will das mit uns nicht mehr allzu lange geheim halten.«

»Habe ich da auch noch ein Wörtchen mitzureden?«

Matthias tat so, als müsste er nachdenken. »Ähm … nein!«

Nina sah sich mit den dreien auf der Eisfläche und freute sich. »Ich komme gern mit, aber wir sollten uns vor den beiden völlig zurückhalten. Wir wissen schließlich noch nicht, was aus uns wird.«

Matthias schaute sie an und schwieg. Erst als sie nach ein paar Augenblicken misstrauisch den Kopf drehte, grinste er sie an und sagte: »Also ich bin mir ganz sicher, dass ich mit dir zusammenbleiben will.«

Matthias parkte vor dem Haus, in dem Hubertus und Larissa wohnten. Nina blieb im Wagen sitzen, während Matthias die Kinder an der Tür abholte. Er hatte kaum geklingelt, da stürmten die beiden aus dem Haus. Sie hatten mehrere Taschen dabei und stritten sich schon im Gehen, wer auf welcher Seite sitzen dürfte. Nina stieg aus, um sie zu begrüßen. »Hallo, ich habe gehört, ihr könnt mir Schlittschuhlaufen beibringen?«

Mia nickte. »Halte dich einfach an mich. Die beiden Jungs machen immer so viel Quatsch.«

Nina hatte als Teenager zuletzt auf Kufen gestanden. Nachdem sie ein paar Schlittschuhe ausgeliehen hatte, ging sie wackelig aufs Eis und hielt sich dabei die ganze Zeit an der Bande fest. Mia und Jakob liefen schon ihre Runden. »Meinst du, ich kann mir so einen Pinguin ausleihen?«

Matthias hielt ihr seine Hand hin. »Stütz dich auf mich, das fällt nicht so auf.« Sie hakte sich bei ihm unter und spürte seine Wärme. Matthias grinste sie von der Seite an. »Und außerdem haben wir so die perfekte Ausrede, um ein wenig zu kuscheln.«

Mia kam immer mal wieder zu ihr und zeigte ihr ein paar Kniffe. Nach einer halben Stunde lief Nina allein, konnte bremsen und auch Kurven fahren. Ab und zu nahm eines der Kinder oder Matthias sie an die Hand und lief eine Runde mit ihr. Manchmal versuchten sie, sich im Rhythmus der Walzer und Polkas zu bewegen, die im Hintergrund spielten. Nach zwei Stunden ließen sie sich erschöpft auf eine Bank fallen. »Ich würde sagen, wir haben uns jetzt jeder eine Waffel und eine heiße Schokolade verdient.«

Matthias stellte sich mit einem Tablett an dem Kiosk an. Mia lockerte ihre Schlittschuhe. »Hat doch schon ganz gut geklappt.«

Nina freute sich. »Ja, denn ich hatte eine gute Lehrerin.«

»Beim nächsten Mal können wir noch schärfere Kurven üben, ich zeig dir meinen Trick.«

Nina hielt ihr die Hand hin, um sie abzuklatschen. »Abgemacht.«

Nach dieser kalorienhaltigen Pause liefen sie noch mal eine Stunde, bevor sie sich auf den Heimweg machten.

»Was gibt's denn heute zum Abendessen?«, wollten die Kinder wissen.

Matthias parkte gerade das Auto aus und schlug die Richtung nach Kronstein ein. »Ich habe Lasagne vorbereitet, wir müssen sie nur noch in den Ofen schieben.«

»Kann Nina mit uns essen?«

»Bitte, Papa.«

Nina drehte sich zu den beiden um und schaute dann fragend zu Matthias. »Also, ich will euch nicht stören …«

Matthias schaute sie nur von der Seite an und grinste vor sich hin.

»Biittee!«, kam es vom Rücksitz.

»Na, dann gern.«

Die Kinder schafften es kaum, beim Abendessen die Augen aufzuhalten. Danach scheuchte Matthias sie nach oben, und nach allem, was Nina von dort hörte, überwachte er, ob sie sich richtig wuschen und die Zähne putzten.

Die Küche sah chaotisch aus. Kurz entschlossen räumte Nina das schmutzige Geschirr in die Spülmaschine und wusch die Lasagneform in der Spüle ab. Die Tischdecke war nicht mehr zu retten, sie war mit mehreren Tomatensaucen-Klecksen verziert. Nina nahm sie herunter und wischte den Tisch ab.

»Das hätten wir doch zusammen machen können.« Matthias stand an der Treppe und schaute über die blanken Arbeitsflächen.

»Beim nächsten Mal. Und danke für das leckere Essen.«

Matthias stellte sich hinter sie und legte seine Arme um ihre Taille. »Lief doch gut, oder?«

Genau das hatte Nina auch gedacht. Beim Schlittschuhlaufen und während des Essens hatte sie sich mehrmals bei dem Gedanken erwischt, dass so ihr Alltag mit Matthias aussehen könnte. Und dass er ihr ziemlich gut gefiele.

Matthias zog sie auf das Sofa. »Ich habe eine Idee.«

»Okay?«

Er nahm ihre Hand und schaute sie ernst an. »Lass uns nach deiner Pilotsendung mit den Kindern essen gehen und ihnen dann sagen, dass wir zusammen sind. Auf dem Eis war ich wer weiß wie oft in Versuchung, dich zu küssen. Mir fiel es heute so schwer, darauf zu verzichten. Außerdem will ich nicht, dass sie sich irgendwann hintergangen fühlen.«

Nina lehnte sich zurück und spielte in Gedanken mehrere Szenarien durch. »Ich fürchte nur, es könnte Mia noch mehr durcheinanderbringen. Heute lief es super, aber wer weiß, ob sie nicht Angst hat, dann bloß noch die zweite Geige zu spielen, wenn ihr Papa eine Freundin hat.«

»Meine Kinder spielen für mich nie die zweite Geige, und das wissen sie. Mia wird sich für uns freuen und beeindruckt sein, weil ich mit einem Fernsehstar zusammen bin.«

Nina beschloss, sich auf sein Urteil zu verlassen. »Gut, ich habe zwar ein wenig Bammel, aber lass es uns durchziehen.«

Matthias zog Nina näher zu sich heran und küsste sie. »Das wird schön, glaub mir.«

32

Das Bellinis sah von außen eher unscheinbar aus. Es lag in einer modernen Einkaufspassage, und wenn man davorstand, hätte man es ebenso für eine Eisdiele halten können. Als Nina die schwere Glastür öffnete, schlug ihr ein Duft von Kerzen, frischem Rosmarin und exklusivem Essen entgegen. Ihr Blick schweifte über den Tresen und die internationalen Whiskysorten in den verspiegelten Glasfächern. Sie gab dem Kellner ihren Mantel. Für den heutigen Anlass hatte sie ihr hellblaues Wollkleid aus dem Schrank geholt und es mit einem leuchtend orangefarbenen Wolltuch kombiniert.

Antonia bezeichnete das Bellinis immer als »Treffpunkt der Schönen und Reichen«. Als Nina zu den teuer gekleideten Gästen schaute, fand sie das wieder einmal bestätigt. Für sie und Sören war es jedenfalls ein besonderes Restaurant. Hier waren sie mehr oder weniger zusammengekommen, hatten nach einem Date rumgeknutscht und damit ihre erste gemeinsame Nacht eingeläutet. Die hochlehnigen Sofas und die vielen Zimmerbäume wahrten die Privatsphäre der Gäste.

Nina und Sören mochten aber nicht nur die Atmosphäre, sondern auch die Qualität der Speisen. Hier wurde mit hochwertigen Zutaten gekocht, und das schmeckte man. Trotzdem verlangte der Besitzer keine überkandidelten Preise.

Sie lächelte den Kellner an. »Wir haben reserviert, Sören Krause für 20.00 Uhr.

»Ahhh, Signora, Herr Krause erwartet sie schon.«

Nina war ehrlich überrascht und bemühte sich, dies dem

Kellner nicht zu zeigen. Das war das erste Mal, dass Sören zu einer privaten Verabredung mit ihr pünktlich kam. Sie hatte fest mit einer Wartezeit gerechnet und sich ein Buch eingepackt, um sie zu überbrücken.

Als sie an den Tisch kam, stand Sören auf.

Sie hielt ihm die Wange hin, doch er drehte sie zu sich und küsste sie auf den Mund. »Wie schön, dich endlich wiederzusehen.«

Er ging einen Schritt zurück und musterte sie von oben bis unten. »Die Selbstständigkeit bekommt dir.«

Sie musterte ihn in seinem rauchgrauen Anzug. »Du siehst erholt aus. Warst du beim Sport?«

»Ehrlich gesagt war ich vorhin auf der Sonnenbank, um die letzten Nächte im Büro zu übertünchen.«

Ein wenig komisch war es schon, dass sie beide sich mit ihrem Äußeren so viel Mühe gegeben hatten, schließlich trafen sie sich nicht zu einem romantischen Date, sondern um noch einmal abschließend über ihre Beziehung zu sprechen.

»Ist wieder so viel los bei euch?« Nina beglückwünschte sich einmal mehr zu ihrer Entscheidung für die Selbstständigkeit. Sie wollte nie wieder nachts im Büro sitzen müssen. Als Selbstständige arbeitete sie zwar auch viel, aber sie wirtschaftete in die eigene Tasche – und die Arbeit machte ihr mehr Spaß.

»Ja, die Risikoberatung wird komplett umstrukturiert. Wir richten unsere Leistungen auf die Digitalisierung aus und bauen völlig neue Unterbereiche auf. Und das normale Tagesgeschäft läuft natürlich trotzdem weiter.«

Nachdem der Kellner die Getränkebestellung aufgenommen hatte, nahm Sören Ninas Hand.

»Schön, dass du da bist. Ich habe mich den ganzen Tag auf dich gefreut.«

Sie räusperte sich und entzog sie ihm höflich lächelnd.

Sören schaute ihr in die Augen, atmete tief ein und seufzte. »Du hast mir noch nicht so ganz verziehen, wie ich sehe. Ich verstehe das vollkommen. Mein Verhalten war wirklich eine herbe Enttäuschung für dich. Das soll jetzt keine Rechtfertigung sein, aber für mich war es auch enttäuschend, als du dich selbstständig gemacht hast.«

Nina runzelte verwundert die Stirn. »Inwiefern?

»Weißt du, wir haben jahrelang so viel miteinander geteilt, hatten die gleichen Interessen und die gleichen Ziele und wussten immer genau, woran der andere gerade arbeitet. Das hat uns doch sehr verbunden. Und plötzlich steigst du aus, von heute auf morgen. Plötzlich war das alles nicht mehr gut genug. Ich fühlte mich abgelehnt. Und zudem hast du mich vor vollendete Tatsachen gestellt. Ich fühlte mich nicht wie ein Partner behandelt. Wo ist ihre Verlässlichkeit geblieben, habe ich mich gefragt.«

Sie war verblüfft und schaute Sören groß an. Sie hatte in ihrer Beziehung auch einiges falsch gemacht. Sich zu oft zurückgenommen, sich unbewusst kleingemacht. Und sie hatte ihre Pläne nicht klar und deutlich mit ihm besprochen, sondern immer als Träume formuliert. Insofern konnte sie nachvollziehen, dass er sich damals überrumpelt fühlte.

Aber jetzt fügte er einen Aspekt hinzu, der sie traf: Sie hatte ihn nicht als Partner behandelt. Damit hielt er ihr dasselbe vor wie sie ihm. Mit diesem Vorwurf hätte sie im Leben nicht gerechnet, aber er hatte recht. Das sah sie jetzt. Es war ihr peinlich, wie unerwachsen sie sich ihm gegenüber verhalten hatte. Du lieber Himmel. Sie war sprachlos.

Zum Glück brachte der Kellner gerade die Getränke, sodass sie einer schnellen Antwort enthoben war. Und als er fragte, ob sie schon gewählt hätten, fiel ihnen beiden auf, dass sie noch gar nicht in die Speisekarte geblickt hatten.

Das taten sie nun. Aber Nina schaute wie blind über die Zeilen und konnte davon kein Wort aufnehmen.

Als sie verstohlen zu Sören hinüberlinste, stellte sie fest, dass er nicht mit Auswählen beschäftigt war, sondern sie anschaute, mit dem liebevollen Blick, der ihr früher so viel gegeben hatte. Und überraschenderweise wurde ihr warm ums Herz.

Er sah ihr das offenbar an – verflixt –, denn zu seinem liebevollen Blick kam ein liebevolles Lächeln. Der alte Sören war wieder da, dem sie bei ihrem ersten Abend im Bellinis nicht widerstehen konnte und dann auf Sylt nicht mehr widerstehen wollte.

Verwirrt brach sie den Blickkontakt ab und konzentrierte sich auf die Karte. Der frische Pilzsalat wäre schon mal ein Anfang.

Kurz darauf klappten sie die Speisekarten zu, und der Kellner trat an ihren Tisch. »Ich nehme einen Insalata di funghi und danach das Vitello alle sarda, bitte.« Zum Dessert würde sie ein Stück von der Zuccotto, der eisgekühlten Kuppeltorte, probieren.

Nachdem Sören bestellt und seine Karte beiseitegelegt hatte, hob er sein Glas. »Komm lass uns anstoßen.«

Sie hielten die Gläser aneinander und schauten sich in die Augen. In seinen spiegelte sich das Kerzenlicht. »Nina, ich will immer noch eine Familie mit dir gründen, bitte gib uns nicht auf.«

Nina holte tief Luft und trank von ihrem Wein. Sie war noch immer sprachlos. Sie hatte ihn nicht wie einen Partner behandelt. Wie schön hätte es zwischen ihnen sein können, wenn sie sich von Anfang an erwachsen verhalten hätte!

Sie räusperte sich. »Ich sagte schon, ich habe Matthias kennengelernt.« Wieso klang das jetzt überhaupt nicht wie ein Argument?

Sören nickte ganz ruhig und schaute sie für ein paar Augenblicke schweigend an. »Ich habe dir noch etwas Wichtiges zu sagen: München habe ich gestern gecancelt. Ich habe erkannt, dass es ein Fehler war, den Job dort anzunehmen. Du liebst Kronstein, bist in der Gegend verwurzelt, hast deine besten Freundinnen hier. Ich will in deiner Nähe sein, dein kleines Unternehmen fördern, so gut ich kann. Ich habe gesehen, was du auf die Beine gestellt hat. Das ist großartig. Ich bin wirklich stolz auf dich.«

Nin war gerührt. »Aber das war doch dein Traumjob, deine Chance, in ein paar Jahren in die Geschäftsleitung berufen zu werden …«

»Ach Nina, was soll ich denn mit diesem Posten, wenn du nicht an meiner Seite bist? Ja, ich will weiterkommen. Aber auch, um eine gute finanzielle Basis für unsere Familie zu schaffen.«

Sie schüttelte den Kopf. »Ich bin mit Matthias zusammen. Ich bin mit ihm so glücklich wie schon lange nicht mehr. Es ist schön und unkompliziert.«

»Das glaube ich gern«, erwiderte Sören, nicht im mindesten gekränkt. Und sein liebevoller Blick war unverändert. »So war es bei uns zu Anfang auch. Aber glaubst du nicht, dass es irgendwann auch mit ihm mal eine schwierige Phase geben wird, wo du an der Beziehung zweifelst? Ist das nicht menschlich und normal?«

Nina nickte. Er fährt schwere Geschütze auf, dachte sie, und wieder hatte er recht.

»Nina, ich sehne mich nach dir. Nach dir und unseren Kindern.«

Sie fühlte Tränen aufsteigen und schluckte. »Sören, ich weiß gerade nicht, was ich darauf sagen soll.«

»Das ist in Ordnung. Denk einfach in Ruhe über uns nach.

Lass uns die gemeinsamen Jahre nicht einfach abhaken. Du musst dich ja nicht sofort entscheiden.«

»Gut, das kann ich dir zusagen.«

Dann bekamen sie die Vorspeisen, und den Rest des Abends plauderten sie überraschend entspannt über alte Kollegen und die gesellschaftlichen Ereignisse in Kronstein.

33

»Ich denke, Puder habe ich jetzt genug im Gesicht.«

Nina saß in der Garderobe des Fernsehsenders und empfand das stark geschminkte Gesicht, das ihr aus dem hell angestrahlten Spiegel entgegenschaute, als völlig fremd. Und auch den pfirsischfarbenen Hautton fand sie gewöhnungsbedürftig.

»Mädel, ich bin noch nicht fertig. Beim Fernsehen kann man immer ein bisschen dicker auftragen. Die Kamera schluckt ganz viel, glauben Sie mir. Die Augenbrauen sollten wir auf jeden Fall noch nachziehen, das unterstreicht ihre klassischen Gesichtszüge.« Die Maskenbildnerin nahm drei unterschiedliche Augenbrauenstifte in die Hand und postierte sich vor Nina wie ein Künstler vor der Staffelei. »Sie werden super rüberkommen. Sie haben ein echt telegenes Gesicht.«

Die letzten Silben wurden von einem fröhlichen Wow-wowwow übertönt.

»Ich werd nicht mehr!«

»Ist das da unsere Nina?«

Beatrix und Birgit hatten die Tür zur Garderobe aufgerissen und kamen mit exaltierten Gesten und Hüftwackeln auf Nina zu. »Hier kommen die Groupies!«

Die Maskenbildnerin stellte sich wie ein Leibwächter vor Nina. »Keine Umarmungen, wir haben gerade Make-up aufgetragen.«

Die Mädels knufften Nina am Arm. »Hey Fernsehstar, wir wollten dir schnell noch Glück wünschen.«

»Das ist lieb, vielen Dank.«

»Viele Grüße von der ganzen Gruppe. Sie gucken sich natürlich alle die Sendung an.«

»Wir sind so stolz auf dich.«

»Na, mal schauen, ob ihr auch noch stolz seid, wenn ich vor Aufregung rot anlaufe und anfange zu stottern.«

Die Maskenbildnerin trat vor Nina. »Wir müssen jetzt weitermachen, tut mir leid, die Damen.«

»Also toi, toi, toi.« Die beiden winkten ihr noch mal zu und gingen.

»Ich stelle es mir ganz eigenartig vor, mich im Fernsehen zu sehen.« Jetzt wurde sie langsam zappelig wegen der Fernsehaufzeichnung. Und im Hinterkopf beschäftigte sie das Essen danach. Sollten sie nicht doch noch warten? Es war doch alles noch so frisch.

Die schwere Krise zwischen Larissa und Hubertus, wo sich noch dazu ein Bruch abzeichnete, nahm die Kinder schwer mit. Zwar konnten sie Nina offenbar gut leiden, es musste Mia und Jakob aber verunsichern, wenn in der anderen Hälfte ihrer Familie ebenfalls eine Statusänderung bekannt gegeben wurde. Das war etwas ganz anderes, als ab und zu einen Nachmittag lang etwas zu viert zu unternehmen. Da stellten sich keine Autoritätsfragen.

Schade, dass sie es gestern nicht mehr geschafft hatten, sich zu treffen. Sie hätte gern noch mal mit Matthias über ihre Bedenken in Bezug auf Mia gesprochen. Aber er hatte kurzfristig abgesagt. »Erkläre dir alles morgen.« Das war auch ein Grund, weshalb sie so nervös war. Das wurde ihr jetzt erst bewusst. Ob bei ihm alles in Ordnung war? Hoffentlich keine weitere Krise mit Mia.

»Hier ist noch mehr Besuch für Sie«, sagte jemand an der Garderobentür. »Soll ich sie kurz reinschicken?«

»Wer ist es denn?«

»Ein Mann und zwei Kinder.«

»Herein mit ihnen!«

Die Maskenbildnerin lächelte. »Ihre Familie? Wie schön!«

»Nein, also, ähm … noch nicht.«

Die Maskenbildnerin gab sie frei, als Mia und Jakob hereinstürmten. Matthias folgte ihnen mit zögernden Schritten. Er hatte erneut starke Schatten unter den Augen. Sie sah ihn fragend an. »Hallo, ihr drei.«

Matthias lächelte schief. »Wir wollten dir unbedingt Glück wünschen.«

»Danke. Wenn ihr im Studio seid, bringt mir das ganz bestimmt Glück.«

Jakob setzte sich auf Ninas Schoß und musterte befremdet die vielen Schminktiegel. »Wir sitzen ganz vorn, in der zweiten Reihe.« Mia ging um Nina herum und begutachtete die Lockenwickler und das dicke Make-up. »Du siehst voll verändert aus.«

»Ich bin ganz froh, wenn ich das Zeug nach der Sendung wieder abwischen kann. Ich hoffe, ihr nehmt mich auch ungeschminkt zum Essen mit.«

Mia schaute zu ihrem Papa. »Aber wir wollen doch nach der Sendung gleich nach Hause.«

Matthias nahm Ninas Hand. »Ich muss nachher unbedingt mir dir reden.« Er schaute seine beiden Kinder an. »So, jetzt raus hier, damit Nina sich auf die Sendung vorbereiten kann.«

Jakob umarmte Nina. »Heute ist ein ganz toller Tag, besser als Geburtstag.« Ihr wurde warm ums Herz.

Mia flüsterte: »Ja, wir sind so aufgeregt. Nach der Sendung wollen wir zu Hause noch Schränke frei machen.«

Hatte Matthias den Kindern schon alles erzählt? Aber warum sollte sie denn gleich bei ihnen einziehen? Freuten sie sich deshalb so? Sie wollten es ihnen doch zusammen sagen? Ninas

Gedanken überschlugen sich. Wollten Matthias und die Kinder sie überraschen?

Nina beschloss, das Spiel mitzuspielen, sie musste sich sehr beherrschen, um nicht zu grinsen wie ein Honigkuchenpferd. »Wozu braucht ihr denn freie Schränke? Mia, hast du dir so viele neue Klamotten gekauft?«

Jakob kletterte von Ninas Schoß. »Wir werden jetzt wieder eine richtige Familie.«

Nina seufzte. Und sie hatte sich so große Sorgen gemacht, die Kinder könnten ihre Beziehung mit Matthias ablehnen!

Mia kicherte. »Ich doch nicht! Die Mama! Die kauft ständig Klamotten, und die bekommen wir vielleicht nicht unter.«

»Nina, ich muss …«

»Die Mama?«

Mia hüpfte auf und ab: »Ja, die Mama zieht wieder bei uns ein.«

Nina war wie vor den Kopf geschlagen. Dabei hörte sie sich mit tonloser Stimme sagen: »Dann wünsche ich euch … alles Gute!«

»In zehn Minuten geht's ins Studio.« Der Aufnahmeleiter kam mit Headset auf dem Kopf und Klemmbrett unter dem Arm in die Garderobe gehastet. »Frau Seiler, alles klar bei Ihnen?«

Er schaute zu Matthias und den Kindern. »Ihr Mann und die Kinder müssten jetzt auch auf ihre Plätze.«

Nina merkte, dass sie mechanisch den Kopf bewegte. Wie ein Nickdackel, dachte sie unsinnigerweise. »Alles super hier«, antwortete sie, was auch reichlich albern klang.

Matthias schaute sie über den Spiegel an. »Ich rufe dich nachher an.« Damit ließ er sich von dem Aufnahmeleiter hinausgeleiten.

Die Maskenbildnerin hatte sich die ganze Zeit im Hintergrund gehalten. Als sich die Tür hinter Matthias und den Kindern schloss, hielt sie Nina ein Taschentuch hin. »Drücken Sie das mal auf die unteren Lider. Nicht, dass die ganze Schminke jetzt zerfließt.«

Nina blinzelte und drückte das Taschentuch vorsichtig gegen ihre Augen. »Ich bin so blöd.«

»Wenn ich das richtig mitbekommen habe, sind nicht Sie die Blöde.«

»Vor ein paar Tagen haben wir unsere gemeinsame Zukunft geplant, und jetzt zieht plötzlich seine Ex bei ihm ein. Das gibt's doch gar nicht.«

»So was Ähnliches habe ich auch schon mal erlebt. Die Ex-Frau hatte ganz plötzlich wieder Interesse, als mein Freund und ich damals zusammengekommen sind. Wenn Kinder im Spiel sind, haben Sie schlechte Chancen.«

»Er wird mit dieser Frau todunglücklich.«

»Vergessen Sie den Kerl. Konzentrieren Sie sich jetzt auf Ihre Karriere.«

Die ist mir gerade scheißegal, dachte sie, aber sie nickte und riss sich zusammen. Irgendwie musste sie jetzt die Backshow überstehen. Ihre Hände zitterten, ihr war so flau, sie hatte das Gefühl, nicht aufstehen zu können.

Nein, verdammt! Sie würde die Show nicht bloß irgendwie überstehen, sie würde sie glänzend meistern! Sie dachte an ihre Auftritte bei Firmenvorständen, wo man sie gar nicht ernst genommen hätte, wenn ihr die geringste Nervosität anzumerken gewesen wäre. Da hatte sie ein erstklassiges Nervenkostüm gehabt. Und das würde sie sich jetzt überziehen.

»Frau Seiler, ich nehme sie gerade mit.« Eine Assistentin des Aufnahmeleiters hatte die Garderobentür aufgerissen. Die Maskenbildnerin umarmte sie. »Toi, toi, toi, Mädel, zeigen Sie es ihnen!«

Die Assistentin führte Nina zu ihrem Platz, an dem eine

hochmoderne und teure Küchenmaschine, diverse Schüsseln, Zutaten, Schneebesen und weitere Utensilien standen. Nina nickte ihren drei Konkurrenten zu. Sie kannten sich aus dem Vorgespräch. Links neben ihr stand Georg Kracht, ein Konditor um die sechzig, Inhaber eines der erfolgreichsten Cafés der Region. Nina freute sich sehr, dass er dabei war, und hoffte, sich mit ihm austauschen zu können. Sie würde ihn gern fragen, von welchem Hersteller er sein Marzipan und Nougat bezog. Bei ihren Recherchen im Vorfeld der Geschäftsgründung waren ihr die Kuchen mit diesen beiden Zutaten in dem Café besonders in Erinnerung geblieben.

Er gab ihr die Hand und lächelte. »Dass ich auf meine alten Tage noch in einer Fernsehshow auftrete, hätte ich nicht für möglich gehalten.«

»Ich bin ein großer Fan von Ihren Torten. Ich hoffe, Sie werden mir ein paar Rezepte verraten.«

Rechts neben Nina standen zwei Frauen. Ihre direkte Nachbarin war Anfang vierzig und sah eher wie eine Managerin aus: Silke Lambradowski. Sie trug ein perfekt sitzendes dunkelblaues Nadelstreifenkostüm mit einem Rock, der eine Handbreit über dem Knie endete. Nina versuchte, sie nicht anzustarren, aber sie fragte sich, wie sie zwei Stunden auf diesen High Heels stehen wollte. »Hallo, Frau Seiler. Möge der Bessere gewinnen.«

»Ich sehe das entspannt. Ist doch eine tolle Werbung für uns alle.« Nina ging zu der anderen Mittvierzigerin. »Hallo, Frau Klaas, freut mich, Sie wiederzusehen.«

»Hallo, Frau Seiler. Meine Hand gebe ich Ihnen lieber nicht. Ich bin total durchgeschwitzt.« Sie tupfte sich mit Küchenkrepp Stirn und Hände ab und musterte Nina. »Sind Sie denn gar nicht aufgeregt?«

Nina flüsterte so leise wie möglich: »Das musste ich mir

schon in meinem vorigen Beruf abgewöhnen. Außerdem habe ich gerade ganz andere Probleme.«

»Sie Glückliche.«

»Eher nicht.«

»Huhu, zeigt euch doch mal kurz!« Silke Lambradowski winkte einem Mann und vier Kindern. »Das sind meine, steht doch mal kurz auf, meine Mitbewerber wollen euch auch mal sehen.« Wie die Orgelpfeifen standen die Kinder da, von denen zwei im Kindergarten- und zwei im Grundschulalter waren. Sie saßen in der zweiten Reihe direkt neben Mia und Jakob. »Sind Ihre Kinder auch dabei?«

Nina schüttelte langsam den Kopf. »Ich habe Freunde eingeladen.«

»Meine Kinder geben mir so viel Kraft. Ohne Kinder ist das Leben doch völlig trostlos und leer, nicht wahr?«

Nina nickte nur.

Aber die Lambradowski war noch nicht fertig. Sie musterte Nina von oben bis unten. »Wenn Sie noch welche wollen, müssten Sie aber langsam loslegen.«

»Also, meine Frau und ich haben eine Flasche Sekt aufgemacht, als unser Jüngster ausgezogen ist.« Georg Kracht zwinkerte Nina zu, ein Zuspruch, den sie gerade doch gebrauchen konnte, wie sie merkte.

Danach ignorierte sie ihre Nachbarin, ging wieder an ihren Platz und schaute sich die Zutaten an. Die Küchenmaschine war ihnen im Vorgespräch vorgestellt worden. Nina kannte das Modell bereits, da sie das gleiche zu Hause hatte. Sie kontrollierte, ob in dem Kühlschrank-Körbchen, das sie selbst mitgebracht hatte, alles für ihre Möhren-Walnuss-Torte bereitstand.

Ab und zu – sie konnte und wollte es gar nicht verhindern – blickte sie zu Mia und Jakob und lächelte jedes Mal automatisch, aber es gelang ihr, Matthias zu ignorieren. Sie wollte ihr Nervenkostüm nicht zu sehr auf die Probe stellen.

Der Moderator, ein ehemaliger Radiomann mit tragender Stimme, kam ins Studio und begrüßte nacheinander die Kandidaten mit Handschlag. Dann stellte er sich vor das Publikum. »Hallo, schön, dass Sie heute bei unserer ersten Samstagabend-Live-Show von *Hessen backt* dabei sind. Bevor wir loslegen, wollen wir hören, ob Sie für die Teilnahme an der Show ausreichend qualifiziert sind: Bitte mal einen Applaus!«

Das Publikum klatschte laut.

»Das war ja schon ganz okay, aber jetzt mal alle Arme und Beine einsetzen.«

Die Zuschauer klatschten und trampelten. »Und jetzt will ich dazu Ihre Stimmen hören.« Nina hielt sich die Ohren zu, als die Leute auch noch johlten.

Der Moderator nahm einen Stift und sein Klemmbrett. »Alles klar, den wichtigsten Punkt können wir abhaken, wir haben ein gut eingearbeitetes Publikum. Jetzt müssen die Kandidaten nur noch etwas Anständiges backen.«

Der Aufnahmeleiter kam mit Headset zum Moderator und positionierte ihn direkt vor der Kamera. »Achtung, wir starten in einer Minute.« Im Saal wurde es ganz still, die Titelmelodie wurde eingespielt, der Moderator begrüßte das Publikum und die Profibäcker. Für jeden Kandidaten wurde ein zweiminütiger Film eingespielt, der ihn und seine Konditorei oder sein Café vorstellte.

Ninas Film wurde als zweiter gezeigt. Sie selbst sah ihn zum ersten Mal. Ihre Patisserie wirkte im Film viel größer als in Wirklichkeit. Sie sah die Gräfin mit ihrer Teerunde an der Kasse anstehen und sich selbst etwas aufgeregt eine Torte verzieren. Als Clara voller Inbrunst auf die Windbeutel in der Vitrine zeigte, kamen ihr fast die Tränen. Sie musste sich unbedingt nach der Sendung beim Kameramann und beim Redakteur bedanken. Und vielleicht dürfte sie den Film auch auf ihre Website stellen?

Der Moderator ging nun zu den Profibäckern. »So, liebe Kandidaten, toll, dass Sie in unserer Sendung mitmachen. Sie backen heute jeder ihren Lieblingskuchen, und während der Sendung stimmen die Zuschauer per Telefon ab, welche beiden Rezepte sie in unserem Backbuch *Hessen backt* lesen wollen. Die beiden Bäcker mit den Siegerrezepten kommen eine Runde weiter, zwei von ihnen scheiden aus. In die nächste Sendung laden wir dann die beiden Sieger und zwei neue Bäcker ein.«

Er wandte sich an Georg Kracht. »Im Film haben wir ja eben gesehen, dass Ihr Café Kult ist und die Leute sonntags in langen Schlangen anstehen, um Ihren Kuchen zu kaufen. Was backen Sie denn heute für uns?«

»Ich habe einen Klassiker aus meinem Café mitgebracht: Waldbeeren-Törtchen mit Sahne-Baiser-Kern. Dazu mache ich erst die Torteletts aus Mürbeteig, dann die Sahne-Baiser-Füllung und zum Schluss belege ich alles mit Waldbeeren und versiegle es mit fruchtigem Guss.«

»Was ist denn an Ihrem Rezept besonders knifflig?«

»Die Torteletts sollten möglichst dünn und knusprig werden.«

»Wir sind schon gespannt.«

»Frau Seiler, was haben Sie uns Schönes mitgebracht?«

»Hallo, allerseits.« Nina lächelte zuerst den Moderator, dann das Publikum an. »Ich mache heute eine Möhren-Walnuss-Torte mit Frischkäsecreme.«

»Das hört sich lecker an. Und wo sehen Sie Ihre größte Herausforderung?«

»Die richtige Konsistenz des Bodens hinzubekommen.«

»Alles klar, dann legen Sie bitte los.«

»Wir müssen doch alle zugleich anfangen, das ist ja sonst unfair.« Silke Lambradowksi hatte die Hände in die Taille gestützt und schaute empört auf Nina und Georg Kracht.

»Hier kann ich gleich unsere dritte Kandidatin begrüßen.« Der Moderator ging zu ihr. »Sie bekommen am Schluss eine Minute drangehängt, Frau Lambradowski, wir wollen ja alle gleich behandeln. Was backen Sie uns denn heute?«

»Ein altes Familienrezept, einen Rührkuchen mit getrockneten Früchten.«

»Das klingt in der Tat traditionell. Auch Sie dürfen gerne schon starten.«

»Und unsere vierte Kandidatin ist Marita Klaas. Wir haben ja gerade im Film gesehen, was für ein wunderbares kleines Café Sie haben. Fabrizieren Sie auch einen Klassiker aus Ihrem Café?«

»Ich habe, also ich wollte …« Ihre Stimme blieb weg, man hörte nur noch ein lang gezogenes Krächzen. Der Moderator legte ihr einen Arm um die Schulter und zwinkerte ihr zu. »Sie müssen gar nicht aufgeregt sein, wir sind doch hier unter uns.«

»Also ich will einen Klassiker neu interpretieren: Mamorkuchen als Mini-Gugelhupf mit Frischkäsetopping.«

»Au, da freue ich mich. Marmorkuchen ist von jeher mein absoluter Favorit. Nur eines habe ich mir abgewöhnt: ich esse nicht mehr zuerst den gelben Teil heraus und dann den schokoladigen hinterher.«

Das Publikum lachte.

Nina raspelte mit der Küchenmaschine die Möhren und schlug dann die Eier mit dem Zucker schaumig, gab das Öl dazu und verrührte alles kräftig.

»Frau Seiler erklären Sie uns doch mal, was Sie hier machen.«

»Ich rühre gerade den Teig für die Böden zusammen. Die Möhren habe ich schon in der Maschine geraspelt, bei denen ist es ganz wichtig, dass sie sehr zart sind. Ich backe zwei Böden, die ich übereinandersetze, damit wir eine schöne hohe Torte bekommen.«

Der Moderator ging weiter und Nina blendete das Geschehen um sie herum komplett aus. Nach und nach hob sie das Mehl mit dem Backpulver unter, dann die geraspelten Karotten und die gemahlenen Walnüsse. Nach zwanzig Minuten füllte sie den Teig in zwei runde Springformen und schob sie in den vorgeheizten Ofen. Sie schaute kurz zu ihrer Nachbarin, die dem Moderator erklärte, wie man welche Trockenfrüchte am besten zerkleinerte.

Um die Backzeit zu überbrücken, hatte der Sender einige Musikeinlagen geplant. In dieser Zeit konnten die Bäcker ein wenig entspannen, weil die Kamera meistens auf die Sänger gerichtet war.

Nina nahm sich nun das Topping vor: Sie schmolz die Butter leicht an und stellte sie zum Abkühlen auf die Seite. Dann gab sie den Frischkäse in eine Schüssel geben, rührte etwas Zitronensaft, eine Prise Salz und die aufgelöste Butter dazu und schlug alles zusammen auf. Am Schluss gab sie etwas Rote-Bete-Saft hinein, bis die Creme einen kräftigen Pinkton bekam und schmeckte sie mit Puderzucker ab.

Georg Kracht nahm seine Torteletts gerade aus dem Backofen, und der Moderator ließ sich von ihm erklären, woran man merkte, dass sie besonders gelungen waren.

Nina nahm ihre Böden ebenfalls aus dem Backofen und stellte sie zum Abkühlen auf die Gitter.

Da sie jetzt ein paar Minuten Zeit hatte, ging sie zum Konditormeister und schaute ihm dabei zu, wie er seinen Sahne-Baiser-Kern für die Torteletts zusammenrührte. »Das sieht lecker aus. Hätten Sie etwas dagegen, wenn ich das Rezept in meinem Laden auch einmal ausprobiere?«

»Aber nicht doch. Wir kommen uns doch nicht ins Gehege, Mädchen.«

Nina nutzte die Gelegenheit, um ihn nach seinen Lieferanten zu fragen, und sie unterhielten sich höchst angeregt und gut gelaunt. Dabei merkten sie nicht einmal, dass sie die ganze Zeit gefilmt wurden.

Als zwei Musikgruppen und ein Comedian ihre Showeinlagen beendet hatten, richtete sich die Aufmerksamkeit der Kamera wieder auf die Bäcker.

Nina setzte ihre Böden übereinander und strich ihre Torte mit der rosa Creme ein, zum Schluss verzierte sie ihr Werk mit Himbeeren und bunten Zuckerperlen. Georg Kracht war als Erster mit seinen Törtchen fertig, kurz danach Nina. Silke Lambradowski zeterte, sie müsse zu sehr unter Zeitdruck arbeiten, weil sie ja später angefangen habe, und ihre Handgriffe wurden immer hastiger. Der Moderator versuchte, sie zu beruhigen. Aus Maritas Ecke hörte man leises Fluchen. Sie löste gerade ihre Mini-Gugelhupfs aus den Förmchen. »Schon wieder ein kaputter! Ich bin mit diesem Backofen überhaupt nicht zurechtgekommen.«

Nina hätte ihr gern geholfen, aber das erlaubten die Regeln nicht. Deshalb fachsimpelte sie mit Georg Kracht und schaute den anderen beiden entspannt zu.

Als alle fertig waren, wurden alle Kuchen und Torten in die Kamera gehalten, und jeder Kandidat sollte sagen, warum die Zuschauer für seinen Kuchen stimmen sollten. Nina überlegte nicht lange. »Weil er lecker und gehaltvoll ist – und nicht zu süß.«

Das Publikum klatschte und johlte.

»Liebe Zuschauer daheim an den Bildschirmen, Sie haben

jetzt noch fünf Minuten Zeit, um für ihr Lieblingsrezept zu stimmen. Wenn Sie möchten, dass die Waldbeeren-Törtchen mit Sahne-Baiser-Kern von Georg Kracht in unser Backbuch kommen, wählen Sie die Endziffer 1, wenn Sie die Möhren-Walnuss-Torte mit Frischkäsecreme von Nina Seiler dort haben wollen, wählen Sie die Endziffer 2, die Endziffer 3 wählen Sie für den Rührkuchen mit Trockenfrüchten von Silke Lambradowski und die Endziffer 4 für die Mini-Marmorkuchen mit Frischkäsetopping von Marita Klaas.«

Die Abstimmzeit wurde wieder mit einer musikalischen Darbietung überbrückt, diesmal sang ein Gospelchor aus der Region. Währenddessen positionierte der Aufnahmeleiter die Bäcker wieder an ihren Arbeitsplätzen. Einige Assistenten halfen ihnen dort beim Aufräumen.

»Vielen Dank an die Hessischen Gospelsingers für dieses wunderbare Lied.« Der Moderator hielt einen großen Umschlag in die Kamera. »Hier habe ich jetzt das offizielle Endergebnis. Sie haben abgestimmt, liebe Zuschauer, welche beiden Starbäcker in der nächsten Sendung wieder mit dabei sind.«

Er ging zu den Bäckern und stellte sich neben sie. »Also, jetzt wird's spannend. Ich öffne den Umschlag.« Alle Blicke gingen zu einem großen Monitor, auf dem die vier Namen untereinander aufgelistet waren. Neben den Namen bauten sich jetzt die Balken gemäß den Prozentzahlen auf. »Georg Kracht gewinnt mit 35 Prozent«, das Publikum klatschte und johlte, »dicht gefolgt von Nina Seiler mit 30 Prozent. Herzlichen Glückwunsch! Auf dem dritten Platz folgt Marita Klaas mit 20 Prozent und gute 15 Prozent haben für Silke Lambradowski abgestimmt.«

Die Kandidaten gratulierten einander, die einen herzlich, Frau Lambradowski eher pflichtschuldig. Der Moderator beglückwünschte die Sieger, bedachte die Verlierer mit ein paar warmen Worten und verabschiedete sich von den Zuschauern, dann wurde der Abspann eingespielt.

Nina atmete mächtig auf. Aber ehe sie dazu kam, in die zweite Reihe zu schauen, sprach sie Martin, der Kameramann, an. »Det haste toll jemacht, Mädel.«

»Bestimmt lag es an dem tollen Einspielfilm, vielen Dank!«

»Ham wa jut hinjekricht, wa?«

»Ich wusste gar nicht, dass ich sooo einen schönen und großen Laden habe.«

»Mädel, ick zeig nur, wat da is.« Sie ließ sich von ihm in den Arm nehmen, dann schaute sie in den Zuschauerraum und sah Matthias und die Kinder zum Ausgang gehen.

Wollte er wirklich wieder Larissa bei sich einziehen lassen? Sie schüttelte den Kopf. In dem Moment drehte sich Matthias um, sah ihren Blick und winkte ihr zu. Nina wollte die Hand heben, aber sie schaffte es nicht. Sie spürte, wie ihr Tränen in die Augen schossen, und wandte sich schnell ab, um die Garderobe anzusteuern.

»Schön, wenn die Anspannung von einem abfällt.« Der Moderator legte ihr einen Arm um die Schultern. »Ich habe gar nicht gemerkt, dass sie aufgeregt waren. Sie kamen so cool rüber, Sie sind ein echtes Fernsehtalent.«

»Ach das …« Nina konnte nicht weitersprechen, die Tränen liefen nun in Strömen über ihr Gesicht.«

»Na, ruhen Sie sich erst mal aus. Es freut mich, dass Sie in der nächsten Sendung wieder mit dabei sind.«

Beatrix und Birgit standen vor der Garderobe und empfingen sie strahlend. Nina war so froh, sie zu sehen. »Hey, du warst großartig.« Sie umarmten sie und schoben sie an ihren Schminktisch, damit sie sich das Make-up abwischen konnte. Die beiden setzten sich neben sie und schauten sie über den

Spiegel an. »Nun sag mal, was los ist. Können wir dir irgendwie helfen?«

»Habt ihr vielleicht Lust auf eine Flasche Wein? Oder zwei?«

»Och ja.«

»Erzählst du uns dann, was los ist?«

»Ich wurde heute von den Kindern meines Freundes informiert, dass seine Exfrau wieder bei ihm einzieht. Und eigentlich wollten wir heute nach der Show mit seinen Kindern essen gehen und ihnen sagen, dass wir zusammen sind.«

»Das ist heftig.« Birgit stemmte die Hände in die Hüften. »Los, lass uns zu dem Kerl gehen und ihm ordentlich die Meinung geigen.«

»Aber so was von!«, bekräftigte Bea, sah Nina aber so mitfühlend an, dass der kämpferische Ton auf der Strecke blieb.

»Nein«, sagte Nina. »Lasst uns einfach was trinken gehen. Wisst ihr, ich will mich auf keinen Fall in eine Familie drängen. Ich kapier's zwar nicht, nach allem, was er von Larissa erzählt hat und wie ich sie erlebt habe, aber das hake ich jetzt ab.«

»Recht so!« Birgit und Beatrix nahmen Nina in ihre Mitte und steuerten auf die Garderobentür zu. »Männer! Was soll man mit denen schon anfangen!«

34

Montagmittag war Ninas Laden zum ersten Mal ausverkauft. Die Kunden hatten sich den ganzen Vormittag die Klinke in die Hand gegeben, viele waren gekommen, um Nina zu ihrem Erfolg zu beglückwünschen. Andere wollten einfach die Fernsehbäckerin und ihre Patisserie kennenlernen. Jeder nahm Törtchen oder Kekse mit. Nina stand in der Backstube und sorgte für Nachschub. Gegen Mittag schloss sie zu und hatte Zeit, die drei Journalisten der örtlichen Presse zurückzurufen, die wegen eines Interviews angefragt hatten. Ihr blieb keine Minute zum Durchatmen – und das war auch gut so. Von allen Seiten kamen Glückwünsche: Von ihren Eltern, die gerade auf Mallorca im Urlaub waren und sich die Sendung im Internet angeschaut hatten, von ihren ehemaligen Kollegen, von Sören, der Teerunde der Gräfin und von vielen Nachbarn, die sie vorher kaum wahrgenommen hatte.

Nachdem sie Samstagabend mit Beatrix und Birgit durch die Bars gezogen war, hatte sie am Sonntag mit Antonia, Clara und Philipp ihren Fernsehauftritt gefeiert. Dann allerdings ohne einen Tropfen Alkohol. Matthias hatte mehrmals versucht, sie anzurufen, aber Nina hatte nicht die Kraft, mit ihm zu sprechen. Vermutlich würde sie nur in Tränen ausbrechen und danach zu nichts mehr fähig sein. Zum Glück half ihr Antonia auch nachmittags noch, sodass Nina ihre Pressetermine absolvieren konnte. Zwei Zeitungsjournalisten und ein Fernsehteam kamen vorbei, um mit ihr zu sprechen und zu filmen.

Als sie zur gewohnten Zeit ihren Laden abschloss, spürte sie ihre Beine kaum noch. Sie überlegte, was sie für den nächsten Tag vorbereiten könnte, denn sie hatte Angst davor, in ihre Wohnung zurückzukehren. Sie fühlte sich leer. Natürlich erlebte sie mit ihrem Erfolg bei der Backshow gerade etwas einmalig Schönes, aber sie fühlte es nicht. Sie fühlte gar nichts mehr, bewegte sich mechanisch wie ein Roboter und funktionierte.

So ging sie in die Backstube. Da viele Kunden heute nach der Möhren-Walnuss-Torte gefragt hatten, wollte sie für morgen einige herstellen. Sie nahm die Möhren aus dem Kühlschrank und putzte sie. Als sie mit dem Raspeln beginnen wollte, hörte sie ein leises Klopfen. Sie ahnte, wer vor der Tür stand. Ihr Herz klopfte wie wild. Sollte sie so tun, als ob sie nicht da wäre? Oder sollte sie einen Zusammenbruch riskieren?

Sie ging zur Tür. Draußen stand Matthias. Durch die Scheibe trafen sich ihre Blicke. Sie sah seinen Schmerz. Trennungsschmerz. Ja, den kannte sie. Eine Weile standen sie nur da und schauten sich an. Dann schloss sie die Ladentür auf und ließ ihn ein. Wortlos ging er an ihr vorbei und stellte sich mitten in den Raum. »Wollen wir ein wenig gehen? Dann fällt es mir leichter, mit dir zu reden.«

»Ich würde lieber hierbleiben.«

Matthias setzte sich auf einen der Stühle, Nina nahm den Stuhl, der am weitesten von ihm entfernt stand.

»Larissa ist in den letzten Wochen total durchgedreht und Mia ja auch, wie du mitbekommen hast.«

»Ich erinnere mich auch, dass wir eine gemeinsame Zukunft geplant hatten. Du wolltest auf jeden Fall mit mir zusammenbleiben.«

Er nickte und schloss die Augen. »Das möchte ich auch jetzt noch.« Es klang kraftlos, so als glaubte er, alle Chancen bereits verspielt zu haben.

»Wie konntest du mich derart vor vollendete Tatsachen stellen? Mir wäre lieber gewesen, ihr wärt erst gar nicht in meine Garderobe gekommen.«

Er nickte wieder. Er machte die Augen auf, ließ aber Kopf und Schultern hängen. So kraftlos hatte sie ihn noch nie erlebt. Er sah aus wie … wie … als hätte er vor einer Übermacht kapituliert … völlig resigniert.

Er holte tief Luft. »Larissa stand plötzlich vor der Tür. Sie hat sich von Hubertus getrennt. Die Kinder waren so glücklich, als sie sie mit den Koffern sahen. Sie haben gejubelt, gequietscht, sind an ihr hochgesprungen wie die Hündchen. Da hatte ich schon verloren.« Er fuhr sich durch die Haare, immer wieder, lehnte seufzend den Kopf an die Wand und machte die Augen zu.

Er schafft es nicht mehr, mich anzusehen, dachte Nina. »Was stellst du dir jetzt vor?«

»Da sie nicht arbeitet und sich erst noch einen Job suchen muss, könnte sie sich vom Unterhalt und dem Kindergeld gerade mal eine Sozialwohnung leisten. Selbst wenn das nur vorübergehend wäre, ich will nicht, dass meine Kinder sie in solche Verhältnisse abrutschen sehen und dabei denken, ich könnte sie davor bewahren. Sie zieht jetzt wieder bei mir ein. Wir bilden eine Wohngemeinschaft. Ich sehe darin die einzige Möglichkeit, den Kindern wieder Stabilität zu bieten.«

»Das verstehe ich gut.« Sie wartete ab, was er noch sagen würde. Er hatte ihre Frage bisher nur halb beantwortet.

»Danke, Nina«, sagte er erleichtert. »Ich habe gehofft, dass du das verstehen würdest. Ich muss zuallererst an meine Kinder denken.«

Ja, der eine muss zuallererst an seine Arbeit denken, der andere an seine Kinder, dachte sie bitter. Aber sie war keine Drama-Queen. Nachdem sie sich diesen egoistischen Gedanken gestattet hatte, ließ sie die Vernunft zum Zuge kommen.

Selbstverständlich konnte sie Matthias verstehen. Sie hätte vielleicht genauso entschieden.

Aber ist das Projekt »Patchwork« jetzt für mich gestorben? Nina stand auf und ging umher. »Und ich will mich auf keinen Fall in eure Familie drängen.«

»Nina, wir …«

»Nein, Matthias. Ich brauche jetzt erst mal Zeit zum Nachdenken.«

Matthias stand ebenfalls auf und nahm ihre Hand. Sie ließ es kraftlos geschehen.

»Ich bitte dich, Nina …«, begann er mit schwankender Stimme.

Als sie aufblickte, schossen ihr die Tränen in die Augen, sodass sie sein Gesicht nicht sehen konnte. »Geh jetzt.«

Er ließ sie los, und kurz darauf hörte sie die Ladentür ins Schloss fallen.

35

Sechs Wochen waren seit der Fernsehsendung vergangen, und Ninas Geschäft lief so gut, das hätte sie sich bei dem äußerst schleppenden Start nicht träumen lassen. Inzwischen hatte sie eine zweite Sendung absolviert und war sogar auf dem ersten Platz gelandet und wieder eine Runde weitergekommen.

Eine Supermarktkette hatte ihr angeboten, eine eigene regionale Kuchenmarke zu kreieren, und Nina hatte zugegriffen, weil es für sie finanzielle Unabhängigkeit bedeutete. Unter dem Label »Kronsteiner Traumtörtchen« würde sie nun zweimal in der Woche die Backregale des Supermarktes im Umkreis von Kronstein mit ihren Kreationen beliefern.

Nachdem Sören die Krogmann-Rechnung bezahlt hatte, blieb ihr jetzt der finanzielle Spielraum, um eine Hilfe in der Backstube und eine weitere im Verkauf einzustellen. In einer halben Stunde würde sich die erste Bewerberin vorstellen.

Nina setzte sich auf ihr rotes Sofa, um einmal zu verschnaufen.

Sechs Wochen war es auch her, seit sie sich bei Matthias Zeit zum Nachdenken ausbedungen hatte. Dazu hatte sie allerdings vor lauter Arbeit keine Zeit gehabt. *Oje, ich bin auf dem besten Wege, zu werden wie Sören. Ich schufte und halte Matthias hin.* Wenn er mal angerufen hatte, was anfangs ein paar Mal vorgekommen war, hatte sie sich taub gestellt und das vor sich selbst damit gerechtfertigt, dass sie es gerade supereilig hatte. *Du meine Güte!*

Und den guten alten Sören hielt sie auch schon die ganze Zeit hin.

Ihre Verschnaufpause wurde unterbrochen, denn es klopfte an der Ladentür. Etwa schon die Bewerberin? Sie blickte auf. Nein, da stand Hubertus von Grünenburg. Sie schloss ihm auf.

»Darf ich kurz reinkommen?«

»Eine Viertelstunde hätte ich, bevor meine Bewerberin kommt.«

»Glückwunsch zu Ihrem Erfolg.«

»Danke. Aber deshalb sind Sie nicht hier, oder?«

»Nina, wollen wir uns nicht duzen? Wir haben beide teil an derselben leidvollen Geschichte. Und genau deswegen bin ich hier.«

Wow. Das hätte sie ihm nicht zugetraut. Aber was genau? Dass er ihr das Du anbot? Ja. Nein, das traf es nicht ganz. Dass er aufrichtig freundschaftliche Nähe suchte.

»Verzeihung, ich wollte Ihnen nicht zu nahe treten …«

Sie hatte ihn wohl schon zu lange sprachlos angeschaut. »Nein, nein, Hubertus. Ich freue mich. Ich war nur kurz in Gedanken versunken. Entschuldige. Bitte, setz dich doch.«

Er nahm sich einen Stuhl, und sie kehrte auf ihren Sofaplatz zurück.

»Ich will um Larissa kämpfen. Ich dachte, das solltest du wissen.«

»Seit sechs Wochen habe ich den Kontakt mit Matthias gemieden. Zum einen will ich mich nicht in eine Familie drängen, und zum anderen war mir das alles zu kompliziert, ich war gerade nicht so belastbar.«

Er nickte und sah sie offen an. »Dass Larissa bei Matthias eingezogen ist, war eine Kurzschlussreaktion von ihr. Die beiden passen überhaupt nicht zueinander. Da herrscht jetzt jeden Tag schlechte Stimmung.«

»Das tut mir leid. Das ist genau das, wovor er Mia und Jakob eigentlich bewahren wollte.«

»Ich kann nicht so einfach aufgeben, weißt du. Für Larissa habe ich meine Familie verlassen, das macht man nicht aus einer Laune heraus. Und inzwischen ist mir auch etwas Entscheidendes klar geworden.« Er zögerte und blickte Nina prüfend an.

Sie schaute freundlich ernst und wartete.

»Etwas über Larissa.« Er holte tief Luft und stand auf.

»Wir schauen uns gerade gemeinsam Häuser an. Wir haben damals den Fehler gemacht, in meiner Wohnung zusammenzuziehen. Wir hätten uns etwas Neues aufbauen sollen. Das holen wir jetzt nach.«

Nina seufzte tief. Die Erleichterung trieb ihr Tränen in die Augen.

»Und Larissa will das auch?«

»Ja, sie will das und noch mehr«, fügte er rätselhaft hinzu, dann klopfte er ihr dankbar auf die Schulter und verließ mit beschwingtem Schritt die Patisserie.

»Na, wie war die Bewerberin?« Antonia stürmte zur Tür herein und brachte einen Schwung kalter Luft in den Laden. »Ich habe heute Nachmittag frei und war total neugierig.«

Nina sah die gepflegte, ältere Dame vor sich, die vierzig Jahre in einem Teeladen gearbeitet hatte und sich zu ihrer Pension etwas dazuverdienen wollte. »Volltreffer, würde ich sagen. Ich schaue mir pro forma noch ein paar Bewerber an, aber sie ist meine Favoritin. Sie denkt mit – sie hat mir gleich zwei Verbesserungsvorschläge gemacht – und kann sicher gut mit den Kunden.«

Antonia ging zur Espressomaschine. »Na, irgendwann falle ich ja auch länger aus.« Sie strich sanft über ihren Babybauch und lächelte. »Aber ich verspreche dir, solange es geht, werde ich durch den Laden watscheln. Komm, lass uns eine Latte macchiato trinken. Du arbeitest so viel in letzter Zeit, setz dich mal ein paar Minuten hin.«

Als die Milchdüse der Maschine zischte, ging die Tür erneut auf.

»Entschuldigung, bekomme ich hier ein Autogramm der Fernsehbäckerin?«

Nina schaute auf und war erstaunt, ihre ehemalige Klassenkameradin in der Tür stehen zu sehen. Sie ging zur Tür und umarmte sie. »Annabelle, was für eine Überraschung. Schön, dass du vorbeikommst.«

»Antonia, das ist Annabelle, meine Klassenkameradin aus der Konditorausbildung.«

Nina deutete zu den dampfenden Kaffeebechern. »Magst du eine Latte macchiato? Wir wollten gerade ein kleines Kaffeekränzchen abhalten.«

Annabelle strich sich über ihren Bauch und steuerte das rote Sofa an. »Danke, ich habe heute schon eine Tasse getrunken, mehr verträgt die Kleine nicht. Aber ich setze mich gern zu euch.«

Nina zog sich schnell einen Stuhl heran und setzte sich auch. Sie schaute auf Annabelles Bauch. »Die Kleine? Habe ich richtig gehört? Herzlichen Glückwunsch!«

Nina hatte noch Annabelles Worte auf dem Klassentreffen im Ohr: *Ich werde auf jeden Fall nicht schwanger, bevor ich in der Geschäftsleitung sitze.* Da hatte Annabelle mit ihrem dunkelblauen Kostüm etwas deplatziert gewirkt, heute schien sie mit ihrer langen Strickjacke und den Jeans wie ausgewechselt.

Nina lächelte. »Oje, ich bin von Babybäuchen umzingelt.«

Annabelle strich in kreisrunden Bewegungen über ihre kleine Kugel. »Ach, das war überhaupt nicht geplant. Aber inzwischen bin ich total happy.«

Antonia setzte sich zu Annabelle aufs Sofa. »Meine Rede, nicht alles im Leben ist planbar.«

Nina überlegte fieberhaft, was sie über den Freund von Annabelle wusste, aber da war keine Erinnerung. »Steht denn jetzt demnächst eine Hochzeit bei dir an?«

Annabelle prustete los. »Um Gottes willen, eine größere Veränderung reicht mir.«

Nina und Antonia sahen sie fragend an und nippten an ihren Kaffeetassen.

Annabelle seufzte. »Mädels, es war ein One-Night-Stand. Ich hatte ein Date mit einem vielversprechenden Berater – und na ja, es kam zum Äußersten. Aber wir dachten beide, damit wäre die Sache abgehakt. Als ich dann gemerkt habe, dass ich schwanger bin, hatte ich erst mal einen Zusammenbruch. Aber wie gesagt: jetzt freue ich mich auf mein Kind. Darko und ich lernen uns gerade kennen – mal sehen was draus wird. Auf jeden Fall wollen wir uns gemeinsam um unsere Tochter kümmern.«

Nina stand auf und umarmte Annabelle. »Ich freue mich so für dich.« Sie versuchte die Tränen wegzublinzeln. Ausgerechnet diese Karrierefrau, die gar kein Kind gewollt hatte.

»Ach Nina«, sagte Annabelle, der die Erschütterung nicht entgangen war. »Ich weiß, was du dir wünschst. Aber dafür hast du doch total Karriere gemacht. Du bist ein Star. Und dein Sören ist ja richtig auf der Überholspur. Dass er so erfolgreich ist, hast du auf dem Klassentreffen gar nicht erzählt.«

»Woher kennst du denn Sören?« Die Frage kam von Antonia, die Annabelle interessiert anschaute.

Annabelle strich sich wieder über ihren Bauch und seufzte. »Also mein vielversprechender Berater, hach, Darko, bekommt jetzt deinen Sören als Chef.«

»Ich glaub's ja nicht, die Welt ist ein Dorf.«

»In welcher Abteilung ist dein Darko denn bei McCarter? Vielleicht kenne ich ihn ja?«

Annabelle schaute sie verwirrt an. »Aber Sören fängt doch in der ROPG AG an. Ähm, alles in Ordnung bei euch?«

Nina schüttelte den Kopf. »Ich bin nicht mehr mit Sören zusammen. Deshalb habe ich von seinen neuesten beruflichen Plänen nichts mitbekommen.«

»Na, so neu sind die Entwicklungen auch nicht, das steht bestimmt seit zehn Wochen fest. Darko hat damals bei unserem ersten Date lang und breit von diesem Auswahlverfahren erzählt, das war 'ne große Sache.«

»Und was macht Sören denn bei der ROPG genau?«

»Er ist in der Geschäftsleitung und hat die Risikoberatung für Deutschland, Österreich und die Schweiz unter sich, Darko arbeitet ihm dann direkt zu.«

Antonia schaute zwischen den beiden hin und her. »Mädels, ich kann euch kaum folgen. Was bedeutet denn ROPG überhaupt?«

»Ich vergesse das auch immer wieder, irgendwas mit risk und organization … Auf jeden Fall ist das ein richtig großer Laden, größer als McCarter. Und der Hauptsitz ist in Frankfurt.«

Nina hörte die beiden kaum. Ihr war, als ob ein Schleier von ihrem Gesicht gezogen worden wäre und sie wieder klar sehen konnte. Das war ein Riesensprung für Sören. Er hatte München also nicht für sie abgesagt, er hatte es ihr nur so verkauft. Eigentlich hätte sie selbst darauf kommen müssen. Warum sollte er sich plötzlich um 180 Grad ändern? Seine Worte bei ihrem letzten Essen im Bellinis klangen nun wie Hohn in ihren Ohren: *Was soll ich denn mit diesem Posten, wenn du nicht an meiner Seite bist?*

Hielt er sie eigentlich für total blöd? Hatte er geglaubt, sie würde das nicht erfahren? Er hatte wieder versucht, sie zu manipulieren. Und er würde es immer wieder tun. Er würde sich nicht ändern. Hatte sie wirklich jemals einen Gedanken daran verschwendet, die Beziehung mit ihm aufleben zu lassen?

War Matthias jemals unehrlich zu ihr gewesen? Hatte er versucht, sie zu beeinflussen? Psychologische Tricks anzuwenden? Nina wusste die Antwort.

36

»Matthias!« Nina war zur Tür gestürmt, sowie sie ihn über den Hof zu seiner Praxis gehen sah.

Er blieb stehen und drehte sich um. Nach einem Blick in ihr Gesicht kam er auf sie zu. Erst einmal holte er nur tief Luft und sah ihr in die Augen. Sie wartete in banger Hoffnung.

Und hielt es nicht länger aus. »Ich freue mich so, dich zu sehen.«

»Ich habe dich wahnsinnig vermisst. Sechs Wochen lang kein Wort von dir. Nachdem du in den ersten zwei Wochen auf keinen Anruf reagiert hast, habe ich beschlossen, dich in Ruhe zu lassen. Aber das ist mir ungeheuer schwergefallen.«

»Es tut mir leid. Ich konnte die Enttäuschung nicht anders verpacken. Zumal ich dermaßen viel um die Ohren hatte, weil das Geschäft plötzlich auf Hochtouren lief.«

Er nahm sie in den Arm. Sie spürte seine Wärme durch die Jacke und roch sein Aftershave, das bei ihr immer Lust auf einen Urlaub am Mittelmeer weckte.

»Bitte, verzeih mir. Ich habe mich wie ein Volltrottel benommen«, brummte er über ihrem Scheitel, dann hielt er sie ein Stück weit von sich und sah ihr wieder ins Gesicht. »Ich wusste ja, dass Larissa sich von Hubertus trennen wollte, und hätte mir denken können, was sie dann tut. Vor allem, nachdem sie schon einmal versucht hatte, den Platz bei mir im Haus wieder einzunehmen.«

Sie lösten sich voneinander und schlenderten Hand in Hand vom Hof. Bevor sie um die Hausecke bogen, schaute Nina zurück. Antonia stand in der Ladentür und winkte. Sie würde abschließen, wenn sie und Annabelle mit ihrem Plausch durch waren. Nina grinste. *Menschen können sich doch ändern, wenn sie wollen.*

»Hubertus war heute bei mir im Laden. Wir duzen uns jetzt.«

Matthias sah sie an. »Er ist ein anständiger Kerl, auch wenn ich anfangs nicht viel von ihm gehalten habe. Das war ein großer Irrtum. Ich schäme mich, es zuzugeben, aber ich dachte, wenn der an Larissa etwas findet, obwohl die sich zeigt, wie sie ist, dann kann er nicht anders sein als sie.«

Sie bogen in den Heckenweg ein, den sie nach der Familienfeier bei Antonia entlanggeschlendert waren. Nina lehnte im Gehen den Kopf an seinen Oberarm. »Und wie denkst du jetzt darüber?«

»Das Chaos in den letzten Wochen war tatsächlich für etwas gut. Dank Hubertus. Weißt du noch, wie du gesagt hast, dass Mias Lippenstiftklau ein Schrei nach Liebe ist? So ähnlich hast du dich ausgedrückt.«

»Ja, das weiß ich noch genau.«

»Hubertus hatte das auch kapiert und die Erkenntnis auf Larissa übertragen. Sie ist so eine Drama-Queen, weil … na ja, weil es ihr innerlich dreckig geht, schon immer, ohne dass sie es selbst kapiert hat. Er konnte sie überzeugen, eine Therapie anzufangen.«

»Wow.« Nina drückte seinen Arm. Jetzt war sie froh, dass sie sich jeden bissigen Kommentar zu seiner Ex verkniffen hatte. »Weißt du, da brauchst du dich nicht allein zu schämen. Ich habe in ihr auch einfach nur das Miststück gesehen. Und wie geht es Mia und Jakob?«

»Die sind froh, dass ihre Mutter schon ausgeglichener ist, seit Hubertus wahres Verständnis bewiesen hat. Sie haben auch gesehen, wie wenig Larissa und ich zusammenpassen. Sie wollen nicht, dass ihre Eltern unglücklich sind.«

Er hielt an, nahm Ninas Hände und stellte sich ganz dicht vor sie. Und wie er sie jetzt ansah, machte ihr Herzklopfen.

»Wenn ich mir für die Zukunft etwas wünschen dürfte, dann dies: Ich möchte mit dir zusammen sein. Ich möchte mit dir picknicken, Sperrmüllhaufen durchwühlen, Schlittschuhlaufen, und ich will mich mit dir über Kindererziehung streiten und darüber, wer nachts aufsteht, wenn unser Baby schreit.«

Nina blieb die Luft weg. *Moment mal.* »Unser Baby?«, krächzte sie.

»Ich habe die Sterilisation rückgängig machen lassen. Sie liegt keine drei Jahre zurück. Die Aussichten für eine Zeugung sind gut.«

»Wann hast du das machen lassen?«

»Gleich nach unserem Bruch.«

Nina liefen stille Tränen über die Wangen. »Meinetwegen?«

»Ja. Und meinetwegen. Wir beide gehören zusammen. Ich habe auch schon mit Mia und Jakob gesprochen. Die sind sogar mit zwei Babys einverstanden.«

»Wie hast du das hinbekommen?«, fragte sie lachend. »Hast du sie mit mehr Taschengeld bestochen?«

»Nein, mit einem Hund. Wir haben jetzt Cookie, einen wunderschönen Havanesen.«

»Wie süß.« Sie grinste breit. »Wann darf ich den sehen?«

»Also, ich sag's dir lieber gleich. Den Hund gibt es nicht ohne mich. Wenn du mich heiratest, bekommst du ihn als Dreingabe.«

»Nein!« Nina schüttelte heftig den Kopf.

Matthias nahm ihr Gesicht in beide Hände und sah ihr in die Augen. »Nein, was?«

»Ich will dich, aber ich will nicht heiraten. Mit dir im Sperrmüll wühlen und Babys kriegen jeder Zeit. Aber …«

»Gott sei Dank. Ich dachte schon, mir bleibt das Herz stehen.« Er zog sie an sich und küsste sie, als wollte er sie verschlingen.

Als er sie freigab, sagte sie atemlos: »Ich möchte nicht, dass du noch einmal zu schnell heiratest.«

»Keine Sorge, wir werden zusammen glücklich, da bin ich mir sicher. Aber gut, dann warten wir eben einen Monat.«

»Matthias, ich …«

»Okay, drei Wochen?«

»He, du …«

»Zwei Wochen?«

Sie fiel ihm lachend um den Hals und hielt ihm den Mund zu.

»Na gut«, sagte er durch die Finger und zog ihre Hand weg. »Ein halbes Jahr – mein letztes Angebot. Aber nur unter der Bedingung, dass wir sofort mit dem Üben anfangen.«

»Was üben?«

»Babys zeugen.«

»Sofort?«

»Sofort.« Er nahm sie bei der Hand, und sie rannten auf die Jugendstilvilla zu und die Treppe hinauf in Ninas Wohnung, um zur Geräuschkulisse des Hauses beizutragen.

Epilog

Nina stand jetzt zum dritten Mal im Studio der Backshow des Hessischen Rundfunks. Das Studio war vorweihnachtlich dekoriert. Der Moderator trug eine Weihnachtsmannmütze. Als Musikeinlagen waren Weihnachtslieder einer Schlagersängerin und eines Kinderchors geplant. Die Kandidaten sollten nach weihnachtlich inspirierten Rezepten backen.

Georg Kracht war nach der zweiten Show ausgeschieden, sodass Nina heute mit drei komplett neuen Kandidaten zusammenstand. Sie freute sich, weil sie es geschafft hatte, Beatrix in der Show zu platzieren. Sie hatte dem Redakteur den Tipp gegeben, sich ihr zauberhaftes Café im Rheingau anzuschauen. Gerade wurde der Einspielfilm darüber gezeigt. Nina zwinkerte ihr zu und sah Beas Hände zittern. Die Ärmste war ganz schön aufgeregt. Ihr Café machte in dem Film einen fantastischen Eindruck. Die Kamera schwenkte über die Cupcake-Pyramiden und dann am Marmeladenregal vorbei.

Nach den Filmen stellte der Moderator zuerst Beatrix vor. »Was backen Sie uns denn Schönes?«

»Ich konnte mich nicht entscheiden und deshalb habe ich mir zwei Rezepte überlegt: Schokoladen-Kürbiskern-Plätzchen, und falls ich dann noch Zeit habe, möchte ich karamellisierte Zitronenmarmelade herstellen. Die kann man auch gut verschenken.«

»Frau Seiler, was haben Sie uns heute mitgebracht? Wir erinnern uns ja noch gern an ihre Möhren-Walnuss-Torte und den Kokosnusskuchen vom letzten Mal.«

»Ich werde eine weihnachtliche Schokoladentarte zubereiten.«

»Dann wie immer viel Erfolg.« Der Moderator ging zum nächsten Kandidaten, und Nina schaute in die erste Reihe zu Matthias. Sie durchströmte ein ungeheures Glücksgefühl. Vier Wochen war sie fest mit ihm zusammen. Sie sahen sich fast jeden Tag und unternahmen auch viel gemeinsam mit den Kindern. Es war der Himmel auf Erden.

»Frau Seiler«, sagte der Moderator, »man könnte meinen, Sie möchten Ihre Freundin Bea gewinnen lassen.«

Nina schreckte auf. Die anderen Kandidaten hatten längst angefangen. Sie erlaubte sich noch einen raschen Blick zu Matthias, der jetzt extrem selbstgefällig grinste, dann machte sie sich an die Arbeit.

Als sie den Mürbeteig für ihre Tarte knetete, konnte sie sich wieder auf die Sendung konzentrieren. Sie rollte ihn sehr dünn aus, legte ihn in die Form, deckte ihn mit Backpapier ab und verteilte eine Schicht getrocknete Bohnen darauf.

»Das sieht ja interessant aus«, meinte der Moderator. »Kommen die Bohnen denn in den Kuchen?«

»Nein, das nennt man blind backen. Die Bohnen verhindern, dass der Teig zu dick wird. Der Boden kommt damit nur zehn Minuten in den Backofen. So geht er kaum auf und wird schön knusprig.«

»Alles klar, wir schauen uns nachher das Ergebnis genau an.«

Als der Mürbeteigboden im Ofen buk, hackte Nina die dunkle Schokolade, erwärmte die Sahne und verrührte beides miteinander, bis sich die Schokolade vollständig aufgelöst hatte. Sie stellte die Masse kurz zur Seite, und nach dem Abkühlen rührte sie das Ei unter. Zum Schluss würzte sie die Füllung mit abgeriebener Orangenschale und Zimt. Die Masse goss sie auf den Boden, der inzwischen nur noch leicht warm war, und schob das Ganze bei niedriger Temperatur wieder in den Backofen.

Beatrix war mit ihren Plätzchen fertig und rührte nun die karamellisierte Zitronenmarmelade an. Nina ging zu ihr und schnupperte. »Schade, dass im Fernsehen keine Düfte übertragen werden. Das riecht herrlich.«

An diesem Abend gewann Beatrix. Nina gönnte es ihr von Herzen. Sie selbst wurde Zweite und hatte deshalb eine weitere Sendung vor sich. Als der Abspann lief, gratulierte sie ihrer Freundin, die sogleich von ihrer Familie umringt wurde. Nina schaute in die erste Reihe, Matthias war nicht mehr da.

In der Garderobe wartete die Maskenbildnerin mit einem Karton auf sie. »Das soll ich Ihnen vom Redakteur geben.«

Nina schaute in den offenen Karton, in dem viele Briefe und ausgedruckte E-Mails lagen.

»Ist es das, was ich denke?

»Ja, das ist Fanpost für Sie.«

»Ich fasse es nicht.«

Nina ließ sich auf den Stuhl fallen und blätterte die ausgedruckten Mails durch. »Liebe Frau Seiler, vielen Dank für das sensationelle Möhren-Walnuss-Kuchenrezept. Das hat sogar meiner Schwiegermutter geschmeckt, der erste Kuchen, mit dem ich bei ihr punkten konnte …«

Nina war gerührt und blinzelte gegen die Tränen an. »Ist das süß. Das lese ich mir in Ruhe zu Hause durch.«

»Gucken Sie doch mal in die Briefumschläge. Der Redakteur meinte, dass auch Heiratsanträge dabei sind.«

Nina zog einen Umschlag aus festem Büttenpapier hervor. »Sehr geehrte Frau Seiler, ich schreibe im Auftrag meines Sohnes. Er ist jetzt vierzig Jahre alt, hat eine gute Stellung und hilft auch im Haushalt mit. Ich habe in der Zeitung gelesen, dass Sie unverheiratet sind. Ich lege ein Foto meines Sohnes bei.

Wenn Sie Interesse haben, rufen Sie mich doch bitte vor 18 Uhr unter dieser Telefonnummer an, damit wir ein Treffen arrangieren können.«

Der Redakteur war in die Garderobe gekommen. »Glückwunsch! Sie haben eine ganz schön große Fangemeinde.«

»Was mache ich denn jetzt mit den ganzen Briefen?«

»Schauen Sie durch, welche Sie beantworten wollen, dem Rest schickt unser Praktikant eine Autogrammkarte von Ihnen.«

»Eine was?«

»Sie sind jetzt ein Star. Wegen des Fototermins rufe ich Sie noch an.«

Nina schüttelte ungläubig den Kopf und nahm den Karton hoch. Sie würde eigene Autogrammkarten bekommen! Das musste sie sofort ihren Eltern erzählen.

»Frau Seiler, Sie kommen doch gleich noch zu unserer kleinen Feier im Studio? Der Intendant möchte sich bei allen für die sensationellen Einschaltquoten bedanken.«

»Oh, die hätte ich …«

»Hallo.«

Nina sah Matthias in der Tür ihrer Garderobe stehen. Er lehnte sich an den Türrahmen, hatte die Arme verschränkt und lächelte sie an.

Der Redakteur sah ihn auch. »Bringen Sie Ihren Liebsten ruhig mit. Ich gehe schon mal rüber. Die Häppchen warten.« Er ging hinaus und Matthias kam herein und küsste Nina.

Ihr fiel auf, dass sie ihn zum ersten Mal im Anzug sah, sie kannte ihn nur in Jeans und T-Shirt oder Arztkittel. »Meinst du, wir können unsere Gäste eine halbe Stunde warten lassen?«, fragte sie.

»Na klar, das erhöht die Spannung.«

»Und Bea kommt ja sowieso später. Sie wird sich die Häppchen mit dem Intendanten nicht entgehen lassen wollen … nur weil wir uns mal eben …« Er küsste sie leidenschaftlich auf den Mund, legte ihr wortlos den Mantel um die Schultern und gab ihr ihre Handtasche. »Häppchen mit dem Intendanten, sagst du? Dafür verschiebe ich jede Verlobung.«

Rezepte

Zitronen-Mohn-Muffins im Waffelbecher

Zutaten: 2 Bio-Zitronen, 1 Päckchen Vanillezucker, 125 g weiche Butter, 70 g braunen Zucker, 1 Prise Salz, 3 Eier, 250 g Mehl, 2 TL Backpulver, 50 ml Milch, 2 Esslöffel Mohn

Für den Zuckerguss: Puderzucker

Außerdem: zwei Packungen Waffelbecher mit Schokolade (gibt's im Supermarkt neben dem Eisregal)

Den Backofen auf 180 Grad vorheizen. Die Zitronen mit heißem Wasser gut abwaschen und abtrocknen. Danach die Schale fein abreiben und zur Seite stellen. Die weiche Butter mit dem Zucker, Vanillezucker und Salz cremig schlagen. Die Eier nacheinander unterrühren. Das Mehl mit dem Backpulver, dem Mohn und der geriebenen Zitronenschale mischen und dann abwechselnd mit der Milch rasch unterrühren.

Den Teig mithilfe eines Teelöffels in die Waffelbecher füllen, bis sie knapp 2/3 voll sind.

Bei 180 Grad ca. 15 Minuten backen. Übrigens: Während des Backens verbindet sich die Schokolade aus den Waffelbechern mit dem Zitronen-Mohn-Teig und die Küche duftet lecker nach Schokolade.

Die abgekühlten Waffelmuffins können nun verziert werden. Für den Zuckerguss etwas Puderzucker mit Zitronensaft anrühren.

Die Waffelmuffins halten sich (gut versteckt) mindestens drei Tage.

Marmelinas Möhren-Walnuss-Torte

Für diese Torte bäckt man 2 Böden.

Zutaten: 250 g Zucker, 3 Eier, 190 ml Öl, 200 g Mehl, 1,5 Teelöffel Backpulver, 300 g zarte Karotten

Für das Frosting: 600 g Frischkäse, etwas Zitronensaft, Prise Salz, 250 g Butter, Rote-Bete-Saft, Puderzucker

Die Karotten schälen, fein raspeln und zur Seite stellen. Den Backofen auf 180 Grad vorheizen. Drei Eier mit dem Zucker schaumig schlagen, das Öl dazugeben. Dann das Mehl mit dem Backpulver, die geraspelten Karotten und die gemahlenen Walnüsse unterheben. Den Teig in zwei runde Springformen füllen und bei 180 Grad backen.

Für das Frosting die Butter leicht schmelzen und zum Abkühlen zur Seite stellen. Den Frischkäse in eine Schüssel geben, etwas Zitronensaft, eine Prise Salz und die aufgelöste Butter dazugeben. Alles zusammen aufschlagen. Etwas Rote-Bete-Saft, Puderzucker dazugeben, bis der gewünschte Pink-Ton erreicht ist, mit Puderzucker abschmecken.

Die Böden jeweils einmal waagerecht durchschneiden, dann abwechselnd mit der Creme schichten. Tortenoberfläche und Rand mit der übrigen Creme bestreichen. Zum Schluss verzieren, z. B. mit vielen frischen Himbeeren.

Vielen Dank für das Rezept an die »Marmelina« Nina Hanussek.

White-Chocolate-Kürbiskern-Cookies

Zutaten für 2 Bleche: 240 g Mehl, 100 g zarte Haferflocken, 1,5 TL Backpulver, 140 g Halbfettmargarine oder weiche Butter, 60 g braunen Zucker, 2 Eier, 60 g weiße Schokolade (wer es weniger süß mag, kann auch dunkle Schokolade nehmen), 50 g Kürbiskerne

Die weiße Schokolade so klein wie möglich hacken. Den Backofen auf 200 Grad Ober-/Unterhitze vorheizen. Die weiche Butter mit dem Zucker und den Eiern schaumig rühren. Mehl, Backpulver und Haferflocken mischen, diese Mehlmischung nach und nach unterheben und alles gut verkneten. Zum Schluss die gehackte weiße Schokolade sowie die Kürbiskerne vorsichtig unterkneten.

Ein Backblech mit Backpapier auslegen. Aus dem Teig kleine Kugeln formen und diese dann platt drücken (die Cookies gehen noch auf). White-Chocolate-Kürbiskern-Cookies ungefähr 15 Minuten auf mittlerer Schiene backen.

Windbeutelchen mit roter Grütze

Zutaten für die Füllung: 1 Packung Vanille-Puddingpulver, 1 Packung tiefgefrorene Beerenmischung (oder Himbeeren), 1 Becher Sahne, 1 Päckchen Vanillezucker

Für den Teig: 250 ml Wasser, 100 g Butter, 250 g gesiebtes Mehl, 5–6 Eier, Salz, Puderzucker zum Bestäuben

Bereiten Sie zuerst die rote Grütze zu, damit diese Zeit hat, abzukühlen und fest zu werden. Dafür den Vanillepudding nach Packungsanleitung kochen, statt Milch aber Wasser verwenden. Sobald der Wasserpudding fertig ist, ihn noch 3 Sekunden auf dem Herd lassen und die tiefgekühlten Früchte hineingeben. Umrühren, nicht mehr aufkochen lassen, da die Früchte sonst zerkochen. Zur Seite stellen und abkühlen lassen.

Für den Teig der Windbeutelchen das Wasser, eine Prise Salz und die Butter aufkochen. Das gesiebte Mehl auf einmal zugeben, dabei so lange weiterrühren, bis sich die Masse vom Topfboden löst und einen Kloß bildet. Vom Feuer nehmen, in eine Schüssel umfüllen und etwas abkühlen lassen. 1 Ei flott unterrühren. Erst wenn es vom Teig vollständig aufgenommen ist, nacheinander die anderen Eier unterrühren. Der Teig ist perfekt, wenn er glatt ist, glänzt und weich vom Löffel fällt.

Den Backofen auf 200 Grad Ober-/Unterhitze vorheizen.

Den Teig in einen Spritzbeutel mit großer Tülle füllen und kleine Rosetten (ca. 3 cm) auf ein mit Backpapier ausgelegtes Blech spritzen. Zwischen den Rosetten ausreichend Abstand lassen. Auf der mittleren Schiene 15–20 Minuten backen. Die noch heißen Windbeutel quer halbieren und auskühlen lassen.

Die Sahne mit dem Vanillezucker steif schlagen. Die unteren Windbeutelhälften mit etwas roter Grütze füllen. Sahne mithilfe eines Spritzbeutels oder Löffels daraufgeben. Deckel aufsetzen, die Windbeutelchen mit Puderzucker bestreuen und sofort servieren.

Mini-Gugelhupf mit Sahnequarkfüllung und Himbeeren obendrauf

Zutaten für die Füllung: 250 g Speisequark Magerstufe, 1 Becher Sahne, evtl. 1 Packung Vanillezucker, 1 Packung Himbeeren (frische oder aufgetaute aus dem Tiefkühlfach)

Für den Teig: 2 Bio-Zitronen, 1 Päckchen Vanillezucker, 125 g weiche Butter, 70 g braunen Zucker, 1 Prise Salz, 3 Eier, 250 g Mehl, 2 TL Backpulver, 50 ml Milch, evtl. Puderzucker zum Bestäuben

Die Füllung zuerst zubereiten. Dazu die Sahne steif schlagen, evtl. mit ein wenig Vanillezucker süßen. Den Quark in eine Schüssel geben und dann die Sahne löffelweise vorsichtig unterheben, bis eine cremige Masse entstanden ist. Den Sahnequark mindestens zwei Stunden in den Kühlschrank stellen, dort verbindet er sich zu einer Mousse.

Den Backofen auf 180 Grad vorheizen. Die Zitronen mit heißem Wasser gut abwaschen und abtrocknen. Danach die Schale fein abreiben und zur Seite stellen. Die weiche Butter mit dem Zucker, Vanillezucker und Salz cremig schlagen, dann die Eier nacheinander unterrühren. Das Mehl mit dem Backpulver und der geriebenen Zitronenschale mischen und abwechselnd mit der Milch rasch unterrühren.

Den Teig mithilfe von zwei Teelöffeln in die Mini-Gugelhupfförmchen (oder Muffinförmchen) geben, die Förmchen bis zu 3/4 füllen.

Die Minis im Ofen 15–20 Minuten backen, bis sie goldgelb sind. Die Förmchen auf einem Kuchenrost mindestens 20 Minuten auskühlen lassen, dann erst die Mini-Gugelhupfs aus den Förmchen lösen. Kurz vor dem Servieren die obere Öffnung der Gugelhupfs mit Sahne-Quark füllen, Himbeeren darauflegen und bei Bedarf mit Puderzucker bestäuben.

Danke!

Vielen Dank an meine Lektorin Angela Koonen, die mit einem Zauberstab über den Text geschwebt ist und ein professionelles Werk daraus gemacht hat. Ihre Ideen und dramaturgische Erfahrung waren großartig. Danke für alles, ich habe viel von Ihnen gelernt.

Ganz herzlich bedanke ich mich bei meinem Verlag Bastei Lübbe für das Vertrauen und die Unterstützung. Liebe Anja, danke, dass du dich für meinen Erstling eingesetzt hast.

Herzlichen Dank an meine Agentin Petra Herrmanns, die schon in einem ganz frühen Stadium Potenzial in meinem Buch gesehen und dann für mich verhandelt hat.

Ein besonderer Dank geht an Andre Hille und Cordelia Borchert und alle meine Mitstreiter im Schreibkurs der Text-Manufaktur, danke für euer Feedback.

Herzlichen Dank an Nina Hanussek (www.marmelina.de) für die fachliche Beratung beim Thema Backen. Ich bin zwar eine leidenschaftliche Hobbybäckerin, aber ihre Profitipps waren sehr wertvoll für das Buch. Danke an Mareike für den privaten Macaron-Kurs!

Das größte Dankeschön geht an meinen Mann, meine Tochter und den Rest der Familie für die Unterstützung!

PS: Alle Personen und Handlungen sind frei erfunden. Meine Heldin habe ich Nina genannt, weil mich Nina Hanussek mit ihrem Laden zu diesem Buch inspiriert hat, doch mit dem Namen enden die Ähnlichkeiten.

Den Ort Kronstein gibt es nicht, er ist eine Zusammensetzung aus den beiden hübschen Taunusstädtchen Kronberg und Königstein, in denen man prima leben kann. Da es hier die höchste Millionärsdichte in Deutschland gibt, eignen sich die Orte prima als Vorlage für Geschichten. Die im Buch genannten Cafés habe ich mir ebenfalls ausgedacht. Die Backshow des Hessischen Rundfunks ist auch komplett meiner Fantasie entsprungen (schade eigentlich, diese Sendung würde ich immer einschalten).

Es hat großen Spaß gemacht, sich dies alles auszudenken, ich hoffe, Sie haben beim Lesen ebenso viel Freude.

Lesejury